DROEMER

Von Mechtild Borrmann sind bereits folgende Titel erschienen:
Der Geiger
Die andere Hälfte der Hoffnung
Wer das Schweigen bricht

Über die Autorin:
Mechtild Borrmann, Jahrgang 1960, verbrachte ihre Kindheit und Jugend am Niederrhein. Bevor sie sich dem Schreiben von Kriminalromanen widmete, war sie u.a. als Tanz- und Theaterpädagogin und Gastronomin tätig. Mit »Wer das Schweigen bricht« schrieb sie einen Bestseller, der mit dem Deutschen Krimi Preis ausgezeichnet wurde und wochenlang auf der Krimi-Zeit-Bestenliste zu finden war. Für den »Geiger« wurde Mechtild Borrmann als erste deutsche Autorin mit dem renommierten französischen Publikumspreis »Grand Prix des Lectrices« der Zeitschrift Elle ausgezeichnet. 2015 wurde sie mit »Die andere Hälfte der Hoffnung« für den Friedrich-Glauser-Preis nominiert. Mechtild Borrmann lebt als freie Schriftstellerin in Bielefeld.

MECHTILD BORRMANN

TRÜMMER-KIND

Roman

Besuchen Sie uns im Internet:
www.droemer.de

Vollständige Taschenbuchausgabe Dezember 2017
Droemer Taschenbuch
© 2018 Droemer Verlag
Ein Imprint der Verlagsgruppe
Droemer Knaur GmbH & Co. KG, München
Alle Rechte vorbehalten. Das Werk darf – auch teilweise –
nur mit Genehmigung des Verlags wiedergegeben werden.
Redaktion: Maria Hochsieder
Covergestaltung: ZERO Werbeagentur GmbH, München
Coverabbildung: Gettyimages / Ernst Haas
Satz: Adobe InDesign im Verlag
Druck und Bindung: CPI books GmbH, Leck
ISBN 978-3-426-30492-1

KAPITEL 1

Hamburg, Januar 1947

Erstes wässrig violettes Licht zeigte sich am Horizont, schob sich über Schuttberge, fiel in Bombenkrater und zeichnete die Konturen der Trümmerlandschaft nach. Er kam jetzt schneller voran, konnte sehen, wohin er seine Füße auf dem unebenen Gelände setzen musste. Die Kälte biss ihm in Gesicht und Lunge, drang durch die Jacke, die seine Mutter aus einer alten Armeedecke genäht hatte, und zog von unten durch die dünnen Schuhsohlen und die löchrigen Strümpfe. Dampfend stieg sein Atem auf, während er sich jetzt sicher und mit geübtem Blick über die Trümmer von Hammerbrook bewegte. In dem Strick, der die zu weite Hose auf den Hüftknochen hielt, steckte der Hammer, mit dem er Rohre, Schellen und Scharniere von Wänden und Mauerbrocken löste. Seine Schwester Wiebke blieb auf der geräumten Straße immer auf seiner Höhe und zog den Handwagen.

Für ihn war der Handwagen der wertvollste Familienbesitz. Damit hatte er schon so manchen Schatz, den er in den Trümmern geborgen hatte, abtransportiert. Er suchte nach allem, was auf dem Schwarzmarkt Geld brachte, aber heute brauchte er dringend Brennholz. Im letzten

Winter hatte es in den Ruinen noch Balken, Türen und Fensterrahmen gegeben, und damit hatten sie die kalten Tage überstanden, aber in diesem Jahr war kaum noch was zu finden. Bis in den Dezember waren Kohlezüge gefahren, und er hatte sich mit einigen anderen Jungen auf die offenen Loren gewagt. Draußen, wo die Gleise einen Bogen machten, wurden die Züge langsamer. Dann musste es schnell und Hand in Hand gehen. Über die Kuppeln auf die Loren. Das Rauf und Runter war gefährlich, aber wenn man Angst hatte, unter den Zug zu geraten, war man verloren.

»Wenn du drüber nachdenkst, ist es schon passiert«, hatte Peter gewarnt, und wenn die Mutter zu Hause Fragen stellte, behauptete Hanno, nur einer von den Sammlern zu sein, die neben den Gleisen herliefen.

Jetzt waren die Gleise vereist, die Züge fuhren nur noch selten, und die Tommys hatten die Bewachung verdoppelt. An Kohlen war kaum ranzukommen.

Das kleine Zimmer, das er zusammen mit seiner Mutter und der Schwester in ihrem ausgebombten Haus in der Ritterstraße bewohnte, kühlte schnell aus. Wenn sie an einem Tag nicht wenigstens abends ein bis zwei Stunden heizen konnten, war es in der Nacht im Zimmer genauso kalt wie draußen. Vor drei Tagen erst war die alte Frau Schöning, der er immer von den Kohlen abgegeben hatte, in ihrer Notunterkunft erfroren.

Die Lebensmittel, die ihnen auf Karte zugeteilt waren, reichten nicht, um satt zu werden. Die Mutter ging Steine klopfen, aber dass sie alle drei ab und an halbwegs satt wurden, dafür sorgte er mit seinen Fundstücken, die er auf dem Schwarzmarkt eintauschte. Vor zwei Tagen hatte er ein Etui mit einem hochwertigen Füller und einem Tintenfässchen gefunden. Zehn englische Zigaretten hatte ein Tommy ihm dafür gegeben, und die hatten ihm zwei Kilo Kartoffeln und eine Rübe eingebracht.

Er blickte zurück zur Straße. Wiebke ging jetzt neben dem Handwagen auf und ab und schlug mit den verschränkten Armen rhythmisch an ihren Oberkörper.

Als Hamburg im Sommer 1943 in Flammen gestanden hatte und sie aus dem Bunker herausgekrochen waren, in dem sie beinahe erstickt waren, waren ihnen nur die Kleider am Leib geblieben. Stunden zuvor war das Haus über dem Bunker getroffen worden. Der Putz war von den Bunkerwänden gefallen, der Mörtelstaub brannte in Augen und Lunge und machte aus allen vierundzwanzig Frauen, Kindern und Alten, mit denen sie dort ausgeharrt hatten, graue Zementfiguren. Zementgesichter, die schrien, beteten oder weinten. Es dauerte Stunden, den Eingang von innen freizuräumen, und es war schon Tag, als sie endlich, einer nach dem anderen, durch dieses Loch herauskriechen konnten. Draußen hatte er seinen Augen nicht getraut. Überall Feuer, kein Haus weit und breit, keine Straße erkennbar, nur Flammen und Mauergerippe, die in einen schwarzen Himmel ragten. Die Sonne war hinter den aufsteigenden Rußwolken nur zu erahnen. Ein lichtloser Tag, feuerheiß. Und zwischen den Trümmern all die Toten. Verkohlte Körper. Von der Hitze geschrumpft und unkenntlich gemacht.

Wie lange sie dort gestanden hatten, wo einst eine Straße gewesen war, ohne zu begreifen, was sie sahen, wusste er nicht mehr. Aber dass die Kröger umherlief und das *Vaterunser* schreiend betete, der alte Vogler unaufhörlich von der Strafe Gottes faselte und Frau Weiser am Eingang des Bunkers mit ihrer toten zweijährigen Tochter im Arm sitzen blieb, den Oberkörper hin- und herwiegte und in einer Art Singsang immer wieder sagte: »Sie schläft ... es geht ihr gut ... sie schläft ...«, daran erinnerte er sich genau. Und dass in ihm nichts war. Kein Gefühl, kein Gedanke. Nur dieses staunende Nichtbegreifen, das ihn lähmte.

Irgendwann packte die Mutter ihn am Arm und schüttelte ihn, wie sie es tat, wenn sie böse auf ihn war. »Hanno! Hanno, hör mir zu«, schrie sie ihn an. Er hörte sie wie aus weiter Ferne, und erst als sie ihn ohrfeigte, kam er zu sich. Die Starre in seinen Gliedern löste sich, und nachdem er einige Schritte getan hatte, spürte er unerträglichen Durst und konnte wieder denken. Und sein erster Gedanke war: »Warum hat der Führer das zugelassen?«

Die Mutter nahm seinen Arm mit festem Griff.

»Wir müssen hier weg, hörst du. Wir gehen zu Onkel Wilhelm nach Pinneberg.« Sie weinte. Die Tränen malten Linien in ihr Zementgesicht, wie Risse in Beton.

Irgendjemand brachte Wasser. Er hatte getrunken, als könne er nicht nur den Durst, sondern auch die letzten Stunden auslöschen.

Wiebke mussten sie das Wasser einflößen. Sie stand nur da, gab keinen Ton von sich und reagierte auf nichts. Sie war sechs, tat keinen Schritt, und als sie sich auf den Weg machten, musste die Mutter sie tragen.

An ihrem Haus machten sie noch einmal kurz halt. Das Dach und das obere Stockwerk gab es nicht mehr. Und da sah er ihn. Wie ausgestellt stand der Handwagen auf einem Türsturz in den Trümmern. Hanno war über die noch heißen Schuttberge gestiegen und hatte ihn geholt. Auf dem Weg nach Pinneberg zog er Wiebke darin hinter sich her. Hunderte verließen, wie sie, die Stadt. Ein stiller, nicht enden wollender Zug, in dem man hin und wieder ein Kind weinen hörte, aber niemand zu sprechen schien.

Nach Mitternacht waren sie in Pinneberg angekommen. Onkel Wilhelm bewohnte mit Tante Margret ein geräumiges Haus mit Garten am Stadtrand. Er machte vom ersten Tag an deutlich, dass sie nicht willkommen waren, sagte, dass er auch nicht auf Rosen gebettet sei, und wenn er zu Hause war, gingen sie alle auf Zehenspitzen. Die Tante war freundlich. Sie widersprach ihrem Mann zwar nicht, aber in der Küche sagte sie tröstend: »Er meint es nicht so. Ihr dürft euch das nicht zu Herzen nehmen.«

Seine Mutter fand eine Anstellung in einer Fabrik und trug mit ihrem Verdienst zum Lebensunterhalt bei, was den Onkel etwas gnädiger stimmte. Aber als der Krieg verloren war, wurde er in seiner Verbitterung darüber unerträglich. Dass Hitler Selbstmord begangen hatte, hielt er für eine Lüge. Außerdem ließ er keine Gelegenheit aus, sich über Wiebke lustig zu machen. Seit der Nacht in dem Bunker stotterte sie und nässte nachts ein. Dass sie erst denken und dann reden solle, schimpfte er. Dass das ganze Haus nach Pisse stinke und ihr Gestammel unerträglich sei. Die Mutter legte sich dann mit ihm an, und sie verließen regelmäßig hungrig den Esstisch. Sie wollten so schnell wie möglich nach Hause, aber es hieß, Hamburg sei gesperrt.

Im August 1945 kam die Nachricht, dass die Sperrung für Hamburger aufgehoben sei. Am nächsten Tag war Onkel Wilhelm außer Haus, und Tante Margret belud den Handwagen mit Decken, eingemachtem Gemüse, einem Sack Kartoffeln, Zwiebeln, zwei Töpfen, etwas Geschirr und Besteck. Sie wollten schon los, als die Tante die Nähmaschine aus dem Haus schob. »Wenn wir sie vorsichtig obendrauf legen und die Kinder sie festhalten, passt die noch. Ich kann da sowieso nicht mit umgehen.« Die Mutter wollte sie erst nicht annehmen. »Wenn der Wilhelm das bemerkt«, wandte sie ein, aber die Tante schüttelte den Kopf. »Das lass mal meine Sorge sein. Du kannst sie bedienen und wirst sie gut gebrauchen können.«

Obwohl Hamburg völlig zerstört war und sie drei Tage und Nächte ohne Dach über dem Kopf am Straßenrand kampierten, waren sie guter Dinge gewesen. Sie hatten sogar wieder miteinander gescherzt und gelacht. Zuerst räumten sie den Kellereingang unter ihrem Haus frei. Dort wollten sie fürs Erste wohnen, aber Wiebke war nicht zu bewegen, den Keller zu betreten. Sie weinte, und auch die Versicherung der Mutter, dass keine Bomben fallen und sie nicht verschüttet würden, half nicht.

Also hatten sie die Schuttberge darüber weggeräumt und im Parterre ein halbwegs bewohnbares Zimmer freigelegt. Hanno besorgte in den Ruinen eine Tür, und den leeren Fensterrahmen füllten sie mit Pappe. Während die Mutter mit Wiebke zum Steineklopfen ging, trieb er sich von nun an in den Trümmern herum, immer auf der Suche nach Brauchbarem. Anfang September grub er einen Ofen aus den Schuttbergen aus, und dabei lernte er Peter Kampe kennen. Der war siebzehn, schlug sich seit dem Feuersturm alleine durch und half ihm, den schweren Ofen auf den Handkarren zu laden. Peter war sehr an dem Handwagen interessiert gewesen, den Hanno inzwischen mit Streben und schweren Bohlen vergrößert und stabilisiert hatte. Er bot eine ganze Stange Zigaretten dafür, aber

Hanno blieb stur. Dann schlug Peter vor, sich zusammenzutun, und von dem Tag an arbeiteten sie Hand in Hand.

Es war verboten, sich in bestimmten Trümmergegenden aufzuhalten, überall standen Verbotsschilder, und die Tommys fuhren mit ihren Jeeps die Sperrgebiete ab. Aber Peter kannte Verstecke und Schleichwege und hatte beste Kontakte zum Schwarzmarkt. Von ihm lernte Hanno, wie man sich dort bewegte und richtig verhandelte und mit welchen Händlern man besser keine Geschäfte machte. Morgens zogen sie los, gruben nach allem, was von Wert war. Am späten Nachmittag gingen sie mit ihrer Beute zum Neumarkt, tauschten Bestecke, Töpfe, Wasserhähne, Waschbecken, Tisch- und Bettwäsche gegen Zigaretten oder Reichsmark und brachten Blei, Metalle und Kabel in den Hinterhof von Alfred Körner, der es korrekt wog, aber nur in Reichsmark bezahlte.

Über ein Jahr hatten sie so zusammengearbeitet, bis zum vergangenen Oktober. Da war Peter bei einer Razzia auf dem Neumarkt geschnappt worden. Weil es nicht das erste Mal war, hatte er einen Monat Arrest bekommen. Anfang November hätte er zurück sein müssen. Aber er kam nicht. Peter hatte schon vor seiner Verhaftung davon gesprochen, dass er sich verändern wollte. »Weg aus Hamburg«, hatte er gesagt, »in den Trümmern ist nichts mehr zu holen. Am besten weg aus Deutschland. Nach Amerika.« Vielleicht hatte Peter es wahr gemacht. Zuzutrauen war es ihm. Nur dass er sich nicht verabschiedet hatte, das nahm Hanno ihm übel.

Noch ganz mit diesen Gedanken beschäftigt, kämpfte er sich durch die Januarkälte und blickte immer wieder zur

Straße, auf der Wiebke mit dem Handwagen war. Dann sah er ihn. Zwischen den Trümmerbergen zeigte sich ein Kellereingang. Halb verschüttet, aber zugänglich. »Na also«, flüsterte er zufrieden. Vorsichtig stieg er die Stufen hinunter, auf jeden Schritt bedacht. Die Angeln einer Tür hingen noch im Mauerwerk, und er machte sich gleich an die Arbeit, schlug sie mit präzisen Schlägen heraus, ohne sie zu beschädigen. Dabei lauschte er nach jedem Schlag, ob die Erschütterung das Geröll über ihm in Bewegung brachte. Alles blieb still. Zusammen mit den Fensterbeschlägen, die er am Tag zuvor gefunden hatte, konnte er auf dem Schwarzmarkt am Hansaplatz vielleicht fünf bis acht Amis bekommen und für die Zigaretten ein Brot eintauschen. Aber daran sollte er nicht denken. Nicht ans Essen, denn das lenkte seine Aufmerksamkeit auf den Hunger, der in seinem Magen schmerzte.

Spärliches Licht fiel vom Eingang in den Keller, und er ging vorsichtig tiefer hinein.

Ein kleines Holzregal an der linken Wand. Brennholz! Die beiden Seitenwände waren über eineinhalb Meter lang, dazwischen vier Regalböden. Vorsichtig schlug er die Holzbohlen auseinander, achtete darauf, dass die langen Nägel keinen Schaden nahmen. Die Bretter stellte er an die Wand, die Nägel steckte er in die Jackentasche.

Inzwischen hatten sich seine Augen an das spärliche Licht gewöhnt. Er trat in den hinteren Teil des Raumes. Da lag etwas Großes. Es schimmerte weißlich. Was war das? Zwei, drei Schritte vor, dann blieb er abrupt stehen. Er stand lange da und starrte den nackten Körper an. An Marmor dachte er, an leuchtend weißen Marmor mit graublauen Linien, und daran, dass sie eine schöne Frau gewesen war.

Wie betäubt ging er rückwärts in Richtung Eingang. Seine Augen mussten sich an das Tageslicht gewöhnen. Neben ihm blinkte etwas. Er bückte sich, steckte den kleinen Gegenstand ganz automatisch in die Jackentasche. Er stolperte hinaus, wollte nur fort, hinunter zur Straße. Dann fiel ihm das Holz wieder ein. Er wankte zurück. Wie ein Taucher nahm er am Kellereingang einen tiefen Atemzug, ließ sich noch einmal in das Halbdunkel hinab, schulterte die Bretter und trug sie hinaus. Draußen beruhigte er sich langsam. Er hatte schon viele Tote gesehen. Ein Toter erschreckte ihn nicht, aber diese Frau war anders. Anders tot.

Über den Trümmern, so schien es ihm, während er die Bretter zur Straße trug, lag jetzt eine unnatürliche Helligkeit und Stille. Ein erschrecktes Innehalten. Kein Vogelruf, keine vom kalten Wind getragenen fernen Geräusche. Nur seine stolpernden Schritte und das Klappern der Nägel und Türangeln in seiner Jackentasche.

Wiebke stand auf der Anckelmannstraße, die Arme um ihren dürren Oberkörper geschlungen, trat sie frierend von einem Bein auf das andere und wich seinem Blick aus.

Erst als er die Bretter auf den Handwagen legte, sah er ihn. Der Junge stand hinter Wiebke und war vielleicht drei oder vier Jahre alt. Er trug eine lange Hose, festes Schuhwerk, einen grünen Mantel aus dicker, gefilzter Wolle und eine graue Strickmütze. Gute, warme Kleidung, aber Hanno sah, dass er steif war vor Kälte.

Wiebke sah verlegen zu Boden und stotterte: »Ich hab ihn gefunden. Hanno, er ist ganz allein.« Hanno brauchte einen Moment, bis er verstand, was sie damit sagen wollte. Er schüttelte den Kopf. »Nein, Wiebke. Sieh ihn dir doch an. So sieht keiner aus, der alleine ist. Da wird schon jemand kommen und ihn abholen. Wir gehen.«

Wiebke rührte sich nicht von der Stelle. »Bitte, Hanno. Wir können ihn doch nicht hierlassen«, quengelte sie, »hier ist doch niemand.« Er wollte nur fort, wollte sich nicht mit der Schwester streiten, und vor allem wollte er nicht ausgerechnet jetzt und hier von den Tommys erwischt werden.

Außerdem musste er das Holz nach Hause schaffen. Die Mutter brauchte es dringend. Er ging mit der Handkarre los. Der Kleine lief an Wiebkes Hand, konnte aber kaum Schritt halten. Schon nach kurzer Zeit blieb Wiebke mit dem Kind zurück. Hanno musste warten, und sie kamen nur langsam voran.

»Da siehst du es. Der hält uns nur auf«, schimpfte Hanno, und weil Wiebke wieder mal den Tränen nah war, nahm er den Jungen kurzerhand auf den Arm und überließ seiner Schwester den Handwagen. Das kleine Gesicht war rot gefroren und unbeweglich, und Hanno merkte sofort, warum der Junge kaum laufen konnte. Er hatte eingenässt, und die Hose war steif gefroren. Hanno öffnete seinen zu weiten Mantel und steckte das Kind mit unter den Stoff. Er fragte ihn nach seinem Namen. »Na komm, du wirst doch wissen, wie du heißt? Wo sind denn deine Eltern?« Der Kleine blieb stumm, sein Blick starr. Und während er ihn durch die Kälte trug, meinte Hanno, dass von dem Jungen die gleiche erschreckte Stille ausging, die er auf dem Weg über das Trümmerfeld wahrgenommen hatte.

KAPITEL 2

Köln, August 1992

Die letzten Gäste sind gegangen. Thomas und ihre Kollegin Irene haben noch geholfen, die gröbsten Spuren des Festes zu beseitigen, und sich dann auch verabschiedet. Eine gelungene Feier. Dabei hatte es zunächst nicht danach ausgesehen. Die Hitze des Tages lag wie eine feuchtwarme Decke auf Garten und Terrasse, und es wollte keine rechte Stimmung aufkommen, aber als gegen neun Uhr ein Gewitter niederging, hatte sich das schlagartig geändert. Auf der Terrasse, wurde bis nach Mitternacht getanzt und getrunken, und sie war in Sorge gewesen, dass die Nachbarn sich beschweren könnten.

Anna stellt die Spülmaschine an und verstaut die verpackten Reste des Buffets im Kühlschrank. Die Uhr am Herd zeigt halb drei. Mit einem letzten Glas Rotwein geht sie um den offenen Küchenblock herum und setzt sich an den neuen ovalen Esstisch. Die dünne, über drei Meter lange Kirschholzplatte ruht auf zwei gläsernen Säulen und beherrscht schwebend den Raum. Diese Leichtigkeit hatte ihr gefallen.

Sie streicht mit der Hand in einem weiten Bogen über das polierte Holz. Der Tisch war teuer gewesen, eigentlich zu teuer. Vor drei Tagen, rechtzeitig zur Feier ihres vierzigsten Geburtstags, hatten sie ihn geliefert. Vierzig! Die Zahl war ihr wie eine Hürde vorgekommen. Und dahinter – das hatte sie sich fest vorgenommen – sollte sich einiges ändern. Warum sie sich darauf versteift hatte, dass es als Erstes ein neuer Esstisch sein musste und der alte, den sie von ihrer Mutter übernommen hatte, wegmusste, konnte sie nicht genau erklären. Aber das alte Möbelstück, an dem sie schon als Kind gesessen hatte, war mit all seinen Kerben, Brandmalen und Flecken wie ein Symbol gewesen. Ein Symbol für alles Schwere. Ein Klotz am Bein. Die über Jahrzehnte angesammelten Schäden hatten sich tief ins Holz gegraben, hielten jeder Überarbeitung stand. Anna hatte auf dieser Tischplatte lesen können wie in einem Buch. Das Abrutschen eines Messers, die zerdrückten Blaubeeren, die Rotweinränder, wenn die Mutter sich betrunken und mit ungeschickter Hand nachgeschenkt hatte, die Flecken von achtlos hingestellten, zu heißen Töpfen und die schwarzbraunen Narben der vergessenen Zigaretten. Und es war der Tisch, an dem sie die mütterlichen Regeln gelernt hatte. Ohne Fleiß kein Preis. Spare in der Zeit, dann hast du in der Not. Das Leben ist kein Spielplatz.

Als Jugendliche, wenn sie nach Meinung der Mutter Geld für Unnützes ausgegeben hatte, war sie ihr zuvorgekommen, hatte sich die Ohren zugehalten und gerufen: »Ja ja, ich weiß. Spare in der Zeit ...«

Wie sehr sie inzwischen selbst nach diesen Regeln lebte, hatte sie erst in den letzten Monaten erkannt.

Als Lehrerin hatte sie ein gutes und gesichertes Einkommen, ging überaus sparsam mit Geld um und investierte einen großen Teil in ihre Zukunftssicherung. Wenn aber etwas Unvorhergesehenes passierte, stieg diese Angst in ihr auf, die sich in letzter Zeit immer wieder bis zur Panik steigerte. Ein großer grauer Hund, der sie unvermittelt ansprang. Dann rang sie nach Atem und meinte, den Boden unter den Füßen zu verlieren. Eine grundlose, existenzielle Angst, die sie sich nicht erklären konnte, von der sie manchmal dachte, dass es nicht ihre war.

Sie tunkt den Finger in den Wein, fährt über den dünnen Glasrand und lauscht dem sphärischen Klang. Dass Thomas gekommen war, hatte sie gefreut. Ihre Ehe war vor fünf Jahren geschieden worden. Sie waren nicht im Bösen auseinandergegangen, aber der Kontakt war abgebrochen, und erst in den letzten Monaten trafen sie sich wieder regelmäßig. Ihre Ehe war an ihrer Kinderlosigkeit gescheitert. Als feststand, dass sie keine Kinder haben würden, hatten sie sich beide in die Arbeit gestürzt und nur noch nebeneinanderher gelebt. Sie widmete sich ganz ihren kleinen Schülern, und Thomas machte als Partner in einer angesehenen Kanzlei Karriere. Die letzten Jahre ihrer Ehe nannten sie beide »Zettelehe«. Sie sahen sich kaum, und morgens wie abends lagen diese Nachrichten auf dem Tisch, die immer mit »Kuss« geendet hatten. Geküsst hatten sie sich da schon lange nicht mehr.

Sie sollte ins Bett gehen, aber Thomas hat beim Aufräumen vom Gut Anquist gesprochen, und seither hat ihre Müdigkeit einer diffusen Unruhe Platz gemacht.

»Ich habe einen Klienten, der auf Rückgabe seines Eigentums in Sachsen klagt. Was ist denn mit dem Gutshof deines Großvaters in der Uckermark? Will deine Mutter da keine Ansprüche stellen?«

Sie hatte gelacht und den Kopf geschüttelt. »Bestimmt nicht. Du weißt doch, dass für meine Mutter schon die Erwähnung des Namens ein Tabubruch ist.«

Thomas sprach von offenen Vermögensfragen, und wie es seine Art war, führte er alle Argumente für und gegen eine Rückforderung ins Feld. Sein Resümee lautete: »Wenn deine Mutter es nicht zurückhaben will, könnte sie wahrscheinlich eine Entschädigung bekommen. Sie hat doch nur diese kleine Rente.«

Anna nimmt einen Schluck Wein.

Vor vier Jahren hat die Mutter die Kneipe in der Niehler Straße in Nippes verkauft und den Erlös in eine Wohnung in Ehrenfeld investiert. Als selbständige Wirtin muss sie mit einer kleinen Rente klarkommen, die Anna monatlich aufstockt. Wie hoch auch immer so eine Entschädigung ausfallen könnte, es wäre doch unvernünftig, sich nicht darum zu bemühen.

Anna geht um den Küchenblock herum und spült das Weinglas aus. Thomas hat angeboten, sich zu informieren. »Ich bin sowieso mit dem Thema beschäftigt. Wenn du willst, erkundige ich mich mal, was aus dem Gut geworden ist. Ganz unverbindlich.« Sie war unsicher gewesen, stimmte dann aber zu. Schaden konnte es nicht, und mit ihrer Mutter müsste sie ja erst sprechen, wenn sich etwas Konkretes ergab.

Dieses Gespräch mit Thomas hatte ganz beiläufig, zwischen klapperndem Geschirr beim Aufräumen stattgefunden. Erst seit Thomas und Irene gegangen sind, spürt sie dieses Unbehagen. Vielleicht war es voreilig gewesen. Die Mutter sprach nie über ihre Zeit in der Uckermark, und Anna kannte nur einige wenige Eckdaten.

Dass sie auf Gut Anquist von Forstwirtschaft und Pferdezucht gelebt hatten und nach dem Krieg alle Großgrundbesitzer in der sowjetischen Besatzungszone enteignet wurden. Der Großvater war 1946 mit der Mutter in die englische Besatzungszone geflohen und später mit einem Schiff nach Südafrika emigriert.

Mehr hatte die Mutter darüber nicht erzählt, nur über die Zeit in Johannisburg sprach sie manchmal. Der Großvater kam mit dem Land, den Leuten und dem Klima nicht zurecht. Er kränkelte, kaum dass sie angekommen waren.

Die Mutter arbeitete in einer Importfirma als Schreibkraft, wo sie Norbert Meerbaum kennenlernte. Er war Handelsvertreter und ebenfalls nach dem Krieg aus Deutschland gekommen. Eines Tages stand er mit einem Blumenstrauß vor ihrem Schreibtisch und lud sie ein, ihn auf ein Fest zu begleiten. Von diesem Abend erzählte sie gerne. »Es war das Erntefest der Plantagenbesitzer, und es wurde im Ballsaal eines vornehmen Hotels gefeiert«, schwärmte sie. »Er war ein stattlicher Mann und großartiger Tänzer. Wir waren DAS Paar des Abends, die anderen Gäste drehten sich nach uns um.« Ein Jahr später machte er ihr auf der Terrasse dieses Hotels einen Heiratsantrag.

Die ersten Jahre mit Norbert Meerbaum waren wohl eine glückliche Zeit gewesen, davon zeugten diverse Fotos und auch die Stimme der Mutter, wenn sie davon sprach. 1952 war sie – Anna – geboren worden und kurz darauf der Großvater gestorben. Als ihrem Vater eine gutbezahlte Anstellung als Pharmavertreter in Deutschland angeboten wurde, waren sie zurückgekehrt.

»Ein großer Fehler«, sagte die Mutter, wenn sie an diesem Punkt ihrer Erzählung ankam, und um ihren Mund zeigte sich diese Linie aus Bedauern und Verachtung.

Sie lebten in Köln, und der Vater war ständig unterwegs gewesen. Die Wohnung lag in der Niehler Straße über der Kneipe Dönekes, in der die Mutter bald Stammgast war. Anna konnte sich gut an die lautstarken Streitereien ihrer Eltern erinnern. Die Vertreterreisen ihres Vaters waren immer länger geworden, und als sie acht war, kam er nicht mehr zurück. Von da an trank die Mutter von morgens bis abends, und Anna hatte geweint und geschrien, wenn sie die Mutter auf dem Küchenfußboden oder im Bad zwischen Wanne und Toilette fand und sie kein Lebenszeichen von sich gab. Wochenlang ging das so.

Und dann, von einem Tag auf den anderen, war es vorbei. Die Mutter fing sich, arbeitete als Kellnerin im Dönekes und übernahm zwei Jahre später den Pachtvertrag für das Lokal. Nicht dass sie nicht mehr trank, aber von nun an gemäßigt und nie wieder bis zum Umfallen. Als verlassene Frau, die alleine ein Lokal betrieb, hatte sie es in den sechziger Jahren nicht leicht gehabt. Sie war hübsch, und es kursierten anzügliche Gerüchte. Aber sie setzte sich darüber hinweg, hatte die Männer an der Theke gut im Griff, und die üble Nachrede war nach und nach verstummt. 1965 hatten sie noch einmal von Norbert Meerbaum gehört. Der Brief kam aus Antwerpen, und er bat höflich und knapp um die Scheidung.

Diesen Brief des Vaters hat sie noch. Die Mutter hatte ihn damals vorgelesen, zerrissen und in den Mülleimer geworfen. Weil der Vater sie – sein kleines Engelchen – in dem

Brief nicht mal erwähnte, hatte sie gedacht, die Mutter habe diesen Teil unterschlagen. Heimlich sammelte sie die Schnipsel aus dem Müll und klebte sie sorgfältig auf ein Blatt. Aber die Mutter hatte nichts ausgelassen, er hatte tatsächlich kein Wort über sie verloren.

Der alte Schmerz kriecht in ihr hoch, und für einen Moment fragt sie sich erstaunt, warum sie dieses Zeugnis seiner Missachtung immer noch aufbewahrt.

Im Bett liegt sie lange wach, hat das Fenster weit geöffnet und wartet darauf, dass sich die kühle Nachtluft endlich auch im Zimmer breitmacht. Vielleicht soll sie Thomas bitten, die Dinge ruhen zu lassen, denn spätestens wenn Aussicht auf eine Entschädigung besteht, muss sie mit ihrer Mutter sprechen. Und an den Streit möchte sie gar nicht denken.

Auf der anderen Seite ist da diese Neugier. Sie weiß so wenig über ihre Familie. Zumindest kann sie in die Uckermark fahren und sich das Gut einmal ansehen. Davon braucht die Mutter ja nichts zu erfahren. Sie spürt, wie sich bei diesem letzten Gedanken ihre Brust verengt. Und dann ist es wieder da. Das Herzklopfen. Der wankende Boden. Der große graue Hund der Angst.

KAPITEL 3

Uckermark, April 1945

Diese ersten warmen Frühlingstage, wenn der Morgentau dampfend aus den Feldern stieg und alles Warten ein Ende hatte, waren ihm immer die liebsten gewesen. Aber jetzt hatte er keinen Blick dafür. Heinrich Anquist stand auf dem schmalen Balkon im ersten Stock des Gutshauses und blickte mit einem Fernglas die lange Auffahrt hinunter zur Chaussee. Seit drei Tagen ging das so. Mannschaftswagen, Fußtruppen, Versorgungswagen und manchmal Panzer. Sie zogen sich zurück. Es war die Rede von einer neuen Verteidigungslinie weiter westlich, aber sie kamen kaum vorwärts. Flüchtlingstrecks verstopften die Straßen. Seit Tagen hörte man das Rattern der Stalinorgeln, das über die Seen und stillen Hügel wehte und beständig näher kam. Wochenlang war Gut Anquist Durchgangslager für Flüchtlinge gewesen. Die Remise und Scheune hatte kaum noch Platz geboten, vor vier Tagen aber waren sie endlich alle aufgebrochen. Er war froh darüber. Länger hätten sie die vielen Menschen nicht versorgen können. Die Lebensmittelvorräte und das Pferdefutter gingen zur Neige.

Heinrich Anquist hatte seine Hausangestellten und die

polnischen Kriegsgefangenen ebenfalls aufgefordert, zu packen und mit den Flüchtlingen zu ziehen. Zwei Pferde und zwei Wagen hatte er ihnen überlassen. Die alte Wilhelmine, die seit vierzig Jahren die Küche führte und vor einigen Monaten ihre verwaiste Nichte Almuth aus Berlin hergeholt hatte, war geblieben. Und auch Josef, der hier aufgewachsen war und das Gut nur verließ, um die Milchkannen zur Molkerei zu fahren, wollte nicht fort. Josef war als Kind an Kinderlähmung erkrankt und hatte ein steifes Bein zurückbehalten. Für ihn war es ein schrecklicher Makel, dass er mit seinen zwanzig Jahren nicht Soldat werden konnte. »Ich lauf doch nicht weg vor dem Feind«, hatte er trotzig erklärt, und alles Zureden hatte nicht geholfen.

Jetzt waren sie nur noch eine kleine Gemeinschaft. Außer Wilhelmine, Josef und Almuth waren Anquists Tochter Clara und seine Schwiegertochter Isabell mit den Kindern Margareta und Konrad auf dem Gut. Er hätte es lieber gesehen, wenn sie mit den anderen fortgegangen wären, aber sein Sohn Ferdinand hatte vor einer Woche telegrafiert und seine Heimkehr angekündigt. »Sind auf dem Rückzug. Stopp. Bin in wenigen Tagen zu Hause. Stopp.«

Isabell wollte auf ihn warten. »Ich gehe nicht ohne ihn«, hatte sie gesagt. »Er muss doch jeden Moment hier sein.«

»Die Russen auch«, schimpfte Clara, »du musst an deine Kinder denken.«

Aber Isabell ließ nicht mit sich reden. »Er wird vor den Russen hier sein, und er wird wissen, was dann zu tun ist.« Das war ihr letztes Wort gewesen.

Gestern hatten sie eilig das Tafelsilber, wertvolle Bilder, Meißner Porzellan und hochwertige Kleidung in Koffer und Truhen gepackt und im Wald am See vergraben. Den Familienschmuck, Bargeld und wichtige Papiere hatte er in eine Metallkiste gelegt und unter einer Betonplatte hinter den Pferdeställen versteckt. Davon wussten nur er und Clara. Anschließend verbrannte er das Führerporträt und sein Parteibuch.

In die Partei war er 1939 eingetreten. Seine Pferdezucht genoss einen ausgezeichneten Ruf, und das Militär war sein bester Kunde. Aber dann hatten sie ihm erklärt, dass er nur als Parteimitglied auf weitere Geschäfte hoffen konnte. Er hatte nicht groß darüber nachgedacht. Politik interessierte ihn nicht. Ein kleines Zugeständnis, hatte er damals gedacht, aber dieser einen Konzession waren weitere gefolgt.

Es war gut für ihn gelaufen, er hatte in all den Jahren profitiert, sogar Land zugekauft. Erst mit dem Russlandfeldzug waren ihm Zweifel gekommen. Aber da war es längst zu spät gewesen. Sein Sohn Ferdinand war Offizier des Heeres und brachte auf seinen Heimaturlauben Nachrichten aus dem Osten mit, die er kaum glauben konnte. Niedergebrannte Dörfer. Erschießungen von Zivilisten. Sogar von Frauen und Kindern hatte er gesprochen.

Und in der kommenden Nacht oder spätestens morgen würden die Russen auf dem Gut stehen.

Er hörte, wie sich die schwere Zimmertür des Herrenzimmers öffnete und jemand am Durchgang zum Balkon stehen blieb.

»Vater?« Clara Anquist sprach mit fester Stimme. »Wir sind so weit.«

Anquist ließ das Fernglas sinken und drehte sich zu ihr um. »Lasst die Kühe auf den Wiesen, aber bringt die tragenden Stuten noch in den Stall. Mit irgendwas müssen wir ja anfangen, wenn das alles hier vorbei ist.«

Als er es ausgesprochen hatte und Claras betroffenen Blick sah, schluckte er verlegen. Was redete er da? Aber er konnte nicht leugnen, dass es diese Hoffnung in ihm gab. Irgendwie musste es auch in einem besetzten Land weitergehen, und eine funktionierende Landwirtschaft wurde immer gebraucht. Er legte das Fernglas beiseite und trat ins Zimmer.

Es war verabredet, dass sie sich für die kommenden Tage in der Hütte am See verstecken würden, bis sich die Lage beruhigt hatte und die Front über sie hinweggezogen war. Das kleine Holzhaus lag verborgen in einem Waldstück. Sie benutzten es seit Jahren nicht mehr. Der Weg dorthin war zugewuchert. Josef und Clara hatten am Tag zuvor den Bootssteg zerschlagen, der einzig sichtbare Hinweis, dass der Ort von Menschen genutzt wurde. Als seine Frau Johanna noch lebte, waren sie abends nach getaner Arbeit regelmäßig mit den Kindern am Steg gewesen. Sie fuhren mit dem Ruderboot auf den See, die Kinder lernten schwimmen und im Winter Schlittschuhlaufen. Aber das war in einer anderen Zeit gewesen, in einem anderen Leben.

»Proviant, Decken, Kleidung und Petroleumlampen sind jetzt in der Hütte. Die beiden Gewehre sind noch im Versteck«, sagte Clara. »Der Proviant wird für etwa eine Woche reichen.«

»Gut.« Er zeigte zum Balkon. »In der Nacht, aber spätestens morgen werden sie hier sein. Wir werden uns am Abend auf den Weg machen.«

Er tätschelte ihre Wange. Clara hatte schon mit zwanzig, nach dem Tod ihrer Mutter, alle Pflichten einer Hausherrin übernommen. Sie war schön, aber nicht im herkömmlichen Sinne. Es war wohl ihr Stolz, mit dem sie die Blicke der Männer auf sich zog. Das strohblonde Haar, die gerade Nase und die blauen Augen waren ein mütterliches Erbe. Dass sie großgewachsen und kräftig war, sich am liebsten bei den Pferden aufhielt und körperliche Arbeit nicht scheute, hatte sie von ihm. Er hätte sie gerne verheiratet gesehen, aber sie wartete auf den »Richtigen«, wie sie es ausdrückte. Eine Zeitlang war er zuversichtlich gewesen. Sie hatte sich für Magnus Ambacher interessiert, einen Freund seines Sohnes. Er kam aus Berlin und war, wie Ferdinand, in Templin im Joachimsthalschen Gymnasium zur Schule gegangen. Ferdinand war Wochenschüler im Internat und verbrachte die Wochenenden zu Hause. Seinen Freund Magnus brachte er regelmäßig mit, aber als die Schulzeit vorbei war und Magnus zum Medizinstudium nach Berlin zurückkehrte, hatte sich die Verbindung nach und nach gelöst.

Clara hatte alles getan, um sich die Enttäuschung nicht anmerken zu lassen, aber er wusste, dass sie immer noch darunter litt. Inzwischen war sie Mitte zwanzig, und wenn das Thema Ehe zur Sprache kam, war ihre Antwort: »Wir werden sehen. Wenn der Krieg vorbei ist, werden wir weitersehen.«

Als seine Tochter gegangen war, trat er zurück auf den Balkon. In wenigen Tagen würde der ganze Wahnsinn ein Ende haben, und bis dahin wollte er die Frauen in Sicherheit wissen. Den Russen eilte ein schrecklicher Ruf voraus. Von Plünderungen und Vergewaltigungen war die

Rede. Er nahm sein Fernglas wieder auf und blickte über das Land hinter der Chaussee. Von dort würden sie kommen. Keine Sekunde dachte er daran, dass er sie nicht alle im Blick haben könnte, dass sie nicht in einer geraden Linie vorrückten.

Ein unverzeihlicher Fehler, den er erst erkannte, als die beiden Hunde im Hof wild zu kläffen begannen. Dann folgten Schüsse, und die Tiere waren still. »Zu spät!« Nichts anderes konnte er denken, nur dieses »zu spät, zu spät« hämmerte in seinem Kopf.

Die Frauen und Kinder waren noch im Haus. Er lief den Flur entlang zu den Fenstern nach Süden, hörte, wie unten Gewehrkolben gegen das Portal geschlagen wurden. Er rief: »Clara! Isabell!«, bekam aber keine Antwort. Dann lief er in Isabells Zimmer, das nach Westen ging, und schob die Gardine zur Seite. Da sah er sie. Sie rannten über die Felder auf den Wald zu. Die siebenjährige Margareta lief an Josefs Hand, und Clara trug den kleinen Konrad.

»Gott sei Dank«, flüsterte er erleichtert. Unten barst das Holz des Portals, und gleich darauf hörte er die Soldaten in der Eingangshalle. Die Schritte schwerer Stiefel. Es wurde gerufen, Glas und Porzellan zerbrach, Holz splitterte. Dann Schreie. Wilhelmine! Ihre Nichte Almuth hatte er bei den anderen gesehen, aber Wilhelmine war nicht dabei gewesen. Er lief zur Treppe, wollte hinunter zur Küche. Wieder fielen Schüsse. Wilhelmine schrie nicht mehr. Er stand an der Treppe und sah hinunter. Die Männer bemerkten ihn nicht, trugen Lebensmittelvorräte in die Halle. Kartoffeln, Speck, Mehl. Heinrich Anquist stieg mit hocherhobenem Haupt die breite Treppe hinunter, darauf gefasst, dass ihn gleich eine Kugel treffen würde. Er war schon auf halber Höhe, als sie ihn entdeckten. Zwei der Soldaten stürmten ihm entgegen, packten ihn und stießen ihn die restlichen Stufen hinunter. Er verlor das Gleichgewicht und fiel auf den Mosaikfußboden der Halle.

Einer der Männer ging neben ihm in die Hocke, packte sein schütteres graues Haar und zog seinen Kopf hoch. Er sprach gebrochen Deutsch, nannte ihn ein Nazischwein und fragte: »Wo deine Leute? Wo deine Leute!«

Heinrich Anquist blickte in die dunklen Augen. »So also endet es«, dachte er und sagte: »Hier sind keine Leute mehr.« Fast hätte er gelächelt vor Erleichterung darüber, dass es die Wahrheit war.

Er sah den Zorn in den Augen des anderen, hörte das ängstliche Wiehern der Stuten, die draußen auf dem Hof zusammengetrieben wurden. »Nicht die tragenden Stuten«, dachte er, »womit soll Ferdinand denn neu anfangen, wenn ...«

»Faschist«, spuckte der Rotarmist verächtlich aus. Heinrich Anquist spürte noch, wie sein Kopf mit Wucht auf dem Steinfußboden aufschlug. Dann war es dunkel.

KAPITEL 4

Hamburg, Januar 1947

Agnes Dietz saß an diesem 28. Januar im Mantel an ihrer Nähmaschine und versuchte, ein dunkelblaues Kleid aus feinem Taft zu ändern. Ihr Mantel stammte noch aus den guten Jahren. Damals war sie an Hüften und Busen rundlich gewesen, aber jetzt war er zu weit, und die Ärmelenden behinderten jeden Handgriff. Wenn Hanno und Wiebke nicht bald mit etwas Brennbarem nach Hause kamen, würde das Kleid nicht pünktlich fertig werden. Schon am Abend zuvor hatte sie daran gearbeitet, aber die Arbeit zog sich hin, weil die Kälte ihre Finger steif und unbeweglich machte und der glatte Stoff immer wieder unter den fühllosen Händen wegrutschte. Ihre Haut war rauh, am Kragen des Kleides war sie hängengeblieben und hatte dabei ein Fädchen gezogen.

Sie stand auf, ging umher, rieb die Hände, hielt sie vors Gesicht und hauchte hinein, bis das Blut wieder zirkulierte. In den letzten Monaten hatte sich herumgesprochen, dass sie eine Nähmaschine besaß und geschickt damit war. Beim Steineklopfen war sie Magda begegnet, die mit ihren drei Kindern in einer der Nissenhütten an der Auenstraße wohnte, einer Notunterkunft aus Wellblech, wie sie zu Hunderten in der Stadt aufgestellt worden waren. Magda machte bei Major Gardner in Rotherbaum die Wäsche. Einige der Frauen hatten sie beschimpft, weil sie aus dem Osten kam und für »den Feind« arbeitete, aber Magda ließ sich nichts gefallen.

»Der Krieg ist vorbei, und ich muss drei hungrige Mäuler stopfen«, wehrte sie sich, und Agnes hatte ihr zugenickt.

Magda hatte ihr vor einigen Tagen diesen Nähauftrag besorgt. Das Kleid gehörte Frau Gardner, und Agnes sollte es ändern und am Nachmittag in Rotherbaum, in der Heimhuder Straße abliefern. Schon am Abend zuvor, beim Auftrennen der alten Nähte, war alles schiefgegangen. Bei dem Versuch, die Fäden im Ganzen zu ziehen, damit sie sie anschließend wiederverwenden konnte, waren sie unter ihren steifen Fingern gerissen. Sie hatte aus ihrem Unterrock den schwarzen Saumfaden gezogen, um weiterzuarbeiten. Aber wenn Hanno und Wiebke nicht bald Brennholz brachten und es im Zimmer wenigstens für kurze Zeit warm war, dann würde sie mit dem Kleid nicht rechtzeitig fertig sein. Dabei wollte sie doch eine pünktliche und gute Arbeit abliefern, um vielleicht weitere Aufträge zu bekommen. Magda hatte gesagt, dass die Gardner sehr anspruchsvoll sei, sich aber auch nicht lumpen ließ, wenn sie zufrieden war.

Es war schon fast zwölf, als sie Hanno und Wiebke endlich draußen hörte und zur Tür lief.

»Habt ihr ...?« Sie stockte.

»Aber ... wer ist das denn?«

Hanno hatte den Kleinen neben Wiebke abgestellt, und

die versuchte eine Erklärung. Wie immer, wenn sie aufgeregt war, kam sie kaum über die erste Silbe hinaus. Hanno kam ihr zu Hilfe. »Der war allein. Hat bei den Trümmern an der Anckelmannstraße gestanden.« Und um das Thema fürs Erste zu beenden, fügte er eilig an: »Wir haben Holz.«

Er ging ins Zimmer, holte das Beil, das Peter ihm geschenkt hatte, und machte sich daran, die Bretter auf ein passendes Maß zu schlagen. Agnes Dietz betrachtete den kleinen Jungen. »Aber ihr könnt doch nicht einfach ein Kind hier anschleppen. Seht ihn euch doch an. Der gehört doch zu jemandem.«

Hanno schüttelte den Kopf. »Da war aber niemand, ehrlich. Da war weit und breit kein Mensch.«

Agnes hob den Jungen hoch und sprach ihn an. »Na komm. Wir gehen erst mal rein und heizen. Dann sehen wir weiter.«

Der Kleine reagierte nicht auf ihre Ansprache, war steif vor Kälte und schien völlig apathisch. Sie setzte ihn aufs Bett, befühlte seine Händchen, zog ihm die Schuhe und die steif gefrorene Hose und Unterhose aus. Dann betrachtete sie die Füße und Beine. Erfrierungen konnte sie nicht entdecken und sagte: »Ist nicht so schlimm. Das wird wieder.«

Sie schlug das Oberbett zurück und packte den Kleinen darunter. Hanno kam mit dem zerkleinerten Holz und feuerte den Ofen an. Der Raum war kaum zwölf Quadratmeter groß. Links vom Ofen lagen die Matratzen mit dem Oberbett und den beiden Armeedecken, die Hanno zusammen mit Peter organisiert hatte. Das Feldbett, das zusammengeklappt an der Wand lehnte, war aus einem

Luftschutzbunker. In der Zinkwanne wuschen sie die Wäsche, außerdem diente sie als Badewanne. Rechts vom Ofen stand der Tisch mit den drei Beinen. Das vierte Bein hatten sie durch ein Brett ersetzt. Auch die zwei Stühle und den Hocker hatten Hanno und Peter aus den Trümmern geborgen und repariert. Neben dem Eingang stand der Küchenschrank ohne Türen. Der war nach der Bombardierung noch dort gewesen und hatte die herabstürzenden Trümmer überstanden. Im unteren Teil lagen einige Kleidungsstücke und Handtücher und im Fach darüber die beiden Töpfe und das Geschirr aus Pinneberg.

Obenauf stand die leere Konservendose. Die nahm Wiebke mit zur Schule. Mittags bekamen die Kinder dort einen halben Liter Suppe, aber seit Weihnachten war die Schule geschlossen, und damit fiel auch die mittägliche Suppe für Wiebke aus.

Im letzten Sommer hatten Peter und Hanno eine Glasscheibe und Kitt besorgt und die Pappen in der Fensteröffnung entfernt. In der Zeit waren auch die Strommasten in der Straße wieder aufgestellt worden, und sie hatten stundenweise Strom. Für die Glühbirne hatten sie ein kleines Vermögen bezahlt.

Wiebke schlüpfte unter die Bettdecke zu dem Kleinen, und Agnes Dietz zerdrückte die feine Eisschicht im Wassereimer. Sie setzte einen Topf auf und kochte aus getrockneter Kamille Tee. Außerdem legte sie einen Backstein auf den Ofen. Die Wärme breitete sich schnell im Zimmer aus, aber das Holz würde nicht lange vorhalten. Sie hielt ihre Hände an den Topf und setzte sich dann wieder an die Arbeit.

Was mit dem fremden Kind geschehen sollte, darüber

würde sie sich später Gedanken machen. Jetzt musste sie die Wärme nutzen und mit ihrer Arbeit fertig werden. Magda hatte gesagt, dass der Major – wenn man ihn darum bat – auch mit Lebensmitteln, Kohlen oder Zigaretten bezahlen würde. Agnes hatte sie erstaunt angesehen, und Magda hatte gelacht. »Die Tommys wissen doch auch, was los ist.«

Agnes war nie auf dem Schwarzmarkt gewesen. Hanno hatte sich mit Peter dort herumgetrieben, aber seit Peters Verhaftung war sie in Sorge um ihren Sohn. Auf der anderen Seite kamen sie ohne Hannos Schwarzmarktgeschäfte nicht zurecht. Was ihnen auf Lebensmittelkarten zustand, reichte nicht, um satt zu werden, und oft stand sie stundenlang vor einem Geschäft in der Schlange und musste mit leeren Taschen nach Hause gehen, weil es nicht einmal mehr das mit Sägemehl versetzte Brot gab. Es hieß, dass man an der Hintertür der Bäckerei Brot bekommen konnte, allerdings zu Preisen, die für sie unerschwinglich waren.

Sie stand noch einmal auf, rollte den heißen Stein in ein fadenscheiniges Handtuch und legte ihn zu dem Jungen ins Bett. Wiebke saß im Mantel, bis zum Bauch zugedeckt, neben ihm und flößte dem Kleinen mit einem Löffel Tee ein.

Agnes war ganz in ihre Arbeit vertieft, als sie es wahrnahm, den Kopf hob und Hanno ansah. Der lauschte genauso gebannt wie sie.

»Das tut dir gut. Das macht dich warm. Du musst keine Angst mehr haben. Ich pass auf dich auf.«

Wiebke redete mit dem Kind und stotterte nur kurz, am Anfang eines neuen Satzes. Ganz vertieft beim Umsorgen des Kleinen, sprach sie fast fließend.

Agnes schluckte schwer. Über drei Jahre war es her, dass sie ihre Tochter so gehört hatte, und auch Hanno schien zu spüren, dass es nicht klug war, seine Schwester zu unterbrechen und sie darauf aufmerksam zu machen.

Die Wärme, Wiebkes fürsorglich flüsternde Stimme, das gleichmäßige Rattern der Nähmaschine und das Kleid, das unter ihren Händen nun doch noch fertig wurde. Agnes Dietz spürte an diesem Mittag etwas, das sie schon verloren geglaubt hatte. Zuversicht. Dieses vorsichtige »Vielleicht«. Vielleicht würde es doch wieder bergauf gehen.

Bald war nur noch die Nähmaschine zu hören. Wiebke hatte die Tasse beiseitegestellt, war ganz unter die Decke gerutscht, und die beiden schliefen. Hanno saß der Mutter am Küchentisch gegenüber, räumte seine Taschen aus und legte die Fundstücke von den Vortagen dazu. Er sortierte Nägel, Schrauben, Scharniere und Schellen und bearbeitete die rostigen Stellen mit einem Stück Schmirgelpapier. Solche Dinge waren Mangelware und auf dem Schwarzmarkt gefragt. Je besser die Sachen aussahen, desto mehr konnte er dafür verlangen, aber viel würde das Häufchen auf dem Tisch nicht bringen. Agnes sah immer wieder zu ihm hinüber. Hanno war außergewöhnlich still und schien bedrückt.

»Was ist los mit dir?«, fragte sie flüsternd.

Er wich ihrem Blick aus, wies dann mit dem Kinn in Richtung Bett. »Was machen wir mit dem?«

Sie drehte sich um und sah zu dem Jungen.

»Er soll sich erst mal aufwärmen und ausschlafen. Dann bringen wir ihn zum Pastor. Der wird wissen, was zu tun ist.«

Hanno fühlte sich immer verantwortlich. Das tat er schon, seit ihr Mann Gustav 1942 eingezogen worden war. Bis dahin hatten sie Glück gehabt. Gustav war in der Werft beschäftigt gewesen, einem kriegswichtigen Unternehmen. Aber dann, nachdem Hitler auch noch Russland den Krieg erklärt hatte, kam der Stellungsbefehl.

Einen Wimpernschlag später, so war es ihr vorgekommen, verabschiedeten sie sich auf dem Bahnhof. Es war ein sonniger Frühlingstag, und das blendend helle Licht wollte nicht zu diesem Abschied passen. Gustav in Uniform, und sie neben dem zehnjährigen Hanno, die fünfjährige Wiebke an der Hand. Der Bahnsteig war voller Frauen, Kinder und Soldaten. Überall wurde Abschied genommen. Weinend, lachend, umarmend und küssend.

In ihr war plötzlich diese Angst gewesen. Als der Zug einfuhr und mit ohrenbetäubendem Kreischen bremste, zog sie Gustav an sich und flüsterte: »Fahr nicht.« Dieses Kreischen. Es war wie ein schriller Schrei, und seine Antwort war in dem Lärm untergegangen. Wenig später stand er winkend am Fenster und rief: »Hanno, pass gut auf deine Mutter und Schwester auf.« Dann setzte der Zug sich in Bewegung.

Hanno hatte diesen letzten Zuruf seines Vaters sehr ernst genommen. Tat es immer noch.

Viermal bekam sie Feldpost. »... dass mein Weihnachtsurlaub genehmigt wurde und ich die Feiertage mit euch verbringen kann. Wie ich mich freue, euch alle wieder in die Arme zu schließen.« So stand es im letzten Brief.

Aber er war nicht gekommen. Stattdessen brachte der Postbote kurz nach Neujahr ein offizielles Schreiben. »... gilt Gustav Dietz seit dem 17. Dezember 1942 als vermisst.« Sie hatte nicht geweint. Vermisst. Nicht gefallen. Er lebte, war verlorengegangen. Was für ein Durcheinander, hatte sie gedacht. Was für ein Durcheinander, wenn da ein Mannsbild wie mein Gustav verlorengehen kann.

Inzwischen waren vier Jahre vergangen, und sie glaubte nicht mehr daran, dass Gustav noch lebte. Seit sie wieder in Hamburg wohnten, war sie regelmäßig zum Bahnhof gegangen und hatte den Heimkehrern Gustavs Bild gezeigt. Immer hatte sie diesen Unterton gehört, wenn die Männer ihren Satz wiederholten. »Seit zweiundvierzig vermisst?« Sie schüttelten den Kopf. Der Unterton schien zu sagen: »Der kommt nicht mehr.«

Aber Hanno wartete immer noch. Seine Sätze, die mit: »Wenn Papa wieder da ist ...«, anfingen, wurden zwar seltener, aber er glaubte an Gustavs Rückkehr, und sie brachte es nicht fertig, ihm diese Hoffnung zu nehmen.

In dem Wirrwarr aus Nägeln und Schrauben auf dem Tisch entdeckte sie einen Knopf. Agnes griff über den Tisch und nahm ihn in die Hand. Ein Messingknopf, der eine fein ziselierte Blüte zeigte.

»Woher hast du den?«

Hanno sah kurz auf. »Weiß ich nicht mehr. Irgendwo gefunden.« Dann besah er ihn genauer, und sein Blick veränderte sich. Er schluckte und sagte unwirsch: »Ist doch egal.«

Agnes betrachtete den kleinen Knopf. Er hatte einen Durchmesser von anderthalb Zentimetern, war fein gearbeitet und lief an den Rändern mit einem aufwendigen Durchbruchmuster aus. Sie legte ihn auf den Bubikragen des dunkelblauen Taftkleides, dort wo der feine Faden an ihren rauhen Händen hängengeblieben war. Der kleine Schmuck verbarg die Stelle perfekt und gab dem schlichten Kleid etwas Besonderes.

»Würdest du ihn mir überlassen?« Hanno nickte sofort, und sie nähte den Schmuckknopf mit einigen Stichen auf den Kragen.

Gegen halb zwei ließen sie den Ofen ausgehen. Sie mussten sparsam mit dem Holz sein, und die Wärme würde noch ein wenig halten. Der Rest des Holzes lag neben dem Ofen. Wenn alles gutging, könnten sie am Abend nicht nur heizen, sondern auch kochen. Wiebke und der Kleine lagen unter der Bettdecke, die sie fürs Erste warm halten würde.

Als sie sich auf den Weg nach Rotherbaum machte, stand der Himmel hoch und blau gefroren. Auf den Trümmern lag die dünne Schneedecke vom Vortag, die wie ein blütenweißer Verband die Wunden der Stadt verbarg. Mit vorsichtigen Schritten ging sie über die zugefrorene Außenalster und kam nach gut einer Stunde in Rotherbaum an. Sie war erschöpft, und die Kälte zog ihr bis in die Knochen. Dieser Stadtteil war kaum zerstört, und an der Heimhuder Straße standen alte Bäume in parkähnlichen Gärten. Zur Straße hin waren die Grundstücke mit hohen Zäunen gesichert.

Die Gardners bewohnten eine Villa mit weißer Fassade, Stuckarbeiten an den Fenstern, einem runden Erker und zwei Säulen am Eingang. Frau Gardner, so hatte es Magda erzählt, war zusammen mit ihren beiden Kindern erst im Herbst nachgekommen. Als sie das Tor öffnete, kam ein englischer Soldat die Straße entlanggelaufen und rief: »No begging. Get lost.«

Sie sprach nur wenige Worte Englisch, und weil sie sich nicht verständlich machen konnte, nahm sie schließlich das Kleid aus ihrem Rucksack und sagte: »For Mrs. Gardner.« Endlich schien er zu verstehen und ließ sie auf das Grundstück. Sie folgte einem Plattenweg, der um das Haus herumführte, so wie Magda es ihr beschrieben hatte, und kam über einige Stufen hinunter zur Waschküche.

Magda war mit Bügeln beschäftigt, ihre Kinder saßen neben einem dampfenden Waschkessel. Die Freundin begrüßte sie erleichtert: »Gott sei Dank. Ich dachte schon, du schaffst es nicht.« Dann sah sie Agnes' erstaunten Blick auf die Kinder. »In den Nissenhütten ist es eisig. Sie sind überfüllt, und es gibt ständig Streit. Der Major hat nichts dagegen, wenn ich sie mitbringe, und...« Sie zögerte, lächelte schelmisch und fügte flüsternd hinzu: »Und wenn es spät wird, dürfen wir hier auch übernachten.«

Sie gingen eine Treppe hinauf, durchquerten die hohe Eingangshalle und betraten einen Salon. Für einen Moment war Agnes sprachlos. Dass es so etwas in Hamburg noch gab, hatte sie nicht erwartet. Ein wohlig warmes Zimmer mit Biedermeiermöbeln ausgestattet und an einer Wand Regale, die bis zur Decke mit Büchern gefüllt waren. Mit staunendem Blick drehte sie sich einmal um die eigene Achse. Dann erst entdeckte sie die Frau.

Frau Gardner erhob sich aus einem blau gepolsterten Sessel, kam auf sie zu und begrüßte Agnes mit kühlem kurzen Nicken. Agnes reichte ihr das Kleid. Die Gardner war eine füllige Frau Mitte dreißig und überragte sie um fast einen Kopf. Agnes kam sich in ihrem zu großen Mantel und den zerschlissenen Schuhen wie eine Bittstellerin vor. Die Wärme stach ihr wie Nadeln in Hände und Gesicht. Frau Gardner nahm das Kleid, verließ wortlos das Zimmer, und Magda flüsterte entschuldigend: »Mach dir nichts draus, die ist immer so.«

Agnes betete. Sie betete, dass Frau Gardner nicht bemängeln würde, dass sie an den nicht sichtbaren Nähten den schwarzen Faden aus ihrem Unterrock benutzt hatte, und dass Magda beim Abstecken keinen Fehler gemacht hatte. An den Messingknopf am Kragen wollte sie erst gar nicht denken. Eine Spielerei, die dieser kühlen Frau bestimmt nicht gefiel. Wenn sie ihn abtrennen müsste, würde das winzige Loch, das sie mit ihren rauhen Händen hinterlassen hatte, sichtbar.

Dann kam Frau Gardner zurück. Das Kleid saß perfekt. Sie sprach mit Magda, und als die ihr zunickte und übersetzte: »Der Zierknopf ist eine schöne Idee«, atmete Agnes auf. Sie hatte, bis auf die Scheibe Brot am Morgen nichts gegessen, und jetzt, wo sie in dem warmen Zimmer stand und alle Anspannung von ihr abfiel, wurde ihr schwindlig. Sie hörte, wie Frau Gardner noch etwas sagte. Magda flüsterte: »Wie viel willst du für die Arbeit?«

Agnes antwortete, ohne nachzudenken. »Zwanzig Zigaretten.«

Sie sah, wie Frau Gardner eine Augenbraue hob. Magda übersetzte nicht, bekam einen hochroten Kopf, und Frau Gardner verließ das Zimmer. Agnes kämpfte gegen den Schwindel an und sagte schließlich zu Magda: »Entschuldigung. Ich habe nicht nachgedacht. Was ist jetzt?«

»Weiß ich nicht«, antwortete Magda und bedachte sie mit einem strafenden Blick.

»Wenn die mit Zigaretten zahlen, musst du mindestens zwanzig Stück verlangen«, hatte Hanno gesagt. Nur daran hatte Agnes gedacht und ganz außer Acht gelassen, dass Magda ausdrücklich von dem Major gesprochen hatte. »Den Major kann man um Bezahlung mit Lebensmitteln, Kohlen oder Zigaretten bitten.«

Die Wärme im Zimmer brannte auf ihrer Haut, und in ihrem Kopf tobte es. Würde man sie jetzt ohne Lohn fortschicken? Sie womöglich bei der Polizei anzeigen?

Dann kam die Frau des Majors zurück. Agnes straffte ihren Rücken. Eine Klammer in ihrem dunklen, halblangen Haar hatte sich gelöst, und sie schob die Strähne fast trotzig aus dem Gesicht. Frau Gardner hielt ihr vier Päckchen Churchman's Zigaretten hin, und erst als Magda ihr zuflüsterte: »Jetzt nimm schon«, nahm sie sie an. Die Gardner sprach mit Magda, und die nickte oder schüttelte mit dem Kopf. Agnes stand daneben, verstand kein Wort und wagte kaum zu atmen. Dann lächelte Frau Gardner, nickte ihr zu, und Agnes brachte ein holpriges »Thank you« heraus.

Magda fasste sie am Arm, zog sie in Richtung Tür. In der Waschküche lehnte Agnes sich an den warmen Waschkessel. Magda schüttelte den Kopf. »Oh, mein Gott, du hast mehr Glück als Verstand. Vierzig Zigaretten!« Sie ging auf Agnes zu und umarmte sie. »Ich habe schon gedacht, jetzt wirft sie dich raus und mich gleich mit.« Agnes spürte, wie die Wärme des Waschkessels durch ihren Mantel drang, und stand ganz still.

»Was ... Was hat sie denn gesagt?«, wollte sie endlich wissen.

»Dass sie dir gerne den Gefallen tut, weil du gut gearbeitet hast. Und dann hat sie gefragt, ob du noch andere Sachen ändern könntest, und ich habe ja gesagt.«

Agnes verstaute die Zigaretten im Rucksack, zögerte dann und hielt Magda eines der Päckchen hin. Aber die schüttelte entschieden den Kopf. »Das ist dein Lohn für gute Arbeit.«

Den Rückweg trat Agnes geradezu beschwingt an. Heute würden die Kinder und sie satt werden. Jetzt ging sie nicht vorsichtig, wie auf dem Hinweg, über das Eis der Außenalster, sondern schlitterte auf ihren dünnen Schuhsohlen voran. Sie fühlte sich reich. In den nächsten Tagen könnte Hanno die Zigaretten gegen Kohlen und Lebensmittel tauschen. Einige müsste er in Garn und eine Nähmaschinennadel investieren. Die Nadel war schon ganz dünn, und nur mit Glück war sie noch nicht gebrochen. Wenn sie weitere Aufträge bekam und dickere Stoffe nähen musste, würde sie nicht halten.

Während sich am Horizont schon der Abend in blassem Rosa ankündigte, dachte sie, dass sie diesen 28. Januar 1947 wohl für immer in Erinnerung behalten würde. Ihr Glückstag! Wiebke hatte fast fließend gesprochen, sie würden in den nächsten Tagen zu essen und zu heizen haben – und es gab die Aussicht auf weitere Aufträge.

KAPITEL 5

Köln, Oktober 1992

Es ist der letzte Schultag vor den Herbstferien. Anna Meerbaum steht am Fenster des Klassenzimmers und sieht zu, wie die Kinder johlend das Gebäude verlassen und über den Schulhof rennen. Seit fünfzehn Jahren unterrichtet sie an dieser Grundschule, und dieses Bild ist mit jedem Ferienanfang das gleiche.

Ihre Kollegin Irene kommt herein. »Was ist los, Anna? Kannst du dich nicht trennen?«, lacht sie. Irene ist keine kleine Frau, aber wenn sie neben Anna steht, die fast einen Meter achtzig misst, muss sie den Kopf heben. Anna zeigt auf die Wand gegenüber. »Ich will die Herbstbilder der Kinder noch abnehmen und Platz für den Winter schaffen. Dann bin ich auch weg.«

Irene hat es eilig. »Bis dann«, ruft sie und ist verschwunden. Anna nimmt die Bilder ab. Das Gemälde der kleinen Lara betrachtet sie noch einmal ausgiebig. Die Siebenjährige hat einen ungewöhnlichen Blick auf die Welt. Das Bild zeigt einen roten Platz, von blauen Bäumen umstellt unter einem violetten Himmel. Und ganz unten im Bild, unter einem Baum und nur beim genauen Betrachten erkennbar, geht eine kleine Figur. Anna hat Lara gefragt, wo das ist, und das Mädchen hat mit den Schultern gezuckt und gesagt: »In meinem Kopf.« Die Antwort hat Anna gefallen.

Sie legt die Bilder in eine Mappe, nimmt ihre Tasche und geht zum Auto. Es ist der letzte Wagen auf dem Lehrerparkplatz. Montag wird sie in die Uckermark fahren und sich Gut Anquist ansehen. Ihre Mutter weiß nichts von dieser Reise, dabei wollte Anna es ihr sagen. Thomas hat schon Anfang September herausgefunden, dass das Gut 1991 an eine Investmentgesellschaft verkauft worden ist und somit eine Rückforderung nicht mehr möglich ist. »Eine Entschädigung könnte deine Mutter geltend machen«, hat er gesagt. Sie hat nur mit halbem Ohr zugehört, war mit ihren Gedanken ganz woanders. Nicht dass sie ihrer Mutter all die Jahre nicht geglaubt hat, aber dass das Wort Gutshof übertrieben und es vermutlich ein kleiner Bauernhof war, das hat sie oft gedacht. Es gibt keine Fotos, und die Mutter neigt, vor allem wenn sie getrunken hat, zu Übertreibungen und hat den Hang, die Dinge zu verklären.

Nach dem Gespräch mit Thomas ist sie spontan in ein Reisebüro gegangen und hat eine Unterkunft in Templin gebucht. Der Gedanke, ohne Wissen der Mutter in die Uckermark zu fahren, ist ihr wie ein Verrat vorgekommen, und sie hat versucht, mit ihr darüber zu reden. Aber schon bei der Erwähnung des Gutes hat die das Gespräch beendet. »Ich will davon nichts hören. Lass die Dinge ruhen! Man kann die Geschichte nicht zurückdrehen, hast du das verstanden«, schimpfte sie und schlug mit der flachen Hand auf den Tisch, wie sie es immer tut, wenn ihr ein Thema unangenehm ist.

Der Montagmorgen ist grau, und die Leichtensternstraße liegt zu dieser frühen Stunde wie verlassen da. Anna bewohnt in dem Haus aus der Gründerzeit die Parterrewohnung. Das schmiedeeiserne Tor, das den Vorgarten von der Straße trennt, quietscht in den Angeln. Sie zuckt zusammen und schüttelt dann ärgerlich den Kopf. Dieses Gefühl, etwas Verbotenes zu tun und sich wie eine Diebin davonzuschleichen, ist einfach albern.

Im Autoradio wird vor Nebelbänken gewarnt, aber gegen zehn bricht die Sonne durch, und der Herbst zeigt sich von seiner schönsten Seite. Zweimal fährt sie einen Rastplatz an, trinkt Kaffee aus der Thermoskanne und isst ihre Käsebrote. Als sie über den ehemaligen Grenzübergang Helmstedt fährt, ist sie für einen Moment erstaunt. Vor fast zwanzig Jahren hatte sie, auf dem Weg nach Westberlin, vor diesem Grenzübergang zwei Stunden angestanden. Ihr Wagen war durchsucht worden, und ein Grenzbeamter war mit ihrem Pass in einem der Containerhäuschen verschwunden. Durch die DDR war sie damals nonstop gefahren. Transitreisende durften nur an Raststätten anhalten, und sie hatte Sorge, dass ihr altes Auto Probleme machen und ausgerechnet auf der Transitstrecke liegenbleiben könnte.

Am frühen Abend erreicht sie Templin. Das kleine Städtchen liegt auf einer Anhöhe. Als Anna durch das Prenzlauer Tor fährt, hält sie für einen Moment den Atem an. Teile der alten Stadtbefestigungsanlage mit Stadtmauer, Wiekhäusern und Mauertürmen umschließen den Ort, und die drei hoch aufragenden Tore stehen wie Wächter an den Ausfallstraßen und scheinen jeden Ankömmling kritisch zu betrachten. Straßen und Plätze sind mit Feldsteinen gepflastert. Eine Stadt, in der sich das Vergangene bewahrt hat. An einigen der alten Stadthäuser stehen Baugerüste. Das barocke Rathaus, in frischem Altrosa und Weiß gestrichen, bildet den Mittelpunkt eines weiten Platzes und hebt seinen Turm stolz in den blauen Himmel. Wenn sie die Autos und das Treiben rundherum ausblendet, ist es, als habe sie eine andere Zeit betreten.

Ihre Unterkunft liegt direkt am Templiner Stadtsee. Die alte Villa in Uferlage ist erst seit einigen Wochen ein kleines Hotel. Annas Zimmer liegt im ersten Stock. Es riecht nach neuen Möbeln und frischer Farbe. Sie stellt die Reisetasche ab, zieht die Vorhänge zur Seite und tritt auf den kleinen Balkon. Der Garten fällt zum See hin steil ab und erlaubt den Blick über das weite Wasser. Bewaldete Ufer, soweit das Auge reicht. Das Herbstlaub der Bäume glüht in Rot und Gelb und spiegelt sich im Wasser. Lange steht sie da, sieht zu, wie die Sonne hinter den Bäumen verschwindet, und verliert sich in diesem Oben und Unten, in diesem Seespiegel mit seiner perfekten Täuschung.

In Templin muss die Mutter als junges Mädchen oft gewesen sein. Gut Anquist, das hat sie nachgesehen, ist vierzehn Kilometer entfernt, und Templin die nächste Stadt. Für einen Moment bereut sie, die Reise verschwiegen zu haben. Gerne würde sie jetzt ihre Mutter anrufen und sagen: »Dieses Templin, Mutter, dieses Templin ist wunderschön, und ich glaube, ich verstehe deinen Verlust.«

Am nächsten Morgen serviert ihr die Inhaberin das Frühstück. Sie ist eine rundliche, freundliche Frau, und sie kommen ins Gespräch.

»Gut Anquist«, sagt Anna, »meine Mutter ist eine geborene Anquist, und ich will es mir ansehen.«

Die Wirtin nickt: »Das gehört der LPG. Es ist aber ziemlich heruntergekommen.« Nach kurzem Zögern fragt sie misstrauisch: »Gehören Sie zu denen, die die Geschichte zurückdrehen und das jetzt wiederhaben wollen?«

Anna starrt sie sprachlos an. So hat auch ihre Mutter es genannt. Die Geschichte zurückdrehen! Aber das will sie doch gar nicht. Sie schluckt und schüttelt den Kopf. »Nein. Ich will es mir nur ansehen und mehr über meine Familie erfahren.«

Die Wirtin scheint zufrieden und sagt freundlicher: »Auf dem Dorf finden Sie sicher noch Leute, die Ihre Familie gekannt haben. In Larow könnten Sie es versuchen.«

Es ist kurz nach neun, als sie die Pension verlässt. Noch ist es kühl und der Himmel bedeckt, aber es geht ein leichter Wind, und im Radio wird ein klarer Herbsttag prophezeit. Sie fährt durch eine weite, offene Landschaft mit Wäldern und Seen. In den Senken zwischen den Hügeln steigt Frühnebel auf.

Nur drei kleine Dörfer kann sie auf ihrem Weg ausmachen, die sich in der Weite scheu zu ducken scheinen. Unbewohntes Land. Durchzogen von Alleen mit uralten Bäumen, die um diese Jahreszeit ihre letzte Kraft verschwenden und die Straßen mit ihrem Herbstlaub in rötliches Licht tauchen.

Links findet sie den gepflasterten Weg, der schnurgerade auf den Gutshof führt. Sie stellt ihr Auto im Innenhof ab und schluckt an ihrer Enttäuschung. Die zementgraue Fassade des Gutshauses bröckelt, und das Walmdach zeigt mehrere Buckel, wo die Dachbalken nachgegeben haben.

Der Stall gegenüber ist mit einem flachen Dach aus Teerpappe gedeckt, und die großen Holztore der Remise sind entfernt worden. Die alte Pracht ist nur noch zu erahnen. Die Mutter hat nicht übertrieben.

Sie spaziert über den Hof, der ursprünglich mit Feldsteinen gepflastert war. An einigen Stellen zeigen sie sich noch, neben den großflächigen Ausbesserungen mit Beton. Alles scheint verwaist. Zwischen Stallungen und Scheune liegt etwas zurückgesetzt ein kleines Wohnhaus. Sie will schon zu ihrem Wagen zurückkehren, als sie einen Mann entdeckt, der im Schutz der Remise steht und sie beobachtet. Anna geht auf ihn zu. Der Mann wartet. Sie schätzt ihn auf Mitte bis Ende fünfzig. Er trägt eine blaue Arbeitshose und eine Weste mit diversen Taschen über einem dunkelgrünen Pullover.

Sie hält ihm die Hand entgegen. »Anna Meerbaum«, stellt sie sich vor. Der Mann übersieht die hingehaltene Hand und rührt sich nicht. Sie zieht die Hand zurück und streicht mit einer verlegenen Geste durch ihr kurzes Haar, das in der Sonne leicht rötlich schimmert.

»Bitte entschuldigen Sie, dass ich hier einfach so hereingeplatzt bin. Ich bin die Tochter von Clara Anquist. Meine Mutter hat hier gelebt, und ich wollte ... ich wollte es mir nur mal ansehen.«

»Anquist?«, fragt er endlich mit rauher Stimme. »Clara Anquist?«

Anna nickt zögerlich, kann nicht erkennen, ob der Mann ihr wohlgesinnt ist oder ob er sie gleich vom Hof jagen wird. Dann schüttelt er den Kopf und sagt wie zu sich selbst: »Tauchen alle wieder auf.« Er betrachtet sie von oben bis unten. »Claras Tochter. Soso.«

Anna kann ihr Glück kaum fassen. Sie strahlt den Mann an. »Sie kennen meine Mutter? Ich meine, Sie haben sie damals gekannt.«

Der Mann fährt sich über sein unrasiertes Kinn. »Herbert Behring«, sagt er endlich. »Ich bin Herbert Behring. Gekannt kann man nicht sagen. War ja noch ein Kind, als die weg sind. Kanada oder Spanien oder so. So hieß es damals.« Dass er aus Larow sei, sagt er, und hier bis vor zwei Jahren für die Landwirtschaftliche Produktionsgenossenschaft gearbeitet habe. »Jetzt sehe ich hier ab und zu noch nach dem Rechten.« Damals, da hätte sein Vater für die Anquists als Landarbeiter gearbeitet.

Anna erzählt, dass Heinrich Anquist in Afrika gestorben ist. »Meine Mutter ist später nach Deutschland zurückgekehrt. Wir leben in Köln.«

Behring zieht ein Päckchen Zigaretten aus einer seiner Westentaschen, zündet eine an und fragt dann: »Und die anderen? Sind die auch in Köln?«

Anna spürt, wie sich ihr Nacken versteift. Hinter Behring, zwischen einem Mauervorsprung und der Regenrinne, glitzern in einem beeindruckenden Spinnennetz Tautropfen. Die Spinne sitzt in der oberen Ecke und wartet. Anna hört ihre Mutter drohend sagen: »Das geht dich nichts an. Lass die Vergangenheit ruhen.«

»Welche anderen?«, fragt sie, ohne die Spinne aus den Augen zu lassen. Sie weiß im gleichen Augenblick, dass sie mit dieser Frage eine Grenze überschreitet, dass es ab jetzt kein Zurück geben wird.

»Margareta und Konrad. Und die Almuth«, er denkt einen Augenblick nach. »Wie hieß die noch mit Nachnamen?«

Anna kann endlich ihren Blick von der Spinne abwenden und sieht ihn an. »Die Namen sagen mir nichts.«

Herbert Behring schweigt. Dann schüttelt er den Kopf. »Na ja. Die sind jedenfalls damals alle zusammen weg. Rüber in die englische Besatzungszone. Die Anquists. Und die Almuth haben die mitgenommen. So hieß es immer.« Wieder schweigt er. »Griese«, sagt er schließlich. »Almuth Griese hieß die. War die Nichte von Wilhelmine Griese. Die war hier Köchin. Haben die Russen erschossen, die Wilhelmine.«

KAPITEL 6

Uckermark, April 1945

Heinrich Anquist brauchte einige Zeit, bis er wusste, was passiert war. Sein erster Gedanke galt Clara, Isabell und den Enkeln. Sein Kopf dröhnte. Er hatte sie zum Wald laufen sehen. Es roch nach Pferden, Stroh, und noch etwas lag in der Luft. Vorsichtig setzte er sich auf, sah sich im Halbdunkel des Stalls um. Sie hatten ihn in eine der Pferdeboxen geschleppt. Er lauschte. Die Pferde, die Clara und Josef noch in den Stall gebracht hatten, waren fort. Kein Schnauben, kein Hufschlag. Aber etwas anderes. Knistern.

Dann endlich erkannte er den Geruch. Rauch! Feuer! Waren sie fort? Hatten sie seine Pferde gestohlen, alles angezündet und waren weitergezogen? Wie lange war er bewusstlos gewesen?

Mühsam zog er sich an der Bretterwand hoch, griff durch das obere Gitter der Boxentür und entriegelte sie. Auf dem Gang war der Rauch dichter. Die ersten Boxen direkt am Stalleingang brannten. Er entdeckte eine Mistgabel, lief auf das Tor zu, das bereits in Flammen stand, und versuchte es mit der Gabel zu öffnen. Seine Jacke fing Feuer. Er warf die Gabel weg und riss sich die Jacke vom Leib.

Hier war kein Entkommen. Über den Ställen war das Strohlager, das jetzt leer war. Nach hinten heraus gab es dort eine Luke, über die die Ballen heraufgeschafft wurden. Er fand eine Leiter hinter den Futterkisten und stellte sie auf. Sie reichte nicht bis ganz hinauf. Er legte sich mit dem Brustkorb auf den Dachboden und robbte mühsam vor. Der Qualm war dicht, er konnte kaum atmen.

»Nicht so«, dachte er. »Sollen sie mich erschießen, aber so will ich nicht sterben.«

Über der ersten Pferdebox hatte sich das Feuer bereits durch die Bodenbohlen gefressen und züngelte hinauf. Er zog die Leiter hoch, schleppte sie kriechend hinter sich her und stieß die Luke auf. Die Flammen bekamen Sauerstoff, fauchten und loderten mit neuer Kraft. Hitze und Rauch brannten in Lunge und Augen.

Vorsichtig ließ er die Leiter an der Außenwand hinunter. Seine Arme zitterten von der Anstrengung, und er konnte kaum aus den Augen sehen. Zweimal drohte die Leiter wegzukippen. Dann endlich stand sie sicher. Der Abstieg kostete seine letzte Kraft, und als er den Boden erreichte, brannte das Stalldach bereits lichterloh. Er schleppte sich von dem Gebäude weg, auf die Koppel dahinter, lag minutenlang da, hustete und spuckte.

Endlich kam er zu Atem. Mühsam stand er auf, die Wunde an seinem Kopf schmerzte. In einem großen Bogen ging er um den Stall herum und blickte in den Innenhof. Seine Beine begannen zu zittern, und Tränen liefen ihm übers Gesicht. Sie hatten den Stall angezündet. Sie hatten den Stall angezündet, um ihn darin zu verbrennen. Und trotz dieser Ungeheuerlichkeit war er erleichtert. Das Wohnhaus und die Remise waren unversehrt. Dann brach der Dachstuhl des Stalls ächzend in sich zusammen, und er sah mehrere Wagen über die mit Linden gesäumte Zufahrt auf das Gut zukommen. Fahrzeuge der Roten Armee.

Seine Kleidung und das Gesicht verdreckt, das Hemd klebte schweißnass an seinem Körper, der Kopf war blut- und rußverschmiert. Mit müden Schritten wankte er auf den Hof. Ein Offizier sprang aus einem Jeep und blieb vor ihm stehen.

»Wo ist der Gutsherr?«, fragte er. »Dafür wird er bezahlen. Wer sein Eigentum anzündet, wird gehängt.« Er sprach fehlerfreies Deutsch. Ein Deutscher in der Uniform eines russischen Offiziers.

Später konnte Anquist nicht erklären, warum er sich nicht zu erkennen gab und die wahren Brandstifter nannte. Da war nur dieses Staunen in ihm, eine Langsamkeit in den Gedanken. Er brachte kein Wort heraus. Der Mann musterte ihn von oben bis unten. Er hielt ihn wohl für einen Knecht, denn er sagte in fast versöhnlichem Ton: »Hauen Sie ab.«

Wie in Trance verließ Anquist den Hof und ging die Gutsauffahrt hinunter. Durch die knospenden Linden, die zu beiden Seiten der Auffahrt standen, fiel gelbgrünes Sonnenlicht. Er hatte gut dreihundert Meter hinter sich gebracht, als er Schreien und Weinen hörte. Es kam von der Chaussee. Rotarmisten plünderten den Flüchtlingstreck. Sie spannten die Pferde aus, warfen Koffer und Gegenstände von den Wagen, und die Menschen flohen auf die Felder. Anquist stand auf der Zufahrt zum Gut und dachte, dass es so nicht sein dürfe. Nicht dieses gelbgrüne Licht an einem solchen Tag.

Er verließ den Weg, ging in einem weiten Bogen über die Felder um das Gut herum, immer darauf bedacht, nicht gesehen zu werden. Er erreichte den See gut einen Kilometer von der Hütte entfernt und ging am Ufer entlang. Josef stand im Schutz der Bäume mit einem Knüppel bewaffnet und trat heraus, als er ihn erkannte. Almuth fragte sofort nach ihrer Tante, und er konnte nur hilflos die Schultern heben. »Ein Schuss in der Küche«, sagte er, »mehr kann ich dir nicht sagen.« Clara versorgte seine Kopfwunde.

Leises Weinen, Schweigen und Warten. Stundenlang. Erst am Abend wagten sie sich wieder heraus. Der See hielt einem fast vollen Mond den Spiegel hin, und Anquist meinte noch einmal den Offizier zu hören: »Wer sein Eigentum anzündet, wird gehängt.«

Vielleicht war das der Moment, in dem er verstand, dass es anders kommen würde. Ganz anders, als er es sich in den letzten Wochen vorgestellt hatte. Aber eingestehen konnte er sich das in dieser Nacht noch nicht.

Sie blieben in der Hütte, verhielten sich still und verzichteten auf ein Feuer, obwohl die Nächte noch kalt waren. Josef war fest davon überzeugt, dass die Russen wieder zurückgedrängt würden, sprach vom großen Gegenschlag und dieser angeblichen Wunderwaffe, die der Führer bald einsetzen würde. Jeden Tag könnte es so weit sein. In aller Frühe schlich er Morgen für Morgen heimlich zum Gut und kam enttäuscht mit der Nachricht zurück, dass sie noch dort waren.

Tagelang dauerten die erbitterten Kämpfe um sie herum an. Das Rattern der Stalinorgeln und Maschinengewehre zog zu beiden Seiten an ihnen vorbei, Tieflieger donnerten über sie hinweg, und über Templin lag in der Nacht rötlicher Schein. Am fünften Tag wachte Anquist morgens erschrocken auf. Für einen Moment wusste er nicht, was ihn aus dem Schlaf gerissen hatte, aber dann erkannte er es. Die Stille! Er trat hinaus, sah zu, wie der Frühnebel über den See zog, und lauschte. Er hörte eine Amsel, und irgendwo am Ufer rief eine Ente. Sonst nichts.

Die anderen schliefen noch, und er schlich hinüber zum Gut. Sie waren fort. Auf dem Hof standen Möbel aus dem Gutshaus, die sie wohl mitnehmen wollten, dann aber doch zurückgelassen hatten. Er trat durch das beschädigte Portal ins Gutshaus. Das Haus war geplündert worden, und was sie nicht hatten gebrauchen können, lag überall am Boden verstreut. Er ging durch die Bibliothek in sein Büro, griff zum Telefon und versuchte, einen Freund in Templin anzurufen. Immer wieder drückte er die Gabel, aber die Leitung war tot.

Als er über die Veranda hinweg in den Garten blickte, sah er neben den Rosenbeeten einen frisch aufgeworfenen Hügel. »Wilhelmine«, dachte er. So viel Anstand hatten sie wenigstens besessen. Darum würde er sich kümmern müssen: dass Wilhelmine ein ordentliches Begräbnis auf dem Dorffriedhof bekam. Und er dachte: »Aufräumen!« Sie würden aufräumen und neu beginnen. Die Pferde waren fort, aber auf der Nordweide hatte er noch drei Kühe mit ihren Kälbern gesehen.

Ein Motor war zu hören, und ein Wagen hielt auf dem Hof. Sie waren also doch nicht abgezogen. Jedenfalls nicht alle. Er schloss die Verandatür und ging in die Halle zurück. Zwei russische Offiziere kamen ihm entgegen. Der Jüngere von den beiden hatte ihn Tage zuvor weggeschickt, aber er schien ihn nicht zu erkennen. »Sind Sie der Gutsherr?«

Diesmal nickte Anquist.

»Das Gut ist beschlagnahmt, und Sie sind verhaftet«, sagte der Mann und reichte ihm ein Papier. Sie nahmen ihn in die Mitte, und als sie über den Hof gingen, sah er Clara und Josef zwischen dem niedergebrannten Stall und der Schmiede stehen. Er schüttelte den Kopf, wollte ihnen ein Zeichen geben, nicht auf den Hof zu treten, aber da rief Clara schon: »Vater!«, und kam auf sie zugelaufen.

Einer der Offiziere schob ihn auf den Rücksitz des Wagens, schloss die Tür und fragte Clara, wer sie sei. »Clara Anquist«, sagte sie mit hocherhobenem Kopf und Stolz in der Stimme. »Wo bringen Sie meinen Vater hin? Er hat nichts getan.«

Der Mann schnalzte abschätzig mit der Zunge. »Ihr Deutschen habt alle nichts getan.« Dann stiegen sie ein und fuhren davon. Anquist drehte sich um, sah Clara auf dem Hof stehen und meinte, sich noch nie in seinem Leben so hilflos gefühlt zu haben wie in diesem Augenblick.

Auf der Fahrt sprachen die Männer russisch miteinander, und als er sie fragte, wo sie ihn hinbrachten, reagierten sie nicht.

KAPITEL 7

Hamburg, Januar 1947

Es war schon spät, als Agnes Dietz an jenem Abend zu Hause ankam. Hanno lief gleich mit einigen der Zigaretten zu Alfred Körner. Wiebke klatschte in die Hände und trat ans Bett. »Es gibt was zu essen«, flüsterte sie, und erst jetzt fiel Agnes der Junge wieder ein, der sich noch nicht gerührt hatte.

»Was ist mit ihm?«, fragte sie besorgt, schob ihre Tochter beiseite und beugte sich über das Kind. Der Junge lag apathisch da und sah mit glasigen Augen durch sie hindurch.

Sie feuerte den Ofen an, und als es im Zimmer ein wenig warm wurde, warf sie die Bettdecke zurück, zog ihm Mantel und Pullover aus und suchte seinen Körper nach Krankheitsanzeichen ab. Sie befühlte seine nackten Beine. Die Hitze des Steins war lange aufgebraucht, aber die Beine, Füße und Zehen waren warm, gut durchblutet und zeigten keine Erfrierungen. Auch die Arme und Hände waren warm. Die linke Hand hatte er zu einer Faust geballt.

»Tut es irgendwo weh?«, fragte sie immer wieder, aber er reagierte nicht. Sie zog ihm Unterhemd und Pullover wieder an und fuhr ihm über den blonden Schopf. »Gleich gibt es was Gutes zu essen.« Sie dachte an Wiebke in den Tagen nach dem Feuersturm. Die hatte genauso durch sie hindurchgeblickt, wie der Junge es jetzt tat. So, als läge weit hinter ihr ein Ort, den man nicht aus den Augen lassen dürfe.

Hanno brachte drei Kilo Kartoffeln, ein Pfund Margarine und einen kleinen Sack Kohlen nach Hause. Später zog sie dem Jungen eine Unterhose von Wiebke an und nahm ihn, weil es keinen weiteren Stuhl gab, auf den Schoß. Sie aßen gekochte Kartoffeln mit Margarine und Salz, und sie musste Wiebke und Hanno mehrmals ermahnen, langsam zu essen und gut zu kauen.

Der Junge aß kaum etwas, und ihre Kinder teilten sich, was er übrig gelassen hatte. Als alle drei schliefen, wusch sie die Hose des Jungen aus. Eine hochwertige Wollhose. Auch der Mantel aus gefilzter Wolle war von bester Qualität und die Schuhe aus handgenähtem Leder. Die Kleidung war auch in guten Zeiten schon teuer gewesen. Am Mantel waren ovale Knöpfe aus Horn, die Knopflöcher waren aufwendig abgesteppt. Sie durchsuchte die Taschen. Nichts. Nicht der kleinste Hinweis darauf, wer er war.

Der Junge lag zwischen Wiebke und Hanno unter dem Federbett. Nur die drei Köpfe waren zu sehen, und der kleine Blondschopf rührte sie. Agnes stellte das Feldbett auf und deckte sich mit den beiden Armeedecken und ihrem Mantel zu. Der Raum war noch nicht ganz ausgekühlt, und diesmal hielt sie kein leerer Magen stundenlang wach. Zum ersten Mal seit Jahren schlief sie mit dem Gedanken ein, dass alles gut werden könnte.

Schon um fünf Uhr stand sie wieder auf, um sich vor dem Bäckerladen anzustellen. Obwohl sie früh dran war, hatte sich bereits eine Schlange gebildet. Die Gespräche waren immer die gleichen. Die Engländer, die das deutsche Volk verhungern und erfrieren ließen und das Land ausplünderten. Ganze Fabriken wurden demontiert und außer Landes gebracht.

Frau Brücker stand vor ihr und drehte sich um. »Haben Sie es gehört?«, fragte sie Agnes. »Man hat in der Lappenbergallee einen Mann gefunden. Der soll auch nackt gewesen sein, genau wie das Mädchen in der Baustraße vor einigen Tagen. Da geht einer um und stiehlt jedem, der alleine unterwegs ist, das letzte Hemd.« Sie machte eine Pause und atmete schwer. »Zustände sind das. So was hätte es unter Hitler nicht gegeben.«

Agnes dachte an Hanno. Sie würde ihm verbieten, sich weiter dort herumzutreiben. Jetzt, wo sie eine zusätzliche Arbeit hatte, könnten sie vielleicht auch so zurechtkommen. Um halb sieben war sie endlich an der Reihe und bekam für ihre Lebensmittelmarken ein Brot.

Zu Hause saßen sie in ihren Mänteln am Tisch, und jeder bekam eine Scheibe Brot und etwas von der Margarine. Den Jungen wickelte sie in eine Decke, schnitt sein Brot in mundgerechte Stücke und fütterte ihn. Trotz allem Zureden aß er nicht mal die Hälfte seines Brotes. Stattdessen nahm er seine Brotstückchen vom Teller und hielt sie abwechselnd Wiebke und Hanno hin. Zwischen Daumen und Zeigefinger hielt er ihnen das Brot vor den Mund. Mit der rechten Hand. Die Linke blieb unbeteiligt. Sie war immer noch zur Faust geballt.

Am Tisch, im Beisein von Wiebke und dem Kleinen, wollte sie Hanno nicht auf den Toten ansprechen, von dem Frau Brücker gesprochen hatte, und dann hatte er es auch schon eilig. Er machte sich wieder auf den Weg zu Alfred Körner. Körner sammelte Metalle aller Art, hatte im Hof eine große Waage stehen und zahlte nach Gewicht. Er besaß ein Pferd mit Wagen und machte Geschäfte mit den Bauern im Umland. Bei ihm konnte man Kohlen, Holz, Kartoffeln und Rüben bekommen, manchmal hatte er sogar Weißkohl, Wirsing oder Äpfel anzubieten.

Als Agnes ihrem Sohn am späten Nachmittag von dem nackten Toten erzählte, wich er ihrem Blick aus und sagte lange nichts. »Bitte, Hanno. Ich will nicht, dass du dich da alleine herumtreibst.« Er nickte nur, und sie war überrascht, dass er nicht den kleinsten Widerstand leistete.

Warum sie den Jungen an diesem Tag und auch an den Tagen danach nicht fortbrachte, konnte sie nie genau erklären. Zunächst behielt sie ihn wohl, weil Wiebkes Stottern immer weniger wurde und sie insgeheim dachte, dass es wiederkommen könnte, wenn der Junge nicht mehr da war. Außerdem brachte Magda ihr schon drei Tage später weitere Kleidungsstücke der Gardners zur Änderung. Sie hatte alle Hände voll zu tun, klopfte tagsüber Steine und arbeitete abends an der Nähmaschine, bis der Strom abgeschaltet wurde und die Glühbirne erlosch.

Es war ein Samstag, als Wiebke morgens das Anstellen beim Bäcker übernahm und Hanno schon früh auf den Neumarkt ging. Er hatte einen Händler gefunden, der Garne verkaufte, und an diesem Morgen sollte er endlich eine Nähmaschinennadel bekommen.

Agnes machte Wasser heiß, zog den Kleinen aus und badete ihn. Inzwischen war sie der Meinung, dass die Faust des Jungen ein Geburtsfehler war, die Hand wohl verkrüppelt. Und wahrscheinlich war er auch stumm zur

Welt gekommen. Er saß in dem warmen Wasser, und als sie seine kleine Faust vorsichtig wusch, spürte sie, wie die Finger sich entspannten, weicher wurden. Intuitiv begann sie beruhigend auf ihn einzureden, während sie die Hand unter Wasser streichelte. »Alles ist gut. Es ist vorbei. Du bist jetzt hier bei uns.«

Nach und nach lösten sich die Finger vom Handballen, öffnete sich die Hand. Ein vom Wasser gedämpftes »Klock« war zu hören, und etwas lag auf dem Boden der Zinkwanne. Sie hob es aus dem Wasser. Ein Knopf! Ein fein gearbeiteter Messingknopf. Eine Blüte, die an den Rändern in einem Durchbruchmuster auslief. Der gleiche Knopf, den sie vor einigen Tagen an den Kragen des Taftkleides genäht hatte. An diesem hing noch ein kleines Stück beiger Baumwolle. Der Junge betrachtete das kleine Fundstück in ihrer Hand völlig unbeteiligt.

Hatte Hanno dem Kind den anderen Knopf abgenommen und den Kleinen damit in Angst und Schrecken versetzt? Das konnte doch nicht sein. Nicht ihr Sohn. Sie steckte den Knopf mit dem Baumwollfetzen ein, hob den Jungen aus der Wanne und trocknete ihn ab.

»Wenn der Hanno das war«, flüsterte sie ihm zu, »wenn der Hanno dir den anderen Knopf weggenommen hat und dir solche Angst gemacht hat, dann kann der was erleben!«

Sie schluckte an ihren Tränen. Hatte sie ihren Großen so aus den Augen verloren? War aus ihm einer geworden, der Kinder bestahl? Sie zog den Jungen an, denn langsam kühlte das Zimmer wieder aus.

Wiebke kam als Erste nach Hause, brachte ein Brot mit und die Nachricht, dass wegen der Kälte weiterhin kein

Unterricht stattfinden würde, sie aber ab Montag jeden Mittag in der Schule eine Suppe bekäme.

Der Kleine spielte mit dem Auto, das Hanno ihm am Tag zuvor mitgebracht hatte, und es dauerte etwas, bis sie bemerkte, dass er beide Händchen benutzte. Die Linke noch ungelenk und so, als müsse er jedes Mal erst darüber nachdenken.

Gegen Mittag kam Hanno heim und legte eine Nähmaschinennadel und sechs Garnröllchen in verschiedenen Farben auf den Tisch. Agnes nickte ihm kühl zu, griff in ihre Schürzentasche und legte den Knopf auf den Tisch. Sie sah sein Erschrecken, hörte es in seiner Stimme, als er fragte: »Wo hast du ... Wo hast du den her?«

»Der war in der Faust des Kleinen«, schimpfte sie flüsternd und funkelte ihn an.

Hanno blickte zu dem Jungen. »Also gehört er ...« Er schluckte.

»Hast du ihn bestohlen?«, fragte Agnes mit zischender Stimme. »Aber nein. Es ist nur ...« Wieder sah er zu dem Jungen hinüber: »Mama, können wir draußen reden?«

Sie standen vor der Tür. Der eisige Wind der letzten Tage hatte sich gelegt, unter dem weißen Himmel stand die Kälte still. Hanno hielt den Kopf gesenkt. »Als der Junge bei Wiebke stand, da ... Ich habe nicht weit entfernt in einem Keller eine tote Frau gefunden und ... ich habe den anderen Knopf in dem Keller gefunden.«

Agnes schnappte nach Luft. »Du hast ...«

Hanno fiel ihr ins Wort. »Sie war erfroren, da war nichts zu machen. Ich bin sofort weg und dann ... Der Kleine stand bei Wiebke an der Straße. Ich wusste doch nicht, dass der zu der Toten gehört.« Dass die Frau nackt gewesen war, sagte er nicht. Damit hätte er die Mutter nur unnötig geängstigt.

Agnes atmete schwer. »Warum hast du nichts gesagt?«

Hanno zuckte mit den Schultern. »Erfrieren doch dauernd welche«, sagte er knapp.

Sekundenlang starrte sie ihn an und biss sich auf die Unterlippe. Wie roh er das gesagt hatte. Er war doch erst fünfzehn. Was sollte denn aus ihm werden, wenn der Tod ihm so selbstverständlich war. Im Versuch, ihn zu trösten, legte sie ihre Hand in seinen Nacken und zog ihn zu sich heran. Seinen Kopf an ihrer Schulter, standen sie einen Moment ganz still. Dann schlang er die Arme um ihren dürren Körper und drückte sie an sich. »Mach dir keine Sorgen, Mama«, flüsterte er, »der Winter ist bald vorbei. Wir werden nicht erfrieren und auch nicht verhungern. Der Kleine auch nicht. Versprochen.«

Der Moment kippte, und alles Tröstende ging jetzt von ihm aus. Sie wartete. Wartete darauf, dass er von seinem Vater sprechen würde. Dass er sagen würde: »Und wenn Vater zurück ist, dann ...« Aber er sagte es nicht.

Als sie wieder hineingegangen waren, legte Agnes den Knopf mit dem Stoffstück in die Kaffeedose, in der sie die anderen Knöpfe und die Garne aufbewahrte. Verwenden – das wusste sie – würde sie ihn nicht. Er war Eigentum des Jungen. Ob sie schon an diesem Nachmittag beschloss, den Kleinen zu behalten, konnte sie später nicht mehr sagen, aber noch am selben Abend gab sie dem Kind einen Namen. Hanno war nach seinem Großvater väterlicherseits benannt, und sie nannte den Kleinen Joost, nach ihrem Vater, so wie sie es mit einem zweitgeborenen Sohn auch getan hätte.

Am zehnten Februar bot Alfred Körner Hanno Arbeit an. Hanno verkündete es strahlend, und Agnes war froh. Endlich hatte das gefährliche Umherklettern in den Trümmern ein Ende. Er war für das Wiegen von Metallen und Blei zuständig, erledigte Botengänge und begleitete Körner auf seinen Fahrten über Land. Zusammen mit dem zusätzlichen Verdienst durch Agnes' Näharbeiten kamen sie gut zurecht.

Joost erholte sich in den nächsten Wochen, blickte mit seinen blauen Augen wach in die Welt und aß für ein Kind in seinem Alter gut. Aber er sprach nicht. Wenn sie mit ihm redeten, legte er den Kopf leicht nach links, so als wolle er deutlich machen, dass er zuhörte. Dann schien er einen Moment nachzudenken, nickte oder schüttelte den Kopf. Ganz vorsichtig tat er das, als könne eine heftige Kopfbewegung alles durcheinanderbringen. Dabei war er im Spiel mit Wiebke oder Hanno durchaus lebendig und liebte es, wenn Hanno abends auf den Matratzen mit ihm balgte. Obwohl es Wiebke war, die sich immerzu um ihn kümmerte, lief er, sobald Hanno nach Hause kam, auf ihn zu und wich nicht von seiner Seite. Beim Essen saß er auf seinem Schoß und ließ sich von ihm füttern.

In den letzten Februartagen, als alle schon hofften, dass der Winter bald vorüber sei, kehrte er noch einmal mit Macht zurück. Alle sprachen vom »weißen Tod« und »schwarzen Hunger«. Auf Lebensmittelkarten war nur noch selten Brot und so gut wie kein Fett mehr zu bekommen. Jeden Morgen war die Rede von Erfrierungstoten und Verhungerten, und auf dem Schwarzmarkt stiegen die

Preise für Lebensmittel ins Unermessliche. Auch bei ihnen wurde es wieder knapp, und sie gingen abends hungrig zu Bett. Trotzdem ging es ihnen noch gut, denn durch Hannos Arbeit bei Körner bekamen sie Kohlen oder Holz und konnten einmal morgens und einmal abends das Zimmer heizen.

Es war der Abend des 1. März, als Agnes zusammen mit Hanno einen Sack Holz auf dem Handkarren nach Hause zog. Es dämmerte bereits, die Straßen lagen verwaist. Niemand, der nicht unbedingt musste, verließ das Haus. Kurz vor der Ritterstraße, an der Restmauer eines geräumten Trümmergrundstücks, sahen sie eine Frau. Sie stand gebückt über einem Bündel. Als sie näher kamen, erkannten sie Frau Brücker aus der Nachbarschaft. Das Bündel zu ihren Füßen war ein Mann.

»Frau Brücker«, rief Agnes, »was ist passiert? Können wir Ihnen …?«

Erst da sah sie, dass die Frau dabei war, dem Toten den Mantel auszuziehen. Die Brücker hielt inne, starrte Agnes und Hanno aus hohlen Augen an und flüsterte: »Bitte! Er braucht ihn doch nicht mehr.«

Hanno ging zu ihr, hob den Toten an, zog ihm den Mantel aus und reichte ihn Frau Brücker. Dann nahm er den Arm seiner Mutter und sagte: »Komm jetzt.«

Wie betäubt wankte Agnes nach Hause. Im Zimmer machte Hanno den Ofen an. Sie ließ sich auf einen Stuhl fallen und spürte eine Traurigkeit, für die sie keine Tränen hatte. Im Zimmer war es bereits warm, als sie immer noch ohne jede Regung in ihrem Mantel dasaß. Wie mitleidslos Hanno den Toten angehoben hatte, um ihm den Mantel zu nehmen. Und jetzt saß er ihr gegenüber, den kleinen

Joost in eine Decke gewickelt auf dem Arm, und wiegte ihn summend in den Schlaf.

Jahre später würde sie mit ihrem Sohn noch einmal über diesen Abend sprechen. Jahre später würde Hanno sagen, dass das Kind an jenem Abend sein Trost war, weil er Frau Brückers Verzweiflung kaum ertragen habe.

KAPITEL 8

Uckermark, Oktober 1992

Als Herbert Behring von Almuth Griese, der Nichte der Köchin, spricht, lässt der Druck in Annas Nacken nach. Neue Erklärungen bieten sich an. Almuth hatte mit den Kindern sicher nicht nach Afrika gewollt und war ihrer Wege gegangen.

»Almuth Griese wird mit ihren Kindern in Deutschland geblieben sein.« Sie sagt es eine Spur zu laut, ruft es fast vor Erleichterung.

Behring zieht die buschigen grauen Augenbrauen zusammen, und in seinem wettergegerbten Gesicht zeigt sich eine steile Falte über der Nasenwurzel. Dann schüttelt er den Kopf. »Na ja, geht mich ja nichts an. Aber dass die die Enkelkinder des Alten bei dem Mädchen gelassen und nicht mitgenommen haben? Kann man kaum glauben.« Dann wechselt er das Thema. »Wenn Clara das hier zurückhaben will, da kommt sie zu spät. Hat schon ein anderer Wessi gekauft. Soll ein Hotel für bessere Leute werden. Laufen dauernd wichtige Männer hier rum und …«

Anna hört nur mit halbem Ohr zu. In ihrem Kopf hallt es unaufhörlich nach. »Die Enkelkinder des Alten …« Hoch über ihnen ziehen Kraniche in einer perfekten

V-Formation nach Süden, und sie will die Frage nicht stellen, die Antwort nicht hören.

»Welche Enkelkinder?«

Sie sieht Behring nicht an, ihr Blick folgt den Kranichen.

»Na, die Kinder von Ferdinand. Seinem Sohn.« Die Vögel haben es eilig, werden zu Punkten, die sich in der Ferne schließlich auflösen. Dann ist es da, dieses Wanken, als sei die Welt ein Schiff in schwerer See.

»Entschuldigung«, flüstert sie und geht mit unsicherem Gang in die Remise, wo sie sich an das übergroße Rad eines Treckers lehnt. Behring war damals ein Kind. Sicher bringt er alles durcheinander. Warum sollte sie ihm glauben? Warum glaubt sie ihm?

»Ist Ihnen nicht gut?«, fragt Behring. »Haben Sie nicht gewusst, dass das hier alles verkauft ist?«

Sie lächelt mühsam. »Doch, doch. Mir ist nur ein bisschen schwindlig, das geht gleich vorbei. Sagen Sie, wie alt waren Sie damals? Ich meine, als meine Mutter hier weggegangen ist?«

»Sieben«, antwortet er, ohne nachzudenken. »Ich war mit Margareta, Ferdinands Tochter, zusammen in der zweiten Klasse.«

Sie hat die Allee schon hinter sich gelassen, als sie endlich einen klaren Gedanken fassen kann. Der Tacho zeigt achtzig Stundenkilometer an, und der Wagen rumpelt über die schlechte Straße. Sie bremst vorsichtig ab und hält schließlich an. Dass ihre Mutter ihr nicht alles gesagt hat, das wusste sie, aber was Behring da erzählte, das war doch unmöglich? Einen Moment lang erwägt sie, in die Pension zu fahren und die Mutter anzurufen. Aber dann müsste sie sagen, wo sie gerade ist. Die Mutter wäre entsetzt. Sie würde schimpfen oder einfach auflegen. So viel ist sicher.

Und dann spürt Anna sie wieder. Diese undurchdringliche Kindereinsamkeit. Das endlose Schweigen am Küchentisch, wenn sie die falsche Frage gestellt hat. Der bittere Beigeschmack von süßen Marmeladenbroten, wenn die Mutter den Brotteller mit diesem Schwung aus Enttäuschung und Zorn über den Tisch schiebt. Nein, von der Mutter wird sie nichts erfahren.

Larow. Die Wirtin in Templin hat von Larow gesprochen. Vielleicht gibt es dort noch Kirchenbücher. Sie nimmt die Karte zur Hand. Das Dorf liegt drei, vielleicht vier Kilometer hinter Gut Anquist. Sie wendet den Wagen.

Der Ort ist klein, liegt geschützt zwischen Hügeln und wirkt, als habe man ihn in den sechziger Jahren einfach vergessen. Vom Dorfplatz gehen drei schmale Straßen ab, die Häuser stehen grau und geduckt. Am Platz ein Lokal, eine Bäckerei, die auf einem Schild »Auch Obst und Gemüse« anbietet. Die kleine Kirche aus Feldsteinen, mit gotischen, spitz zulaufenden Fensterbögen ist etwas zurückgesetzt und hat den Krieg nicht schadlos überstanden. Der Turm ist notdürftig repariert und verputzt worden.

Anna nimmt den schmalen Gehweg, der über den vorgelagerten Friedhof führt. Das schwere Holzportal ist verschlossen. Eine Frau in Gummistiefeln und mit einer Gießkanne in der Hand versorgt eines der Gräber. Anna fragt sie nach dem Pfarramt. Die Frau zeigt auf die andere Seite des Dorfplatzes. »Da wohnt der Pfarrer. Der ist aber nicht da. Dienstags ist der im Nachbardorf.«

»Wann ist er denn zurück?«

Die Frau zuckt mit den Schultern, nimmt verblühte Astern aus einer Vase und gießt die Stauden.

»Wissen Sie, ich komme extra aus Köln und brauche eine Auskunft aus den Kirchenbüchern.«

Die Frau ist ungefähr in Annas Alter, stellt jetzt die Gießkanne ab und ist sichtlich interessiert. »Das kann Abend werden, bis der zurück ist. Aber wenn Sie nur was nachsehen wollen, da können Sie auch seine Frau fragen.« Sie macht eine kleine Pause. »Aus Köln«, sagt sie schließlich. »Da haben Sie sicher Verwandte, die hier mal gewohnt haben.«

Einen Augenblick spielt Anna mit dem Gedanken, Gut Anquist zu erwähnen, aber dann entscheidet sie sich dagegen. »Ich weiß es nicht. Das will ich in den Kirchenbüchern nachsehen.«

Die Pfarrersfrau ist jung und öffnet ihr mit einem etwa einjährigen Kind auf dem Arm die Tür. »Da haben Sie Glück«, sagt sie fröhlich, nachdem Anna ihr Anliegen vorgebracht hat, »die ganz alten Bücher sind leider 1945 verbrannt, aber das ab 1885 konnte gerettet werden.«

Sie führt Anna in ein Büro, in dem es nach Zigarrenrauch riecht, und legt ihr ein Buch in einem geprägten, schwarzen Ledereinband vor. Im Innern ist es aufgeteilt in »Geburten und Taufen«, »Aufgebote und Trauungen« und »Verstorbene«. Auf der ersten Innenseite steht in geschwungener Schrift: »1885–1952«. Die Pfarrersfrau lächelt: »Wenn Sie das ab 1952 brauchen, gebe ich Ihnen das auch gerne. Es ist nur ... Zu DDR-Zeiten hat es nicht so viele Taufen oder kirchliche Hochzeiten gegeben, und damit sind die Aufzeichnungen als Dorfchronik nur sehr unvollständig.«

Anna schluckt an ihrem Kloß im Hals. »Ich sehe erst einmal dieses durch.« Sie nimmt einen Notizblock und einen Stift aus ihrer Handtasche. Die Pfarrersfrau geht mit dem Kind zur Tür. »Lassen Sie sich Zeit. Wenn Sie etwas brauchen, ich bin zwei Türen weiter.«

Anna braucht gut eine Stunde, um das Buch durchzuarbeiten. Schon gleich im Jahr 1887 trifft sie zum ersten Mal auf den Namen Anquist. Die Taufe ihres Großvaters ist vermerkt.

Schließlich stehen folgende Notizen auf ihrem Block:

Heinrich Anquist, geboren 2.07.1887, heiratet 1912 Johanna Freiberg, Johanna Anquist 16.05.1940 gestorben

Sohn Ferdinand Heinrich Anquist, geboren 22.12.1914, heiratet 1938 Isabell Gütner, gestorben 27.09.1945

Sohn Karl, geboren 16.09.1917 / Nottaufe / 20.09.1917 gestorben

Tochter Clara Anquist, geboren 4.07.1920

Kinder von Ferdinand und Isabell: Margareta Isabell Anquist, geboren 2.02.1939, Konrad Ferdinand Anquist, geboren 28.09.1943

Anschließend sieht sie doch noch das Kirchenbuch ab 1952 durch, findet aber keine weiteren Hinweise auf die Familie Anquist.

Nachdem die Pfarrersfrau die Bücher weggeräumt hat, gehen sie ins Wohnzimmer. Sie bietet Anna eine Tasse Tee an. »Ich will nicht neugierig sein, aber ... haben Sie gefunden, was Sie gesucht haben?«

Anna denkt einen Moment nach. »Das ist ein verrückter Tag. Ich weiß nicht, wonach ich gesucht habe, aber das, was ich gefunden habe, habe ich nicht erwartet.« Sie zögert, aber dann erzählt sie der jungen Frau von ihrer Mutter Clara Anquist und schiebt ihr den Notizblock zu.

»Ich habe heute erst erfahren, dass ich noch Verwandte habe. Was aus Ferdinand und den Kindern geworden ist ... da habe ich in den Büchern nichts gefunden.« Sie trinkt von ihrem Tee. »Wissen Sie vielleicht, ob es noch alte Leute im Dorf gibt, die damals hier gelebt haben?«

Das Kind sitzt auf einer Decke auf dem Fußboden und beginnt zu weinen. Die Pfarrersfrau nimmt es hoch. »Vor ungefähr sechs Wochen war schon einmal jemand hier, der die Kirchenbücher nach der Familie Anquist durchsucht hat.«

Anna beugt sich vor. »Wer? Wissen Sie seinen Namen?«

»Nein, nein. Das war kein Verwandter von Ihnen. Er hat mit dem Umbau des Gutes zu tun. Es soll ja wieder so hergerichtet werden, wie es vor dem Krieg ausgesehen hat, und er hatte gehofft, Familienmitglieder zu finden, die alte Fotos von dem Haus haben.« Sie sieht die Enttäuschung in Annas Blick und lächelt. »Ich habe ihn zum alten Sobitzek geschickt. Josef Sobitzek. Der ist auf dem Gut aufgewachsen und hat bis 1945 für die Anquists gearbeitet. Jedenfalls hat er das mal erzählt. Er wohnt am Dorfende, das letzte Haus am Schlehenweg. Ansonsten müssten Sie noch einmal mit meinem Mann reden. Sein Vorgänger, Pfarrer Briegel, war viele Jahre hier, vielleicht weiß der mehr. Der wohnt jetzt in Potsdam, aber mein Mann hat sicher seine Adresse.«

Mit der Wegbeschreibung zu Josef Sobitzek verlässt Anna das Pfarrhaus. Getrieben von Neugier, macht sie sich zu Fuß auf den Weg. Sie ist schon auf halbem Weg, als sie erstaunt feststellt, dass sie frei atmet. Obwohl sie nicht weiß, was auf sie zukommen wird, ist der Boden unter ihren Füßen sicher, nirgends lauert der große graue Hund.

Das Haus am Ende des Schlehenwegs ist windschief. Der ein Meter hohe Drahtzaun, der einen ordentlichen Gemüsegarten von der Straße trennt, ist rostig, die Holzpflöcke dazwischen morsch, und das Gartentörchen fehlt. Kartoffeln, Grünkohl und Rosenkohl stehen in geraden Linien, andere Beete sind bereits für den Winter mit Stroh abgedeckt. Als Anna zwischen den Beeten auf das Haus zugeht, öffnet eine Frau die Tür. Es ist die Frau, der sie schon auf dem Friedhof begegnet ist. Die hält ihr die Hand entgegen und lächelt. »Hannelore Sobitzek. Hab ich mir fast gedacht, dass Sie kommen. Sie wollen bestimmt mit meinem Schwiegervater sprechen.«

KAPITEL 9

Uckermark, Mai 1945

Nach Heinrich Anquists Verhaftung kehrten Clara, Isabell, Almuth, Josef und die Kinder ins Herrenhaus zurück. Zimmer für Zimmer richteten sie die Ordnung wieder her, und Josef gelang es, den Volksempfänger zu reparieren. Clara packte die Dinge mit neuer Kraft an. Der Vater würde bald zurück sein, und er hatte recht gehabt, als er gesagt hatte: »Eine gute Landwirtschaft wird immer gebraucht.«

Die Tiere waren – bis auf drei magere Kühe mit Kälbern und ein paar Hühner, die ihr Leben im hintersten Winkel der Remise gerettet hatten, gestohlen oder gegessen. Sie müssten ganz von vorne anfangen, aber sie waren zu Hause und könnten es schaffen.

Am dritten Tag kehrte der Treck der Dörfler aus Larow heim. Clara sah sie vom Hof aus auf der Chaussee in Richtung Dorf ziehen und lief die Auffahrt hinunter. Sie erfuhr, dass die Russen sie zurückgeschickt hatten und der Treck, der von Gut Anquist gestartet war, sich aufgelöst hatte. Die Rotarmisten hatten ihnen Pferde und Wagen abgenommen.

Und dann kam der 8. Mai. Sie hörten es im Radio.

Deutschland hatte kapituliert. Der Krieg war zu Ende. Als Clara den Volksempfänger ausschaltete, durchbrach nur das Schluchzen von Josef die angespannte Sprachlosigkeit. Sie legte ihm tröstend die Hand auf die Schulter und versuchte Ordnung in ihre Gedanken und Gefühle zu bringen. Darauf hatten sie doch gewartet! Seit Tagen hatten sie auf diese Nachricht gehofft, und jetzt war da diese Leere.

Isabell sprach als Erste. »Jetzt wird Ferdinand nach Hause kommen.« Sie beugte sich hinunter, nahm den kleinen Konrad auf den Arm, drückte ihn erst an sich und wirbelte ihn dann lachend herum. »Der Papa kommt nach Hause und der Opa auch. Alles wird gut.«

Seit sie Heinrich Anquist abgeholt hatten, war es Clara gewesen, die mit Energie und Zuversicht durch die Tage geschritten war und dafür gesorgt hatte, dass Fragen, die über den nächsten Tag hinausgingen, erst gar nicht aufkamen. Jetzt war es die zierliche und immer ängstliche Isabell, die mit ihrem Vertrauen in die Zukunft alle mitriss. In Larow, auch das hatte Clara von den Heimkehrern erfahren, war eine provisorische Kommandantur eingerichtet worden. Dort würde man wissen, wohin der Vater gebracht worden war.

Am nächsten Tag machte sie sich zusammen mit Josef auf den Weg. Von Soldaten bewacht, standen am Ortseingang Pferde und Rinder. Es waren mindestens fünfzig Tiere, und sie erkannte den Rappen Helio, mit dem der Treck von Gut Anquist aus angeführt worden war. Auch zwei ihrer tragenden Stuten meinte sie zu erkennen.

Einer der Soldaten stellte sich ihnen in den Weg, wies immer wieder in die Richtung, aus der sie gekommen waren, und schien etwas zu fragen. Aber sie verstanden ihn nicht, und Josef zog Clara am Arm weiter. Sie gingen zum Haus der alten Sophie, die Clara seit Kindertagen kannte. Sophie hatte bei größeren Festlichkeiten Wilhelmine unter die Arme gegriffen und in der Küche ausgeholfen. In ihrem kleinen Haus lebten jetzt zwölf Dörfler auf engstem Raum. Obwohl um diese Tageszeit nur wenige im Haus waren, die Frauen und größeren Kinder auf dem Feld arbeiteten, lag der Geruch von Enge in der Luft.

Sophie stand in der Küche beim Spülen, und auf dem Küchentisch stapelten sich die sauberen Teller und Tassen. In den Zimmern waren die Möbel zur Seite gerückt, um Platz für Schlafstellen zu schaffen. Die Alte betrachtete Clara mit ihren wässrigen grauen Augen und tätschelte ihr die Wange.

»Man sagt, dass sie die Gefangenen ins Gerichtsgefängnis nach Prenzlau bringen«, flüsterte sie, noch bevor Clara fragen konnte.

Sie erfuhr, dass ein Oberleutnant Wolotschek zuständig sei und ein deutscher Zivilist ihn ständig begleitete. »Er heißt Simon Tarach«, flüsterte Sophie, »ein Kommunist und Halbjude. Man sagt, dass er schon 1939 nach Moskau ist und für die Russen gekämpft hat.« Dass es für eine Frau nicht klug sei, durchs Dorf zu gehen, sagte sie noch, und dass sie nachts Wache hielten, wegen der betrunkenen Soldaten, die die Frauen wollten.

Die Häuser rund um den Dorfplatz waren beschlagnahmt und wurden von russischen Soldaten bewohnt. Stühle, Tische und Sofas standen vor den Häusern, Soldaten saßen in der Sonne. Die Männer grölten auf Russisch hinter ihr her, als sie mit Josef über den Platz ging. Sie wollte lieber nicht wissen, was sie riefen.

Die Kommandantur war im Gasthaus *Zur Mühle* untergebracht. Sie mussten sich beim Posten vor der Tür anmelden, und der ließ sie stehen und ging hinein. Sie warteten lange. Clara hielt den Blick auf die verschlossene Tür gerichtet, während in ihrem Rücken von der anderen Seite des Platzes die Soldaten feixten. Sichtlich beunruhigt, blickte Josef immer wieder zu ihnen hinüber. Dann endlich ließ man Clara vor. Josef musste draußen bleiben. An dem großen Stammtisch, im hinteren Teil des Lokals, saß ein Offizier, an seiner Seite ein Mann in Zivil. Das mussten Wolotschek und Simon Tarach sein.

Tarach war ein hochgewachsener Mann von vielleicht Mitte dreißig, mit kantigem Kinn und wachen, dunklen Augen. Auf dem Tisch lagen diverse Hefter, mit denen die beiden Männer beschäftigt waren. Als Clara vor den Tisch trat, sahen sie auf.

»Fräulein Anquist«, sagte Tarach mit leiser Stimme, »was wollen Sie?«

Clara stand kerzengerade. »Ich möchte wissen, wo Sie meinen Vater hingebracht haben und was Sie ihm vorwerfen.«

Tarach nahm einen der Hefter und reichte ihn dem Offizier. Sie sprachen russisch miteinander. Dann wandte er sich wieder an Clara. »Ihr Vater war aktives Mitglied der NSDAP und hat versucht, seinen Besitz anzuzünden.«

Sie hob den Kopf noch ein Stück höher, und jetzt war sie froh, dass er ihr keinen Stuhl angeboten hatte und sie auf ihn herabsehen konnte. »Das ist eine Lüge. Rotarmisten haben die Tür zum Gutshaus eingeschlagen. Sie haben das Haus geplündert und Wilhelmine erschossen. Und sie haben versucht, meinen Vater im Stall zu verbrennen.« Sie schluckte, sah, wie Tarachs Augen sich verengten, und nahm ihren ganzen Mut zusammen. »Sie wissen das! Sie waren beide dort, als mein Vater verhaftet wurde. Sie haben gesehen, dass die Tür eingeschlagen und das Haus geplündert war.«

Sie spürte die Hitze des Zorns in ihren Wangen. Tarach stand auf und sah sie direkt an. Er schien verunsichert. In seinem Blick lagen Bewunderung und Verachtung zugleich. Dann räusperte er sich und sprach wieder mit leise drohender Stimme.

»Dass Ihr Vater ein Handlanger Hitlers war, wollen Sie wohl nicht bestreiten. Selbst Göring war in Ihrem Haus zu Gast. Oder irre ich da?«

Clara zuckte kurz zusammen. Das konnte sie nicht leugnen. 1941 war Göring Teil einer Jagdgesellschaft gewesen, die auf Gut Anquist zu Mittag gegessen hatte. Trotzig ging sie darüber hinweg. »Ich möchte meinen Vater sehen.«

Tarach klappte die Akte vor ihm zu. »Ihr Vater ist im Gerichtsgefängnis in Prenzlau. Besuche sind nicht möglich«, sagte er knapp.

Dann sprach er mit dem Offizier, Papiere wurden hin und her geschoben, von Wolotschek unterschrieben, und Tarach stempelte sie mit wütendem Knall. Er reichte ihr das Schriftstück und fragte wie beiläufig: »Wohnen Sie noch auf dem Gut?«

Clara zögerte, nickte dann aber stumm.

»Verlassen Sie es bis morgen früh. Gut Anquist ist beschlagnahmt. Ab morgen werden dort Flüchtlinge untergebracht.«

»Aber ...« Clara schluckte an ihrer Empörung. »Warum müssen wir fort? Die Flüchtlinge können doch bei uns wohnen. Das haben sie in den letzten beiden Jahren doch auch getan.«

In seinem rechten Mundwinkel lag ein verächtliches Lächeln. »Dieses ›bei uns‹ sollten Sie ganz schnell vergessen.« Er deutete auf das Papier, das in ihrer Hand zitterte. »Sie haben Zeit bis morgen.«

Als sie aus dem Gasthof trat, stand Josef auf dem Dorfplatz im Schatten der alten Eiche und humpelte auf sie zu. »Und?«, fragte er.

Einige Soldaten begannen wieder zu rufen und zu pfeifen, während Clara gegen die aufsteigenden Tränen ankämpfte. Drei der Männer kamen auf sie zu, fassten nach ihrem Haar und ihrem Arm. Sie schlug die fremden Hände fort. Josef stellte sich vor Clara, aber sie schubsten ihn beiseite.

Plötzlich wurde die Tür des Lokals aufgerissen, und Wolotschek und Tarach standen in der Tür. Der Offizier schnauzte mit lautem Bariton über den Platz. Die Männer ließen augenblicklich von ihr ab verdrückten sich wie geprügelte Hunde. Als Clara mit Josef eilig davonging, sah sie sich nicht um. Sie spürte, wie Tränen der Wut über ihr Gesicht liefen, und konnte nur denken: »Wo sollen wir jetzt hin?«

Sie hatten das Dorf bereits hinter sich gelassen, als sie sich endlich fasste. »Wir dürfen nicht zu Hause bleiben. Wir müssen bis morgen fort sein.«

Josef blieb stehen und starrte sie ungläubig an. »Aber ... wo sollen wir hin?«

»Nein, nein. Du nicht, Josef. Du kannst bleiben. Und Almuth sicher auch. Nur Isabell, die Kinder und ich müssen fort.« Sie dachte daran, dass sie vielleicht in Templin bei den Fichtners unterkommen könnten, bis sich alles geklärt hatte. Der alte Fichtner war ein guter Freund der Familie. »Du musst auf jeden Fall auf dem Gut bleiben, Josef.« Sie wischte sich mit dem Kleiderärmel übers Gesicht und legte allen Optimismus, den sie aufbringen konnte, in ihre Stimme. »Ferdinand wird in den nächsten Tagen nach Hause kommen. Du musst auf dem Gut auf ihn warten.«

In ihrem Kopf tobte es, die Worte schienen auseinanderzubrechen, und aus dem Wort »Zuhause« blieben immer nur drei Buchstaben übrig. AUS!

Sie waren bereits auf der Chaussee, als ein Jeep sie überholte und anhielt. Er war Simon Tarach. »Ich fahre nach Templin. Wenn Sie wollen, nehme ich Sie bis zum Gutshof mit.«

Clara wollte schon ablehnen, aber dann dachte sie an Josefs Bein und dass sie Tarach vielleicht doch noch überreden könnte, ihr ein paar Tage auf dem Gut zuzugestehen. Wenigstens bis sie wusste, ob die Fichtners noch in Templin waren und sie dort bleiben konnten.

Als sie ihn im Auto darum bat, schüttelte Tarach den Kopf und gab einen verächtlich zischenden Laut von sich. »Wissen Sie eigentlich, wie viele Menschen unterwegs sind, ohne zu wissen, wo sie bleiben können?«

Clara wusste, dass sie ihren Mund halten oder zumindest diplomatisch sein sollte, aber ihre Empörung war größer. »Und das gibt Ihnen das Recht, Menschen einfach auf die Straße zu setzen?«

Er sah sie an, und in seinen Augen funkelte Zorn. »Sie glauben immer noch, dass Sie mit alldem nichts zu tun haben und die Konsequenzen nicht tragen müssen, nicht wahr? Euer Krieg ist verloren, und jetzt beginnt eine neue Zeit. Begreifen Sie das endlich, Fräulein Anquist.«

Sie war davon ausgegangen, dass er sie und Josef an der Zufahrt zum Gut absetzen würde, aber er fuhr den Weg hinauf auf den Hof. Schon als sie ausstieg, nahm sie es wahr. Etwas war anders. Dann sah sie zum Portal des Haupthauses. Eine Seite des notdürftig reparierten Eingangs hing schief in den Angeln. Sie blieb stehen, suchend wanderte ihr Blick über die Fenster. Josef humpelte bereits auf das Haus zu, aber sie lief ihm nach und hielt ihn am Arm fest.

»Warte!« Auch Simon Tarach schien zu merken, dass etwas nicht stimmte, schaltete den Motor des Jeeps ab und stieg aus. Zu dritt gingen sie auf das Haus zu und betraten die Eingangshalle. Clara hörte leises Weinen. Das war Margareta. Sie lief zur Bibliothek. Das Mädchen stand an der Tür, neben ihr saß der kleine Konrad auf dem Boden.

»Die Mama«, schluchzte sie.

Clara betrat die Bibliothek. Isabell lag unter dem Fenster auf dem Fußboden, in der anderen Ecke des Raumes saß Almuth an ein Bücherregal gelehnt. Röcke und Blusen waren zerrissen, Brüste und Scham unbedeckt. Isabells Gesicht war zugeschwollen, Kratzer auf Armen und Beinen, Bisswunden auf ihren Brüsten. Almuth blutete aus einer Wunde am Kopf, an der aufgeschlagenen Lippe und zwischen ihren Schenkeln. Sie versuchte aufzustehen, bedeckte ihren Körper mit der zerrissenen Kleidung und schien niemanden wahrzunehmen. Sie taumelte in Richtung Tür.

Clara lief zu Isabell, die ohne Bewusstsein war. Sie schlug ihr sanft gegen die Wangen. »Isabell, o mein Gott, Isa.« Sie sah, dass Josef mit zwei Decken ins Zimmer kam. Tarach nahm ihm eine ab und wollte sie Almuth über die Schultern legen, aber sie begann zu schreien, stieß ihn weg und wankte in die Eingangshalle. Josef stand hilflos in der Tür, während Tarach ihm die zweite Decke abnahm und sie über Isabells Körper legte. »Wasser«, rief er Josef zu, »holen Sie ein Glas Wasser.«

Clara strich Isabell das blutverschmierte Haar aus dem zerschlagenen Gesicht, nahm sie in den Arm und wiegte sie hin und her. Tarach fasste sie am Arm.

»Kommen Sie«, sagte er mit erstaunlich weicher Stimme. »Wir bringen die Frau ins Bett.«

Zusammen mit Josef trug er Isabell hinauf in ihr Zimmer. Clara wusch ihr die gröbsten Spuren von Gesicht und Körper und wollte sich dann um Almuth kümmern, aber die hatte sich in ihrem Zimmer eingeschlossen und ließ niemanden herein. Als Clara in die Küche kam, saß Josef mit den Kindern am Tisch, und auch Tarach war noch da. Er stand am Spülstein und sah sie nicht an.

»Das wird Konsequenzen haben«, sagte er endlich. »Wir werden sie finden, und Wolotschek wird mit aller Härte gegen die Männer vorgehen. Das verspreche ich Ihnen.«

Clara hörte ihn wie aus weiter Ferne. Seine Worte waren ihr kein Trost. »Meine Schuld«, dachte sie immer wieder. »Weil ich ins Dorf gegangen bin. Damit habe ich sie darauf gebracht. Niemand wusste, dass wir noch hier sind. Meine Gedankenlosigkeit hat sie hergeführt.« Sie dachte an den Soldaten, der sie vor dem Dorf aufgehalten hatte.

Tarach ging zur Tür und blieb dann dort stehen. »Unter diesen Umständen ... Sie können noch ein paar Tage bleiben. Ich werde Ihnen noch heute Flüchtlinge zuweisen. Familien mit Männern. Zu Ihrer Sicherheit.«

Sie lachte bitter. »Ist sie das?«, spuckte sie mit Hohn in der Stimme. »Ist das hier Ihre neue Zeit?« Er antwortete nicht und verließ eilig das Haus.

Am Nachmittag war Isabell wieder bei Bewusstsein, doch sie sprach kein Wort und starrte wie blind zur Decke. Später ging Clara zur Scheune und holte die beiden Gewehre, die ihr Vater hinter einer Bretterwand versteckt hatte. Auf den Besitz von Schusswaffen standen jetzt hohe Strafen, aber das war ihr egal. Wenn sich Rotarmisten noch einmal mit Gewalt Zutritt verschaffen wollten, dann würde sie schießen. Eines der Gewehre übergab sie Josef.

Später hörte sie, dass Almuth ihr Zimmer verließ und mit einer Schüssel Wasser wieder darin verschwand. Als sie eine halbe Stunde später klopfte, öffnete Almuth ihr. Sie hatte sich gewaschen und umgezogen, und während Clara dem Mädchen die Platzwunde am Kopf versorgte, redete die unentwegt vor sich hin. »Nichts passiert ... Nur eine Platzwunde ... Nur den Kopf angestoßen ... Nichts passiert.«

Gegen Abend kam eine kleine Gruppe Flüchtlinge mit Handwagen die Zufahrt hinauf. Es waren die Familien Rausch, Kohlberg und Brandner. Alfred und Maria Brandner waren um die sechzig, ihre Tochter Luise vielleicht Mitte bis Ende zwanzig. Frau Brandner musste von ihrem Ehemann und der Tochter gestützt werden. Sie war krank und konnte sich kaum auf den Beinen halten. Die Kohlbergs hatten vier Kinder zwischen sechs und dreizehn Jahren und die Rauschs zwei Kleinkinder. Clara brachte sie alle im Haupthaus unter. Nicht weil sie das für angemessen hielt, sondern weil sie sich auf diese Weise nachts den größtmöglichen Schutz versprach. Und weil sie Entgegenkommen zeigen wollte. Tarach sollte sehen, dass sie zu Kompromissen bereit war. Vielleicht könnten sie dann doch auf Gut Anquist bleiben.

KAPITEL 10

Hamburg, März 1947

Mitte März ließ die Kälte endlich nach. Agnes stand mit Joost auf dem Arm am Fenster, und sie sahen zu, wie sich die Eisblumen auf dem Glas unter der Sonne auflösten und den Blick freigaben. »Jetzt ist der Winter vorbei. Wenn die Sonne um diese Zeit schon Kraft hat, dann kommt er auch nicht wieder«, flüsterte sie. Endlich liefen die Menschen nicht mehr vermummt durch die Straßen, Gesichter waren wieder zu erkennen, und selbst in den Warteschlangen vor den Geschäften hörte man hier und da ein Lachen. Die Leute hatten eine große Sorge weniger. Sie mussten nicht mehr fürchten zu erfrieren.

Agnes hatte es sich zum Ziel gemacht, in den nächsten Wochen eine elektrische Kochplatte zu kaufen. Eine große Investition, aber sie würde sich rechnen, denn dann brauchte sie über den Sommer keine Kohlen zum Kochen.

Wiebke stotterte kaum noch, ging wieder in die Schule und bekam dort ihre tägliche Suppe. Nur wenn sie in größter Aufregung war, brachte sie den Anfang eines Satzes nicht glatt heraus. Agnes hätte es gerne gesehen, wenn auch Hanno wieder zur Schule gegangen wäre, aber er ließ nicht mit sich reden.

Bis Ende März ging sie tagsüber zum Steineklopfen, aber bald bekam Agnes nicht nur von Frau Gardner und deren Bekannten Nähaufträge, sondern auch aus der Nachbarschaft. Ab April verdiente sie ihr Geld ausschließlich mit ihrer Nähmaschine.

Bislang war Joost, da er nur selten draußen war und die Nachbarn mit ihren eigenen Sorgen beschäftigt waren, unbeachtet geblieben. Jetzt spielte er auf der Straße. Weil er nicht sprach, fiel er auf. Es wurden Fragen gestellt, und Wiebke erklärte ganz selbstverständlich, dass Joost ihr Bruder sei und stumm auf die Welt gekommen war. Sie ahnte nicht, dass sie damit nicht nur den Grundstein für Joosts neue Legende legte, sondern auch den für die angebliche Schande der Agnes Dietz.

Die meisten der Nachbarn waren wie sie nach dem Feuersturm fortgegangen und nach Kriegsende zurückgekehrt. Sie wussten, dass Gustav Dietz im Frühjahr 1942 in den Krieg gezogen und danach nicht mehr zu Hause gewesen war. Dieses drei- oder vierjährige Kind, das Agnes offensichtlich versteckt gehalten hatte, konnte demnach nicht von ihm sein. Agnes bemerkte nicht, wie schnell die Gerüchte sich ausbreiteten. Während sie sich noch Gedanken machte, wie sie Joost offiziell anmelden könnte, ohne Gefahr zu laufen, dass man ihn ihr wegnahm, war die Geschichte um den Bankert der Agnes Dietz schon in aller Munde. Nur ihre Freundin Magda wusste um die Herkunft von Joost, und die war es auch, die eines Morgens vor Agnes' Tür stand und ihr von der üblen Nachrede erzählte.

Agnes saß an ihrer Nähmaschine und konnte es nicht glauben. Immer wieder sah sie hinüber zu dem Stapel

Kleidung, den sie noch zu ändern hatte. Vieles davon war aus der Nachbarschaft. Grete Kalnitz, die mit ihrem Mann und den beiden Söhnen in dem halben Mehrfamilienhaus am Ende der Straße lebte, in dem einige Wohnungen bewohnbar waren, hatte ihr am Tag zuvor noch die Hosen ihrer Söhne gebracht. Ein paar Nähte, hier kürzen, da den Saum auslassen.

»Ich weiß nicht, wie und wann ich dir das bezahlen kann«, hatte Grete gesagt, und Agnes hatte abgewinkt.

»Mach dir keine Gedanken. Zahl mir das, wenn du kannst.«

Und diese Grete Kalnitz – so erfuhr sie jetzt von Magda – erzählte überall hinter vorgehaltener Hand, dass der Stumme ja wohl nicht von Gustav Dietz sein könne und es doch erstaunlich sei, wie gut Agnes mit ihren drei Kindern zurechtkam. »Wenn die schon einen Bankert hat, da muss man sich ja fragen, was die regelmäßig in Rotherbaum bei den Engländern tut. Angeblich näht sie für die, aber wer weiß schon, was die da wirklich zu erledigen hat«, hatte Magda sie in der Schlange vor dem Milchladen sagen hören.

Als Magda fort war, nahm Agnes die Arbeit an der Nähmaschine wieder auf, war aber mit den Gedanken bei diesen Anschuldigungen und konnte sich nicht konzentrieren.

Es war bereits Mittag, als sie einen Entschluss fasste. Sie nahm die Hosen, die Grete ihr gebracht hatte, und machte sich auf den Weg. In der Nacht hatte es geregnet, die Straße stand voller Pfützen, und der Matsch blieb an ihren Schuhen kleben. Die Hosen unter ihrem Arm, stapfte sie vorwärts. Im zweiten Stock des Hauses klopfte sie an die Tür. Grete Kalnitz öffnete ihr und lächelte dankbar.

»Agnes, das ist aber nett, dass du das so schnell erledigt hast.«

Agnes gab ihr die Hosen und sagte so beherrscht, wie es ihr möglich war: »Warum tust du das, Grete? Warum erzählst du Lügen über mich?«

Gretes Lächeln zuckte in den Mundwinkel und verlor sich. »Aber was meinst du?«, fragte sie mit unschuldigem Erstaunen.

»Die Hosen sind nicht fertig. Für Schandmäuler arbeite ich nicht.« Sekundenlang standen sie sich gegenüber. Grete war puterrot geworden. »Du solltest dich schämen«, sagte Agnes noch, dann drehte sie sich um und ging die Treppe hinunter. Auf der Straße blieb sie stehen und atmete mehrmals tief durch. Die Sonne schien ihr ins Gesicht, und während sie die Straße entlangging und die Pfützen umrundete, empfand sie Stolz. Noch wenige Stunden zuvor hätte sie sich nicht vorstellen können, so etwas zu tun. Sie hätte sich nicht getraut.

Als sie sich zu Hause wieder an die Arbeit setzte, war sie immer noch mit den boshaften Gerüchten beschäftigt, aber da machte sich auch ein anderer Gedanke breit. Vielleicht lag genau darin die Lösung. Alle schienen zu glauben, dass Joost ihr Sohn war. Warum sollte es auf dem Meldeamt in Zweifel gezogen werden? Sie könnte einfach behaupten, dass Joost in Pinneberg zur Welt gekommen war.

Am Abend teilte sie Hanno und Wiebke ihren Entschluss mit. »In der Straße scheinen alle zu denken, dass Joost mein Sohn ist.« Wiebke blickte angestrengt auf ihren Teller, und Agnes strich ihr über den Kopf. »Ist nicht deine Schuld«, sagte sie. »Ich werde Joost auf dem Amt als Joost Dietz anmelden. Dann könnte er für immer bei uns bleiben.«

Wiebke war begeistert, und auch Hanno nickte, fragte dann aber leise: »Und Papa? Sollten wir nicht warten, bis Papa zurück ist?«

»Dein Vater wäre sicher damit einverstanden gewesen.«

Sie sah, wie Hanno zusammenzuckte, und bemerkte ihren Fehler sofort. Sie hatte von Gustav in der Vergangenheit gesprochen. Hanno sagte nichts, blieb den Rest des Abends einsilbig und setzte sich nicht, wie er es sonst tat, wenn die Kleinen im Bett waren, zu ihr an den Tisch.

»Ich muss für Körner noch was erledigen«, sagte er und verließ das Zimmer. Agnes wusste, dass das nicht stimmte, spürte seine Trauer und hätte ihn gerne in den Arm genommen. Aber da war auch diese Enttäuschung in seinem Blick, und sie wagte nicht, ihn zurückzuhalten.

Am nächsten Morgen zog sie ihr gutes hellblaues Kleid mit dem wadenlangen, weiten Rock an, steckte die Haare hoch und fuhr mit Joost an der Hand mit der Straßenbahn in die Stadt. Dicht gedrängt standen die Fahrgäste im vorderen Teil der Bahn. Im hinteren Teil gab es freie Sitzplätze, aber die waren für Engländer reserviert und durften von Deutschen nicht besetzt werden.

Vor den Schaltern des Einwohnermeldeamtes standen lange Schlangen, und als sie endlich an der Reihe war, wurde ihr übel vor Nervosität.

»Dietz«, sagte sie, »Agnes Dietz, Ritterstraße 6. Ich muss meinen kleinen Sohn noch nachmelden.« Die junge

Frau ging zu einem Registerschrank, suchte die Meldekarte vom August 1945 heraus und kam zurück.

»Dann brauche ich die Geburtsurkunde und Angaben, wo er bisher gelebt hat.«

Agnes hatte sich alles genau zurechtgelegt, es sogar zu Hause mehrmals laut aufgesagt, aber jetzt ging es ihr doch nicht so leicht über die Lippen, wie sie gehofft hatte. Sie schwitzte. »Joost hat in den letzten beiden Jahren bei einer Tante in Pinneberg gewohnt. Wissen Sie, als wir im Sommer 1945 zurückgekommen sind, da wusste ich ja nicht, was uns hier erwartet. Da war der Kleine bei der Tante besser aufgehoben.« Sie schluckte. Sie redete zu viel. Sie sollte nicht so viel reden. Die Frau betrachtete ihre Meldekarte.

»Aber bei Ihrer damaligen Anmeldung haben Sie nur zwei Kinder angegeben. Hanno und Wiebke.«

Auch darauf war sie vorbereitet. »Ich dachte, weil ich die Meldung doch wegen der Lebensmittelkarten brauchte ... Ich dachte, dass ich nur die Kinder angeben darf, die auch bei mir sind.« Sie spürte, wie der Stoff ihres Kleides unter den Achseln nass wurde.

»Nein, nein«, die junge Frau lächelte verständnisvoll, »auf der Meldekarte hätten Sie alle Kinder angeben müssen. Aber das ist ja kein Beinbruch, wir tragen den Kleinen nach. Haben Sie die Geburtsurkunde dabei?«

Das würde jetzt der schwierigste Teil werden. »Ich habe keine Geburtsurkunde. Wir sind nach dem Feuersturm 1943 nach Pinneberg, und Joost ist zu Hause zur Welt gekommen. Ich wusste nicht, wie es weitergehen würde, habe immer gedacht, dass wir bald nach Hamburg zurückkehren und ich seine Geburt dann hier melden könnte.« Sie wischte sich über die Stirn. »Aber damals ... es dauerte immer länger, und ich habe nicht mehr daran gedacht, ihn in Pinneberg anzumelden.« Wieder redete sie zu viel. Sie sollte still sein! Sie sah zu Joost hinunter und schluckte an ihrer Angst. Joost schien das zu spüren, umschlang ihr Bein und drückte sich fest an sie.

Die junge Frau schien einen Moment unschlüssig und sagte dann: »Ach, wissen Sie, es kommen so viele aus dem Osten, die keine Geburtsurkunden mehr beibringen können. Sagen Sie mir seinen vollen Namen, das Geburtsdatum und den Geburtsort.«

»Joost Dietz, geboren am 1. September 1943 in Pinneberg«, sagte Agnes, so ruhig sie konnte, und sah zu, wie die Frau ihre Angaben auf die Meldekarte schrieb. Ganz selbstverständlich trug sie unter »Name des Vaters« Gustav Dietz ein.

»Ich vermerke, dass der Eintrag ohne Geburtsurkunde erfolgt ist, und muss Sie darauf aufmerksam machen, dass Sie sich bei falschen Angaben strafbar machen.« Sie reichte Agnes die Bescheinigung, mit der sie zukünftig Lebensmittelkarten für vier Personen erhalten würde.

Draußen ließ sie Joosts Hand los und lehnte sich an die Mauer des Gebäudes. Ihre Knie zitterten, und sie hörte die Frau immer wieder sagen: »Dass Sie sich strafbar machen!« Konnte irgendjemand außer Magda, Hanno und Wiebke wissen, dass ihre Angaben falsch waren?

Joost sah ängstlich zu ihr auf, und sie ging in die Hocke, zog ihn an sich und flüsterte, um ihm und sich selbst Mut zuzusprechen: »Mach dir keine Sorgen. Jetzt gehörst du ganz fest zu uns.«

Weil die Straßenbahnen nur stundenweise fuhren und

der Tag sonnig war, schlenderten sie zu Fuß nach Hause. Überall standen sorgfältig aufgeschichtete Backsteine, an vielen Stellen wurde gebaut, und immer noch fuhren Lastwagen mit Trümmern in Richtung Außenalster. Spontan entschied sie, einen Umweg über den Jungfernstieg zu gehen. Hier fielen sie ihr zum ersten Mal auf. Die Plakate an den Litfaßsäulen und Hauswänden mit den Abbildungen der vier Mordopfer aus den Wintermonaten. Die Polizei suchte nach Zeugen, nach Menschen, die die Toten identifizieren konnten. Zehntausend Reichsmark boten sie für Hinweise.

In diesem Teil der Stadt ging es mit großen Schritten voran. Hier lebte Hamburg schon. Cafés und Lokale waren geöffnet, und das Schauspielhaus und das Kino boten Vorstellungen. Die vielen Engländerinnen erkannte sie auf den ersten Blick, aber auch deutsche Männer in feinen Anzügen und Frauen in eleganten Kleidern flanierten auf dem Platz und in den Straßen. In einem Café, das einige Tische draußen aufgestellt hatte, sah sie ihn. Er trug einen grauen Anzug, einen passenden Hut mit breiter Krempe und wirkte wie ein Mann von Welt. An seiner Seite saß ein hübsches Mädchen in beigem Kostüm mit schwarzem Samtbesatz an Kragen und Ärmeln. Ihr Mund war kirschrot, und das kecke Hütchen passte zur Farbe ihrer Lippen. Agnes war stehen geblieben, und während sie sich noch fragte, ob er es wirklich war, stand er auf, kam auf sie zu und hielt ihr strahlend die Hand hin.

»Frau Dietz«, rief er, »das ist aber eine Überraschung!« Es war Peter Kampe. Der Peter Kampe, der mit Hanno in den Trümmern unterwegs gewesen und im letzten Herbst verhaftet worden war. »Kommen Sie. Ich lade Sie zu einem Bohnenkaffee ein. Wie geht es Hanno?«

Peters Freude war aufrichtig, und auch Agnes war froh, ihn bei bester Gesundheit zu sehen. »Peter, wie schön, dich wiederzusehen«, sagte sie und nahm Joost auf den Arm.

Sie sah, wie Peters Gesichtsausdruck sich veränderte. Sekundenlang betrachtete er das Kind und fragte: »Wo haben Sie den denn her?«

»Das ist Joost.« Sie strich dem Kind über den Rücken.

Peter schien einen Moment unsicher. »Aber das ist nicht Ihrer, oder?«

Agnes lächelte nur und setzte sich.

Der Bohnenkaffee schmeckte großartig, und für Joost bestellte Peter eine Limonade. »Das mit dem Gefängnis war nicht so schlimm. Ich hab da viel gelernt. Jetzt bin ich Geschäftsmann«, erklärte Peter.

Als er nach seiner Haft nicht wieder aufgetaucht war, hatte Agnes sich oft sorgenvoll gefragt, was wohl aus ihm geworden war. Dabei hätte sie es wissen können. Peter gehörte zu den Menschen, die mit sicherem Instinkt ihre Chancen erkannten und nutzten.

»Wenn Sie was brauchen, Frau Dietz. Ich bin Ihr Mann!«, sagte er etwas großspurig, und sie lachte.

»Eine Elektroplatte zum Kochen wäre gut! Aber die kann ich mir jetzt noch nicht leisten«, antwortete sie amüsiert.

Dann erkundigte er sich nach Hanno und Wiebke und wollte wissen, ob sie immer noch in dem Zimmer in der Ritterstraße lebten. Auf Fragen zu seinen Geschäften wich er aus oder blieb vage, und sie fragte nicht weiter nach.

Sie genoss es, in der Sonne zu sitzen, alle Sorgen waren weit weg. Wie eine vom Himmel gefallene Belohnung schien es ihr. Eine Belohnung für ihren Mut. Joost saß auf ihrem Schoß, überglücklich mit seiner Limonade, und sie trank nach Jahren zum ersten Mal wieder Bohnenkaffee. Eine kleine Feierstunde. Eine Feierstunde für ihr drittes Kind.

KAPITEL 11

Uckermark, Oktober 1992

Hannelore Sobitzek führt Anna über einen schmalen Flur in eine geräumige Küche. Der Tisch steht auf Chrombeinen und ist mit einer Wachstuchdecke mit großen blassroten Blumen abgedeckt. Es riecht nach Zigarettenrauch und Zitronenreiniger. Josef Sobitzek sitzt am Fenster auf der grün gepolsterten Küchenbank. Mühsam erhebt er sich, greift nach einer Krücke und humpelt ihr entgegen. »Josef Sobitzek«, sagt er mit der Stimme eines lebenslangen Rauchers und mustert sie misstrauisch. Anna schätzt ihn auf Ende sechzig. Ein Mann mit kräftigem Oberkörper, festem Händedruck und wachen Augen unter buschigen Augenbrauen. Über dem linken Wangenknochen zieht sich eine Narbe bis zum Ohr.

»Anna Meerbaum«, stellt sie sich vor. »Meerbaum?«, wiederholt der Alte fragend und schüttelt den Kopf. »Meine Schwiegertochter sagt, dass Sie nach Verwandten suchen, aber da kann ich nicht helfen. Meerbaums hat es hier nicht gegeben. Nicht zu meiner Zeit.«

Anna lächelt. »Oh nein, das ist ein Missverständnis. Ich suche nach den Verwandten meiner Mutter. Sie heißt mit Mädchennamen Anquist. Clara Anquist.«

Sie sieht, wie er zusammenzuckt und sich schwer auf seine Krücke stützt. Er dreht ihr den Rücken zu, hinkt zur Küchenbank zurück und setzt sich mit einem leisen Stöhnen. Einige Sekunden ist nur das Ticken der Wanduhr neben dem schweren alten Küchenschrank zu hören. Dann sagt er mit leiser Stimme: »Entschuldigen Sie, aber das Stehen fällt mir schwer.« Er klopft auf sein linkes Bein. »Kinderlähmung«, sagt er, »schon mit drei Jahren. Wenn ein Bein die Arbeit für zwei übernehmen muss, dann verschleißt auch die Hüfte zweimal so schnell und ...« Er beendet den Satz nicht, wendet den Kopf zum Küchenfenster und sieht hinaus. Draußen turnen Meisen auf den Ästen eines Apfelbaums.

Hannelore Sobitzek lehnt an dem Spülbecken aus Steingut. »Ich koche erst einmal Kaffee«, sagt sie eilig. »Sie mögen doch Kaffee?«

Anna nickt. Hannelore füllt die Stille mit ihren Handgriffen. Sie lässt Wasser in einen blauen Kessel, zündet eine Flamme auf dem Gasherd an, nimmt den Plastikfilter, der an einem Haken am Schrank hängt, und stellt ihn auf eine bauchige Porzellankanne mit blauen Blümchen. Anna steht immer noch in der Tür, wagt es nicht, den alten Mann mit Fragen zu drängen. Der Mädchenname ihrer Mutter, so scheint ihr, liegt wie Blei im Raum.

»Setzen Sie sich doch«, sagt Hannelore und zeigt auf den Holzstuhl, der am Kopfende unter den Tisch geschoben ist. Vorsichtig zieht Anna ihn heraus, setzt sich und stellt ihre Handtasche auf den neuen, glänzenden Linoleumboden in Schachbrettmuster.

»Die Pfarrersfrau meinte, dass Sie bis 1945 auf Gut Anquist gearbeitet haben. Ich ... ich weiß nicht viel über diese Zeit, meine Mutter spricht nicht gerne darüber. Ich dachte ...«

Josef Sobitzek sieht sie an. »Die Clara lebt noch?«

Anna nickt. »Ja! Wir leben in Köln. Schon seit Ende der fünfziger Jahre. Zuerst haben wir in Johannisburg gelebt. Mein Großvater, Heinrich Anquist, ist dort 1953 gestorben, und dann sind meine Eltern zurück nach Deutschland.«

Wieder sieht der Alte aus dem Fenster. »Johannisburg? Das ist doch in Afrika«, flüstert er. Er atmet schwer und wendet sich Anna zu. »Der alte Anquist hat bis zum Schluss geglaubt, alles wird gut. Hat darauf gewartet, dass der Krieg endlich vorbei ist, und geglaubt, dann könne es mit dem Gut weitergehen. Aber dann kam er ins Gefängnis, und kurz darauf ging es schon los. Junkerland in Bauernhand. Die Enteignung war beschlossene Sache. Die Clara, die hat das kommen sehen. Noch bevor die Russen kamen, haben wir die wertvollsten Bilder, das Meißner Porzellan und das Silber vergraben. Waren ein Vermögen wert, die Sachen.« Er zieht die Stirn kraus und streicht nachdenklich über seine Narbe. »Und dann sind die weg. Im Winter 1945/46. Ich war da schon im Lager. Hab nie wieder was von denen gehört.«

Hannelore stellt Tassen, ein Milchkännchen und eine Zuckerdose auf den Tisch und schenkt Kaffee ein. Josef Sobitzek holt ein zerdrücktes Päckchen Zigaretten aus der Brusttasche seines braunkarierten Hemdes, zündet sich eine an und bläst den Rauch zischend aus. »Dass ich von der Clara noch mal hören würde, das hätte ich nicht gedacht.«

Er nimmt einen Schluck Kaffee und stellt die Tasse wieder ab. Anna wartet. Will seine Gedankengänge nicht mit Fragen unterbrechen. Sobitzek, so scheint es ihr, nähert sich den Erinnerungen mit großer Vorsicht und muss zu seiner eigenen Geschwindigkeit finden.

»Afrika, sagen Sie?« Er sieht Anna an. »Von Afrika war nie die Rede. Der Alte ... also Ihr Großvater, hatte einen Geschäftsfreund in Spanien. Auch Pferdezüchter. Bei Granada, wenn ich mich recht erinnere. Es hat immer geheißen, dass die dahin sind.« Wieder schweigt er einen Moment und schüttelt dann den Kopf. »Bis Afrika. Kaum zu glauben.« Er starrt vor sich hin, in das rosafarbene Blumenmuster der Tischdecke vertieft. »Und die Clara ist schon so lange wieder in Köln«, flüstert er wie zu sich selbst.

Anna nickt. Hannelore stellt einen Aschenbecher auf den Tisch, und ihr Vater schnippt die Asche seiner Zigarette ab und schnalzt mit der Zunge. »Der Alte, der hat was von Pferden verstanden und von Forstwirtschaft, aber von Politik ...« Er schüttelt den Kopf und schnaubt. »Als der dann weg war und die Clara in der Hütte wohnte, da hat die gewusst, was kommen wird. War ja immer von Umsiedlung die Rede. Umsiedlung aller Großbauern und Gutsbesitzer.« Er zögert und fragt: »Was ist denn aus den beiden Kindern von Ferdinand und Isabell geworden? Leben die auch in Köln?«

Anna spürt, wie ihr die Röte ins Gesicht steigt. Plötzlich ist ihr die ganze Situation peinlich.

»Meine Mutter ...«, ihre Stimme klingt belegt, und sie räuspert sich, »meine Mutter hat von ihrer Zeit vor Afrika so gut wie nie gesprochen. Ich habe erst heute erfahren, dass sie einen Bruder hatte, und ...«, sie sieht verlegen auf den Tisch, »auch von den Kindern weiß ich erst seit heute.«

Misstrauisch werden Sobitzeks Augen schmal. »Aber ... Margareta und Konrad, die sind doch mit. Darum sind die weg. Wegen der Kinder. ›Wenn es nur um mich ginge, würde ich bleiben.‹ So hat Clara es zu der alten Sophie gesagt. Die Clara muss doch wissen, was aus den Kindern geworden ist.«

Anna wagt nicht, aufzusehen, hört den Vorwurf, als gelte er ihr, und kann ihm nichts entgegensetzen. Sie hätte nicht herkommen sollen. Nach dem Besuch im Pfarramt hätte sie erst mit ihrer Mutter sprechen müssen. Dass die ihre ganze Verwandtschaft verschwiegen hat, dafür muss es einen Grund geben. Irgendetwas muss damals passiert sein. Etwas, an das die Mutter nicht rühren will, das ihr Angst macht.

Annas Herz beginnt zu hämmern, ihr Brustkorb wird eng. Da ist sie wieder, diese Atemnot. Wieder steht der graue Hund vor ihr. Sie erhebt sich und wankt zur Tür. »Ich muss einen Moment nach draußen«, flüstert sie.

Hannelore Sobitzek greift nach ihrem Arm und führt sie hinaus. Die frische, klare Luft tut gut. Ein leichter Wind treibt Kumuluswolken über den Himmel. Anna zwingt sich zur Ruhe, zählt beim Ausatmen langsam bis zehn. Noch während sie neben Hannelore an der Hauswand lehnt, wird ihr mit plötzlicher Gewissheit klar: Diese Angst ist nicht ihre. Sie hat sie geerbt. Nicht so, wie sie ihre Augenfarbe oder ihren hochgewachsenen Körper geerbt hat. Aber so wie die Handbewegung, mit der sie ihr Haar aus dem Gesicht streicht. Die Art, wie sie die Arme über der Brust verschränkt, wenn sie sich angegriffen fühlt. »Wie deine Mutter«, hatte Thomas dann gesagt, und sie war noch wütender geworden.

Schon als Kind hatte sie gewusst, dass sie die Zeit vor Afrika nicht erwähnen durfte. Die Mutter hatte entweder mit Zorn oder jammernd auf solche Fragen reagiert. Stimme und Blick bildeten einen Schutzwall, den Anna nicht zu durchbrechen wagte. Und dahinter – das meint sie jetzt deutlich zu erkennen – hatte die Angst gelauert.

Es dauert einige Minuten, dann hat Anna sich beruhigt, und ihr Atem geht gleichmäßig. »Vielleicht mache ich einen Fehler«, sagt sie leise. Hannelore steht neben ihr, zupft aus einem Blumenkasten auf der Fensterbank Unkraut und sagt: »Kann sein. Aber das weiß man immer erst hinterher.«

Am Küchentisch schenkt Hannelore Kaffee nach, und Anna sieht zu, wie sich der alte Sobitzek eine weitere Zigarette anzündet. Dann beginnt er unaufgefordert zu erzählen. Dass Heinrich Anquist gleich nach Kriegsende verhaftet wurde. »Der war Parteimitglied. Hat mit den Nazis Geschäfte gemacht«, sagt er. Die Unterarme auf den Tisch abgelegt, den Blick im Blumenmuster der Wachstuchdecke versenkt, ruft er die alten Bilder wach.

»Wir sind einige Tage nach der Verhaftung vom alten Anquist ins Dorf. Die Clara und ich. Im Wirtshaus hatten sie eine provisorische Kommandantur eingerichtet. Die Clara wollte wissen, wo die ihren Vater hingebracht hatten. Während wir im Dorf waren, ist es dann passiert. Isabell und die kleine Almuth Griese haben wir in der Bibliothek gefunden. Sie waren in einem schlimmen Zustand. Clara hat sich das nie verziehen. Die Russen wussten ja nicht, dass wir noch auf dem Gut waren. Und dann tauchte die schöne Clara hier in Larow auf, wo die alle rumsaßen und sich langweilten. Die haben ganz schnell eins und eins zusammengezählt und sich gedacht, wo eine herkommt, da sind vielleicht noch andere. Die Isabell, die war danach nicht mehr sie selbst. Als dann im Sommer auch noch die Nachricht kam, dass sie den Ferdinand wenige Tage vor Kriegsende und nur dreißig Kilometer von zu Hause entfernt erschossen hatten, weil er sich unerlaubt von der Truppe entfernt hatte ... Die Isabell hat das alles nicht verkraftet.« Er nimmt einen Zug von seiner Zigarette, sieht Anna aber nicht an.

»Dass Clara, Isabell und die Kinder überhaupt bleiben durften, das hatten die dem Simon Tarach zu verdanken. Der gehörte zur sowjetischen Militäradministration. War damals hier in der provisorischen Kommandantur. Später ist der nach Templin und in den fünfziger Jahren nach Berlin. Hat Karriere in der SED gemacht, war sogar Mitglied der Volkskammer. War so ein ganz Überzeugter. Soviel ich weiß, lebt der noch. Der und die Clara waren wie Hund und Katze.« Er sieht auf und lächelt. »Aber irgendwie haben die beiden sich auch gemocht. Die alte Sophie hat immer gesagt: ›Wären die Zeiten anders gewesen, hätten die ein schönes Paar abgegeben.‹ Der hat seine schützende Hand über die gehalten.«

Er macht eine Pause und nickt vor sich hin. Draußen schlägt es vom Kirchturm drei Mal. »Man sagt immer, dass wir auf dem Land nicht gehungert hätten, aber das stimmt nicht. Damals waren mehr als zwölf Flüchtlingsfamilien auf Gut Anquist, und von der Felderte musste der größte Teil abgeliefert werden. Vielleicht ging es hier nicht ganz so elend zu wie in den Städten, aber gehungert haben wir auch. Es stand unter Strafe, ein Gewehr zu besitzen, aber es gab noch zwei Jagdgewehre. Am 12. Oktober hab ich eins genommen und bin auf die Jagd. Einen Hasen hab ich erwischt. Auf dem Rückweg standen da plötzlich zwei Russen. Haben mich mit dem Gewehr über der Schulter und dem Hasen in der Hand erwischt. Zwei Jahre Lager hab ich dafür gekriegt.« Er schüttelt sacht mit dem Kopf und zeigt auf die Narbe in seinem Gesicht. »Die sorgt dafür, dass ich das nicht vergesse. Mit einer Gerte hat mich der Aufseher geschlagen, weil ich mit meinem Bein nicht schnell genug war. Als ich endlich wieder nach Hause konnte, waren die Anquists schon weg. Nach Spanien, hieß es. Zusammen mit den Brandners aus der sowjetischen Besatzungszone raus. Die alte Sophie hat immer gesagt, dass die nach Spanien sind. Dass dieser Freund aus Granada sich um alles gekümmert hat. Papiere hat der geschickt. ›Wir können da einreisen‹, hat die Clara ihr gesagt. So hat Sophie es erzählt. Was aus dem alten Anquist geworden ist, davon hat man hier nichts mehr gehört. Sind ja viele in den Lagern gestorben, damals. Und jetzt … Afrika. Und die Clara in Köln. Seit über dreißig Jahren schon.«

Er drückt seine vierte Zigarette im Aschenbecher aus und lehnt sich zurück. »Mehr kann ich Ihnen nicht erzählen.« Er schiebt die Kaffeetasse in Richtung Tischmitte, zum Zeichen, dass es nichts mehr zu sagen gibt. Dann fügt er doch noch hinzu: »Da sind noch Fotos von damals, aber die habe ich verliehen. An den Architekten, der das Gutshaus umbaut. Es soll so hergerichtet werden, wie es damals war. Aber als Hotel. Ich konnte ja nicht wissen, dass die Tochter von Clara …« Sobitzek bringt den Satz nicht zu Ende, steht auf und öffnet am Küchenschrank eine Schublade. »Hannelore, der hat doch so eine Karte mit seiner Adresse dagelassen. Wo hast du die hingetan? Der würde doch sicher gerne mit Clara sprechen.«

Hannelore verlässt die Küche, kommt mit einer Visitenkarte und einem Zettel zurück und schreibt Namen und Adresse ab. »Es sind nur vier oder fünf Fotos«, sagt sie. »Er wollte sie abfotografieren, vielleicht kann er für Sie auch Abzüge machen.«

Als Anna sich verabschiedet, hält Josef Sobitzek ihre Hand fest. »Sagen Sie Clara einen Gruß. Vielleicht ... vielleicht kommen Sie noch mal und bringen sie mit. Wissen Sie, ich hab mir immer vorgestellt, dass die ganze Familie in Spanien lebt und eine Pferdezucht betreibt.«

KAPITEL 12

Uckermark, Sommer 1945

Isabell erholte sich von dem Überfall nicht. Die erste Woche danach verbrachte sie im Bett, eine weitere Woche brauchte sie, bis sie aus ihrem Zimmer kam. Sie beteiligte sich an den Hausarbeiten, spielte manchmal mit ihren Kindern, aber immer schien es, als lebe sie hinter Glas. So als brauche jede Bewegung und jeder Satz erst einen kleinen Moment der Prüfung.

Almuth Griese hingegen fügte sich in den Alltag ein, als sei nichts geschehen. Frau Rausch sprach sie auf die Kopfverletzung an, und sie antwortete sofort: »Nur gestoßen. Nichts passiert.« Sie kümmerte sich wie zuvor um die Kinder, und es fiel wohl nur Clara auf, dass sie die Bibliothek, in der sie sich früher jede freie Minute aufgehalten hatte, nicht mehr betrat. Von jenem Vormittag wurde nie wieder gesprochen, und doch war er allgegenwärtig, lag in ihren Blicken und den vorsichtig formulierten Sätzen.

Simon Tarach kam fast täglich vorbei, um sich – wie er sagte – einen Überblick zu verschaffen. Eigentlich war das nicht nötig. Die Flüchtlingsfamilien waren gut untergebracht, alle beteiligten sich an den Arbeiten auf dem Hof. Am ersten Abend hatte sie noch versucht, einen Plan zu erstellen und festzulegen, welche Familie wann die Küche benutzen durfte. Aber nach wenigen Tagen verwarfen die Frauen die Regeln und entschieden, im Wechsel für alle zu kochen.

Die Kohlbergs hatten selbst einen Hof besessen, verstanden viel von Landwirtschaft und waren eine große Hilfe. Noch vor Kriegsende waren auf den Gutsfeldern Frühkartoffeln gepflanzt und Rüben und Hafer ausgesät worden. Vater Kohlberg übernahm die Verantwortung für die Feldarbeiten.

Die Brandners hingegen waren Städter. Sie kamen aus Leitmeritz. Alfred Brandner war Verwaltungsangestellter gewesen. Er und seine Tochter Luise taten sich schwer mit den Feldarbeiten. Der Gesundheitszustand von Frau Brandner besserte sich nicht. Zwar blieb sie nicht im Bett und half in der Küche aus, aber schon der kurze Weg über den Hof erschöpfte sie.

Fritz Rausch war gelernter Tischler und ein wahrer Segen. Er reparierte nicht nur die von den Russen zerschlagenen Möbel, sondern verstand sich vom ersten Tag an mit Simon Tarach, war überzeugt von der neuen Politik der Gleichheit. Er überredete Tarach, dem Gut tageweise ein Pferd für die Feldarbeit zu überlassen. Seine Frau versorgte zusammen mit Frau Kohlberg und Clara den Gemüsegarten. Dass Clara mit Isabell und den Kindern das Gut verlassen sollte, davon war vorerst keine Rede mehr.

Nach zwei Wochen kamen drei neue Flüchtlingsfamilien, und von da an fast täglich weitere. Bald waren sie nicht mehr im Haus unterzubringen und auch nicht mehr gemeinsam zu versorgen. Die Scheune wurde bewohnt, und schließlich bauten die Männer unter der Anleitung von Fritz Rausch ein provisorisches Dach über den ausgebrannten Stall. Im Juli waren es zwölf Familien, die Lebensmittel waren knapp, und im Gemüsegarten wurde nachts regelmäßig gestohlen.

Im Dorf fanden Versammlungen statt, in denen die neue Ordnung im Land propagiert wurde. Alle Erwachsenen waren verpflichtet, daran teilzunehmen, und so sammelten sie sich einmal in der Woche abends auf dem Hof und gingen gemeinsam ins Dorf. Clara und Isabell sollten nicht teilnehmen. Als Simon Tarach ihnen das mitteilte, erfuhren sie auch, dass sie offiziell gar nicht mehr auf dem Gut waren.

»Der Beschluss gilt. Ihr hättet schon vor Wochen ausziehen müssen«, sagte er verlegen. »Wenn ihr im Dorf auftaucht, dann kann ich nichts mehr für euch tun.«

Da hatte Clara zum ersten Mal verstanden, was er für sie riskierte. »Er schützt uns«, dachte sie, »und gleichzeitig gehört er zu denen, die uns alles nehmen werden.« Sie legte ihre Hand an seine Wange und brachte kein Wort heraus.

Er nahm sie an den Schultern und flüsterte: »Das wird nicht mehr lange so gehen, hörst du!«, und sie nickte. Aber verstanden hatte sie es nicht.

Verstanden hatte sie es erst vierzehn Tage später, als Simon mittags in der Eingangshalle stand, in der inzwischen ebenfalls Feldbetten standen. Er bat Clara nach draußen. Verlegen wich er ihrem Blick aus. »Auf der Versammlung kam zur Sprache, dass ihr immer noch hier seid und im Herrenhaus wohnt. Das geht natürlich nicht. Ihr könnt vorerst auf dem Gut bleiben, aber ihr müsst in die Scheune oder in den Stall ziehen.«

Clara meinte sich verhört zu haben. »Wie bitte?« Und dann wurde sie zornig. »Isabell und ich teilen uns ein Zimmer, und das andere bewohnt Almuth mit Margareta und Konrad. Wir haben genauso wenig Platz wie alle anderen. Was soll das?«

Er fasste sie am Arm und sagte eindringlich: »Es ist schon ein Privileg, dass ihr hierbleiben könnt. Aber du bist hier nicht mehr die Herrin auf dem Hof. Wenn dir das nicht passt, müsst ihr gehen. Die Bodenreform wird umgesetzt, das Land der Nazis wird verteilt. Es gehört euch nicht mehr!«

Clara starrte ihn an. »Was soll das heißen? Mein Vater ist kein Nazi. Und was wird aus uns? Dann stimmen die Gerüchte? Ihr wollt uns deportieren.«

Er schnaubte verächtlich. »Oh, nein. Ihr werdet umgesiedelt. Das ist etwas ganz anderes. Du verstehst nichts, Clara, überhaupt nichts.«

»Ach, hör doch auf! Das ist doch nur ein neues Wort für die gleiche Sache. Glaubst du wirklich, was du da sagst?«

Mit unterdrückter Wut in der Stimme antwortete er eisig: »Ihr habt bis morgen Zeit, das Herrenhaus zu verlassen. Entweder ihr zieht in die Scheune, oder ihr verlasst das Gut.« Er ging mit großen Schritten auf seinen Jeep zu und fuhr davon.

Clara sah ihm nach, spürte nicht die Tränen, die ihr über das Gesicht liefen, nahm nicht wahr, dass ihre Beine nachgaben und sie sich auf den Boden setzte, sah die Kinder nicht, die um sie herumstanden. Es waren Fritz Rausch und seine Frau, die ihr hochhalfen und sie in die Küche führten.

»Das tut mir leid«, sagte Frau Rausch, nachdem Clara stockend erzählt hatte, und es klang aufrichtig.

Am Abend war es der stille, immer beobachtende Brandner, der sie beiseitenahm und sich zum ersten Mal unumwunden äußerte: »Merken Sie denn nicht, was sich hier tut? Ihr Vater wird nicht zurückkommen, glauben Sie mir. Und was man so hört, werden ganze Familien weggebracht. Keiner weiß, wohin.« Er machte eine wegwerfende Handbewegung. »Verlassen Sie sich nicht auf diesen Tarach. Das ist ein halber Jude. Ist, wie man hört, schon Ende der Dreißiger nach Moskau. Der will sich rächen. Jeder, der bei Verstand ist, geht hier weg, solange noch Zeit ist. Wir sollten nicht mehr lange warten.«

Ob es dieses »wir« war, das ihr das Gefühl gab, nicht ganz alleine für alles verantwortlich zu sein, und ob sie den Entschluss schon an diesem Abend fasste, wusste sie später nicht mehr. Aber Brandners kleine Ansprache hatte ihr Mut gemacht, und sie dachte zum ersten Mal ernsthaft darüber nach, fortzugehen. Am folgenden Tag zog sie mit Isabell, den Kindern und Almuth zurück in die Hütte am See. Isabell nahm das alles hin, als ob es sie nicht beträfe, fragte nur: »Und wenn der Ferdinand kommt? Wie soll er uns denn finden?«

Josef beruhigte sie, erklärte ihr, dass sie doch nur wenige hundert Meter entfernt seien. »Du schickst ihn zur Hütte, Josef, nicht wahr. Du sagst ihm Bescheid.«

Immer noch dachte Clara über Brandners Worte nach, und Simon Tarachs Bemerkung über die »Umsiedlungen« schien ihm recht zu geben. Mehrere Tage wog sie das Für und Wider ab. Dann entschied sie, nicht länger zu warten. Sie trug die Verantwortung für ihre Schwägerin und die

Kinder. Natürlich hoffte sie, dass der Vater aus der Haft entlassen würde und Ferdinand zurückkehrte. Aber das war ungewiss. Und selbst wenn sie kämen, Gut Anquist gehörte ihnen nicht mehr.

Der Vater hatte kurz vor Kriegsende immer wieder von seinem Geschäftsfreund Günther Meininger gesprochen, der in den zwanziger Jahren nach Spanien gegangen war und dort ebenfalls eine Pferdezucht betrieb.

»Wenn alle Stricke reißen, dann gehen wir nach Spanien, bis alles vorbei ist.« Bis alles vorbei ist. Vielleicht hatte er das nur so dahingesagt, um sie zu beruhigen, aber jetzt griff Clara nach diesem Strohhalm.

In einem Karton hatte sie die private Korrespondenz ihres Vaters mit in die Hütte genommen, und an diesem Abend saß sie lange beim Licht der Petroleumlampe an dem groben Holztisch vor der Hütte. Sie wählte ihre Worte mit Bedacht, schrieb an Günther Meininger, dass sie sich im Namen ihres Vaters an ihn wende. Sie schilderte ihre Situation, verschwieg, dass Heinrich Anquist im Gefängnis war, und erklärte, dass ihr Vater über einen neuen Anfang in Spanien nachdächte. Sie fragte an, ob er behilflich sein könne.

In den Tagen nach ihrem Umzug ging sie Simon Tarach aus dem Weg. Morgens erledigte sie mit den Frauen die Arbeiten im Gemüsegarten und sah zu, wie ihr Zuhause das Zuhause anderer wurde. Die Hitze des Sommers hielt an, und es war bereits Anfang September, als sie sah, dass zwei der Flüchtlingsfrauen ganz selbstverständlich ihre und Isabells Sommerkleider trugen. Kleider, die sie ordentlich verpackt in einer Kammer zurückgelassen hatten, weil sich in der Hütte dafür kein Platz fand.

In Anbetracht dessen, was man Clara bereits genommen hatte, war ihre Reaktion überraschend. Aber ihre Empörung war grenzenlos. Sie ging auf die Frauen zu und forderte sie auf, die Sachen zurückzulegen.

»Euch gehört hier gar nichts mehr«, rief die eine triumphierend, und Clara vergaß alle Vorsicht. Sie vergaß, dass sie hier nur noch geduldet war. Sie ging auf die beiden los, zerrte an den Kleidern, bis sie rissen. Erst als Frau Kohlberg dazwischenging, ließ sie von den Frauen ab, und ihr Zorn machte einer Hilflosigkeit Platz, die sie kaum ertrug.

Am Abend blieb sie vor der Hütte sitzen, fand keinen Schlaf, fühlte sich gedemütigt und sah zu, wie erst glutrotes Abendlicht und dann der Mond sich auf dem See spiegelten. Sie verbrachte die ganze Nacht draußen und erkannte, dass sie immer noch gehofft hatte, dass das Blatt sich wieder wenden würde, dass der ganze Spuk bald ein Ende hatte.

Den Brief an Günther Meininger hatte sie mit wenig Zuversicht geschrieben, aber jetzt war er ihre letzte Hoffnung, und sie wartete sehnsüchtig auf Antwort. Sie mussten fort, und solange ihr Vater und ihr Bruder nicht da waren, war es ihre Aufgabe, dafür zu sorgen, dass sie woanders einen neuen Anfang schaffen konnten. Sie musste die Metallkiste, die der Vater hinter dem Stall vergraben hatte, holen. Und sie musste den Koffer mit den Bildern ausgraben.

Als sich das Kriegsende abgezeichnet hatte, hatte sie selbst nur an das Silber gedacht, aber der Vater hatte sie angewiesen, die Bilder sorgsam aus den Rahmen zu nehmen und einzurollen. Im Salon, im Herrenzimmer und in der Eingangshalle hatten Werke von Johann Adam

Ackermann, Josef Eberz, Heinrich Nauen und Karl Raupp gehangen. Zwei Bilder hatte der Vater schon 1937 aus den Rahmen genommen. Es waren Werke von Franz Marc und Otto Dix, und sie galten als entartete Kunst. Alle zusammen hatte sie in einen Koffer gepackt und vergraben.

»Das Porzellan und Silber kann man auf einer Flucht nicht gebrauchen«, hatte der Vater gesagt, »aber die Bilder sind leichtes Gepäck von hohem Wert.«

Am nächsten Tag suchte sie den Platz mit dem vergrabenen Bilderkoffer und markierte die Stelle mit einem Ast, damit sie sie bei Dunkelheit wiederfand. Sie war schon auf dem Rückweg, als sie Isabell schreien hörte. Der Schreck lähmte sie zwei, drei Sekunden, dann rannte sie los. »Nicht noch einmal«, hämmerte es in ihrem Kopf, »nicht noch einmal.«

Eines der Gewehre lag versteckt am Ufer unter dem zerschlagenen Steg. Sie musste es erreichen, bevor man sie entdeckte. Aber dann blieb sie abrupt stehen. Sie sah Josef und einen Fremden neben Isabell stehen. Die beiden sahen hilflos auf sie hinunter. Sie kauerte auf der Erde. Die Arme um den Oberkörper geschlungen, wiegte sie sich rhythmisch hin und her. Clara blieb gut zwanzig Meter entfernt stehen und wusste im selben Augenblick, was das zu bedeuten hatte. Ferdinand! Ferdinand würde nicht mehr kommen.

Sie lehnte sich an einen Baum und dachte: »Wie soll ich das dem Vater erklären?« Ein unsinniger Gedanke, sie wusste das. Aber er half. Er half, weil er die Angst, dass sie auch ihn nicht wiedersehen könnte, fernhielt. Sie hörte Isabells Klagen und Jammern, stand an dem Baumstamm, und es dauerte Minuten, bis sie den Verlust spürte und weinen konnte.

Almuth stand am Ufer des Sees, Konrad und Margareta an der Hand. Wie still die Kinder waren. Wie reglos sie dastanden.

Später führte Clara ihre Schwägerin zusammen mit Josef in die Hütte. Hatte Isabell bis zu diesem Tag wie hinter Glas gelebt und zur Welt immerhin noch Sichtkontakt gehalten, so lebte sie von nun an hinter einer Mauer.

KAPITEL 13

Hamburg, Sommer 1947

Peter Kampe war, drei Tage nachdem Agnes ihn getroffen hatte, abends zu Besuch gekommen. Unter dem Arm trug er einen Elektrokocher mit zwei Platten. Hanno begrüßte ihn nicht, blieb am Tisch sitzen und tat beschäftigt. Agnes sagte, dass sie den Kocher nicht bezahlen könnte, aber Peter winkte ab.

»Da machen Sie sich mal keine Gedanken. Wenn Sie wollen, schließe ich ihn gleich an.« Er stellte das Gerät auf den halben Küchenschrank und begann sofort mit der Arbeit. Hanno rührte sich nicht, und selbst Wiebke, die Peter freudig begrüßt hatte, saß jetzt mit gesenktem Kopf da.

»Hanno, hilf mir mal«, forderte Peter ihn unbekümmert auf, aber da brach es aus Hanno heraus.

»Du tauchst hier auf, als wäre nichts gewesen. Ich habe dich nach deinem Arrest überall gesucht. Ich dachte, wir wären Freunde?«, schimpfte er, und Agnes sah, dass er mit den Tränen kämpfte.

Peters freudiger Elan verflog. Er stand mit hängenden Armen da. Ein hilfloser Junge. Agnes dachte, dass Peter einer war, bei dem man vergaß, dass er noch ein halbes

Kind war. Der Anzug, den er trug, wirkte jetzt zu groß, war eher Verkleidung.

»Tut mir leid, Hanno«, sagte er leise. »Ich wollte schon lange mal vorbeikommen, aber ... ich war lange in Bremen. Bin erst seit ein paar Wochen wieder hier. Natürlich sind wir Freunde.« Er hielt Hanno zögernd die Hand hin. Mehrere Sekunden vergingen.

Als Hanno die Hand nahm, war wieder alles kindlich Hilflose an Peter verflogen. Zusammen verlegten sie Kabel, arbeiteten Hand in Hand und lachten wie früher miteinander. Agnes freute sich. Über die Kochplatte und vor allem darüber, ihren Sohn sorglos scherzend mit einem Freund zu sehen. Als Peter sich auf den Heimweg machte, begleitete Hanno ihn und kam lange nicht zurück. Sie brachte Wiebke und Joost zu Bett, sah immer wieder auf den Wecker, der auf dem Tisch stand und die Zeit ins Zimmer tickte. Der Gedanke, dass Peter Hanno in seine Geschäfte hineinziehen könnte, machte sie unruhig, auch wenn sie sich für ihre Illoyalität schämte. Die Kochplatte hatte sie schließlich ohne weitere Fragen angenommen.

Als Hanno endlich heimkam, redeten sie lange. Womit Peter tatsächlich sein Geld verdiente, hatte er auch Hanno nicht gesagt. »Er hat im Gefängnis jemanden kennengelernt. Jetzt ist er Vermittler. Er sagt, er bringt die richtigen Leute zusammen, und dafür wird er gut bezahlt.« Dann grinste Hanno wissend. »Mach dir keine Sorgen, Mama. Ich bleibe bei dem alten Körner.«

Vom 12. August sollte noch die Rede sein. Ein Tag, von dem sie auch später oft sprachen. Der Sommer war heiß und trocken, und in ihrem Zimmer staute sich die Wärme wie in einem Backofen. Die Lebensmittel waren knapp, und es war die Rede davon, dass sich die Versorgungslage durch den regenarmen Sommer weiter verschlechtern sollte. In der Familie Dietz ging es bescheiden zu, aber hungern mussten sie nicht. Agnes verdiente mit ihren Näharbeiten gut, und Hanno bekam von Körner, wann immer sie übers Land fuhren, Gemüse, Kartoffeln und manchmal sogar Obst als Bezahlung.

Wenn es gegen Abend etwas abkühlte, öffnete Agnes Fenster und Tür und machte eine Pause von ihren Näharbeiten. Sie setzte sich vor die Hausruine auf eine der Bruchmauern und sah zu, wie Wiebke und Joost mit anderen Kindern auf der Straße spielten. Auf den Trümmergrundstücken, zwischen den halbwegs bewohnbaren Häusern, wucherte jetzt Unkraut. Ein Anblick, den Agnes tröstlich fand. Sie nahm es als Zeichen, dass das Leben in die Stadt zurückkehrte.

Die Gerüchte um den außerehelichen Joost und ihre »wahre« Arbeit für die Engländer hatten sich gehalten. Die Nachbarn grüßten sie, gingen dann aber eilig weiter. Frau Brücker, die in jener Winternacht den Mantel des Toten an sich genommen hatte, war die Einzige aus der Straße, die ab und an mit ihr redete. Seit sie bei Grete Kalnitz gewesen war, brachte ihr aus der Nachbarschaft kaum noch jemand Kleidung zur Änderung. Zum Glück war ihr Kundenstamm in Rotherbaum stetig gewachsen, und sie hatte auch so genug zu tun.

An diesem Abend kam Hanno gegen halb acht nach Hause, setzte sich neben sie und eröffnete ihr, dass er im nächsten Monat in der Werft eine Ausbildung zum Schweißer beginnen könne. Der alte Körner hatte das für ihn geregelt, und Hanno war ganz euphorisch.

»Schweißer, genau wie Vater«, sagte er. »Und abends und an den Wochenenden kann ich immer noch bei Körner aushelfen. Nach drei Monaten werde ich einen richtigen Lohn nach Hause bringen.«

Agnes teilte seine Begeisterung nicht. Sie hatte sich für ihren Sohn eine andere Zukunft gewünscht und gehofft, dass er doch noch seinen Schulabschluss machen würde. Vor allem aber schluckte sie daran, dass er gesagt hatte: »genau wie Vater«. Führte sein Pflichtgefühl, ihn zu ersetzen, so weit?

Auf der anderen Seite war völlig unklar, wie es überhaupt mit ihnen weiterginge. Vielleicht tat er das Richtige. Die Hausruine, in der sie ihr Zimmer bewohnten, sollte in den nächsten Wochen abgeräumt werden. Auf dem Wohnungsamt hatte man ihr eine andere Unterkunft zugesagt, aber wo das sein würde und ob sie vielleicht in einer der Nissenhütten untergebracht wurden, wusste sie nicht.

Agnes war noch ganz mit dem Für und Wider dieser Nachricht beschäftigt, als Hanno plötzlich aufsprang und zu Joost hinübersah, der auf ihn zugelaufen kam. Zunächst konnte sie nicht einordnen, was sie hörte. Ein dünnes Stimmchen, das freudig aufgeregt »Hanno, Hanno« sagte. Hanno nahm Joost hoch, wirbelte ihn herum und setzte sich, mit dem Jungen auf dem Schoß, wieder neben sie.

»Na also«, sagte er zufrieden, »sag es noch einmal.« Und so, wie er es tat, wenn er aufmerksam zuhörte, legte Joost den Kopf nach links, sagte »Hanno« und schien sich zu wundern, dass er es war, den man da hören konnte.

Schon nach wenigen Tagen sprach er in ganzen Sätzen und wirkte für einen Jungen, der erst in wenigen Tagen vier werden würde, geradezu altklug. Agnes meinte, sich vielleicht mit der Alterseinschätzung vertan zu haben, aber Hanno war davon überzeugt, dass es daran lag, dass Joost monatelang genau zugehört hatte.

Peter, der nun regelmäßig zu Besuch kam und immer etwas mitbrachte, schenkte Joost ein kleines, weiß angemaltes Holzpferd. »Das ist ein Pferd«, erklärte Wiebke dem Kleinen, und er nickte und korrigierte: »Ein Schimmel.«

Ein anderes Mal, Hanno hatte zwei Heringe mitgebracht, rief er freudig: »Forelle.« Als Hanno ihn fragte, wo er Forellen gesehen habe, legte er den Kopf zur Seite, dachte nach und schüttelte schließlich den Kopf.

Agnes nannte er ganz selbstverständlich »Mama«, so wie Hanno und Wiebke es taten, und als habe es nie eine andere gegeben. Und sie war froh darüber. Irgendwann, wenn er alt genug war, würde sie ihm alles erzählen.

Im September bekam Agnes den Bescheid, dass das Grundstück im Oktober endgültig geräumt würde. Das Wohnungsamt wies ihr einen Platz in einer der Nissenhütten zu. Es war vermerkt, dass es sich um eine vorübergehende Lösung handelte, wie lange allerdings dieses »vorübergehend« währen sollte, stand da nicht. Sie hatte Magda in einer der Hütten besucht und wusste um die Enge. Die Nissen waren mit aufgehängten Decken parzelliert. Magda hatte mit ihren Kindern einen Platz von knapp neun Quadratmetern zur Verfügung. Ein Stockbett, ein Feldbett und ein kleiner Tisch mit einem Stuhl hatten darin Platz.

Ständig hatte irgendeiner aus den anderen Parzellen »Ruhe« gerufen. Das Rattern ihrer Nähmaschine würde dort nicht geduldet werden. Als Peter davon hörte, erklärte er: »Da müssen Sie nicht hin, Frau Dietz. Da finde ich was Besseres.«

Agnes hatte ihm nicht geglaubt, ihn aber dankbar angelächelt und sich gefragt, wo er, der sich seit seinem vierzehnten Lebensjahr alleine durchs Leben schlug, diesen optimistischen Blick auf die Welt hernahm.

Schon eine Woche später klopfte er nachmittags an ihre Tür und sagte: »Ich hab eine Wohnung für Sie, aber wir müssen sofort hin.«

Er war mit seinem Motorroller gekommen. Auf dem Sozius nahm er sie mit nach Winterhude, in die Bussestraße. In der Straße hatten fast alle Häuser den Krieg heil überstanden, und er hielt vor einem dreistöckigen Backsteinhaus der Jahrhundertwende mit hohen Rundbogenfenstern. Peter hatte einen Hausschlüssel und führte sie im Parterre nach links. In der Wohnung standen etliche Möbel. Ein feiner Zigarrenduft lag in der Luft.

»Aber ...«, Agnes sah sich um, »aber hier wohnt doch jemand.«

Peter schüttelte den Kopf. »Nein, seit gestern wohnt hier niemand mehr. War ein Ehepaar. Aber die mussten dringend weg.« Er lächelte wissend.

Agnes ging durch die Zimmer, überließ sich für einen Moment der Phantasie, hier mit ihren Kindern zu leben. Es gab zwei Zimmer, eine geräumige Küche, und am Ende des kleinen Flurs führte eine Tür in einen winzigen Raum mit Toilette und Waschbecken.

»Die Möbel holt der Vermieter ab, aber die Wohnung ist doch ganz gut, oder?«, fragte Peter unsicher, und Agnes musste laut lachen.

»Ach Peter, das wäre ein Traum. Aber das können wir uns doch nie im Leben leisten.«

»Doch. Der Besitzer ist ein Bekannter. Machen Sie sich mal keine Sorgen, das regele ich schon.«

Agnes schluckte. Peters Bekannte waren die Leute, mit denen er Geschäfte machte. Er sprach nie davon, aber dass diese Geschäfte nicht legal waren, war unübersehbar. Die Alternative allerdings war ein Platz in einer Nissenhütte in unmittelbarer Nachbarschaft zur Ritterstraße. Sie würde ihrer Arbeit dort nicht nachgehen können, und die Gerüchte um den unehelichen Joost und ihre angeblichen Freudendienste bei den Engländern würden sie begleiten. Hier kannte sie niemand. Hier könnte sie neu anfangen.

Zwei Tage später unterschrieb Agnes Dietz einen Mietvertrag mit einer erstaunlich moderaten Miete. Alles lief über Peter, den Vermieter bekam sie nicht zu Gesicht. Am Wochenende kam der alte Körner und transportierte ihre dürftige Habe mit seinem Pferdewagen in die Bussestraße. Die Zimmer waren jetzt leer geräumt, aber den Küchenherd, ein weißgestrichenes Schränkchen neben dem Steinspülbecken und den großen Küchentisch hatten sie zurückgelassen. Agnes und Hanno stellten den Unterschrank ohne Türen und die drei Stühle dazu. Die Matratzen und das Feldbett kamen in das Zimmer nebenan.

Das zweite Zimmer blieb leer. Noch am selben Abend malte Agnes in Schönschrift »Änderungsschneiderei« auf eine Pappe und stellte sie in das Fenster zur Straße.

KAPITEL 14

Uckermark, Herbst 1945

Der Fremde hieß Bernhard Kogel und war ein Freund von Ferdinand gewesen. Nachdem sie Isabell in die Hütte gebracht hatten, begleitete Clara ihn zurück zur Straße. Sie hielt sich an den Ärmelenden ihrer dunkelroten Strickjacke fest, während sie durch das Waldstück zum Gut gingen. Ferdinand war in der Nähe von Prenzlau von deutschen Soldaten erschossen worden. Kogel kam aus Schwerin und hatte davon erst Monate später erfahren.

»Drei Tage vor Kriegsende«, sagte er. »Unsere Kompanie war schon Tage zuvor aufgerieben worden, faktisch gab es sie nicht mehr. Wir hatten keine neuen Befehle, es ging alles drunter und drüber, und überall hieß es: Die Russen machen keine Gefangenen. Wir waren nur noch sechs Männer von ursprünglich vierzig. Ferdinand war unser Offizier.«

Bernhard Kogel blieb, wann immer ein Vogel aufflog oder eine Maus im trockenen Laub raschelte, stehen und sah sich suchend um. Er schluckte verlegen, als er Claras erstaunten Blick sah. »Eine Angewohnheit, die man nur schwer wieder loswird«, lächelte er verschämt. »Man erwartet immer einen Hinterhalt, selbst im Schlaf.«

Sie traten aus dem Wald heraus und spazierten am Feldrand entlang zum Gut. Ein leichter Wind ging. »Ferdinand hat gesagt: ›Geht nach Hause, Männer. Der Krieg ist verloren und wird auch nicht mehr gewonnen, wenn ihr euch jetzt noch erschießen lasst.‹ Am 27. April hat er sich bei Neubrandenburg von uns getrennt. Wir sind mit einem Militärlastwagen Richtung Schwerin gefahren, und Ferdinand ist zu Fuß weiter. Dass er in spätestens drei Tagen zu Hause sei, hat er noch gesagt. Wie er dann nach Prenzlau geraten ist, weiß ich nicht. Wahrscheinlich haben sie ihn aufgegriffen und dorthin gebracht. Jedenfalls muss er auf Leute gestoßen sein, die immer noch an den Endsieg glaubten. Fahnenflucht! Fahnenflucht haben sie ihm vorgeworfen und ihn am selben Abend erschossen. Einen halben Tag Fußmarsch von zu Hause entfernt.«

Sie gingen über den Hof und die Auffahrt hinunter. An der Chaussee blieben sie einen Augenblick stehen. Er blickte zum Gut hinüber. »Ich habe es sofort erkannt. Ferdinand hat oft davon erzählt. Von seiner Frau, den beiden Kindern und den Pferden. Mit Pferden konnte der umgehen wie kein anderer.«

Als sie sich voneinander verabschiedeten, sagte er noch, dass Ferdinand ein guter Offizier gewesen sei. Mehr gab es nicht zu sagen. Sie wussten beide, dass sie sich nie wiedersehen würden. Er ging die Landstraße entlang, und Clara sah ihm nach, bis er in einer langgezogenen Kurve verschwand.

Isabell nahm von diesem Tag an auch die Kinder nicht mehr wahr, schob sie beiseite, wann immer sie ihre Nähe suchten. Sie aß kaum etwas und wusch und kämmte sich nur, wenn Clara sie geduldig überredete. In den ersten Tagen hoffte Clara noch darauf, dass ihr Zustand sich bessern würde.

»Sie muss das erst verkraften«, sagte sie zu Josef und Almuth, und vielleicht redete sie sich damit auch selbst Mut zu. Aber Isabells Zustand besserte sich nicht. Im Gegenteil. Clara konnte freundlich auf sie einreden oder schimpfen, sie verließ die Hütte nicht mehr, lag den ganzen Tag auf ihrer Pritsche und starrte vor sich hin. Sie weigerte sich, die Kleidung zu wechseln, und verbrachte bald auch die Tage im Nachthemd. Als sie Ende September nur noch ein Schatten ihrer selbst war, entschied Clara, sie am nächsten Tag ins Krankenhaus nach Templin zu bringen.

»So geht es nicht weiter, hörst du«, sagte sie zu Isabell. »Morgen bitte ich Simon Tarach, dich nach Templin ins Krankenhaus zu fahren.« Isabell reagierte nicht, und Clara, die mit Widerstand gerechnet hatte, war erleichtert.

Es war Almuth, die am nächsten Morgen als Erste wach war und Clara weckte. Isabells Pritsche war leer. Es war ein kalter, nebliger Morgen. Der See schien zu dampfen, und im Wald und auf den Feldern konnte man keine zwei Meter weit sehen. Sie suchten das Seeufer und den Wald ab und riefen ihren Namen mit zunehmend schriller werdenden Stimmen. Sie suchten auf dem Gut, und Clara lief bis Larow, hoffte, sie bei der alten Sophie zu finden, obwohl sie eigentlich wusste, dass Isabell den Weg in ihrem Zustand kaum geschafft hätte.

Gegen elf Uhr ging sie noch einmal die nähere Umgebung der Hütte ab. Der Nebel war lichter geworden, und auf dem See zogen dünn gewordene Schwaden, als Clara Isabells Schuhe entdeckte. Einige hundert Meter von der Hütte entfernt führte ein Waldweg bis an den See heran.

Am Wegrand, auf einer Baumwurzel unmittelbar am Wasser, hatte Isabell die Schuhe akkurat zusammengestellt. Braune, knöchelhohe Schnürschuhe. Selbst die Enden der Schnürsenkel hatte sie ordentlich in die Schäfte gesteckt. Dahinter lag die braune Jacke aus gefilzter Wolle, die sie sich für ihren letzten Weg über das Nachthemd gezogen hatte. Auch sie ordentlich gefaltet. Selbst die Knopfleiste hatte Isabell geschlossen. Clara wagte nicht, die Kleidungsstücke anzufassen. Wie eine Botschaft kamen sie ihr vor. So, als habe Isabell ihr mitteilen wollen, dass sie nicht blind und überstürzt ins Wasser gegangen war. Dass sie diesen letzten Schritt sorgfältig geplant hatte.

Clara weinte nicht. Nicht, dass sie keine Trauer empfand, aber da war dieser Gedanke, der sich in den Vordergrund drängte und der sie gleichermaßen tröstete und erschreckte. »Sie hat es hinter sich!«

Damit rührte sie an ihre eigene Mutlosigkeit. Angetrieben von dem Pflichtgefühl Isabell und den Kindern gegenüber, hatte sie seit Monaten von einem Tag zum anderen gelebt. Sie hatte gewartet. Darauf, dass Ferdinand zurückkam. Darauf, dass Isabell sich erholte. Auf ein Lebenszeichen von ihrem Vater. Jetzt, neben dieser zurückgelassenen Jacke, den ordentlich zusammengestellten Schuhen, wo der Nebel still über das Wasser zog, war da für einen Moment die Versuchung, es Isabell gleichzutun. Von alldem ging ein Frieden aus. Eine stille Kraft.

Sie stand lange am Ufer, ehe sie die Jacke und Schuhe aufnahm und zur Hütte zurückging. Hatte sie Isabell mit der Ankündigung, sie ins Krankenhaus zu bringen, dazu getrieben? Hatte Clara den Todeswunsch nicht schon seit Tagen in Isabells Blick gesehen? Und dann spürte sie Wut, für die sie sich schämte. Mit welchem Recht hatte Isabell sich so aus der Verantwortung gestohlen? Wie konnte sie ihre Kinder, die gerade erst den Vater verloren hatten, im Stich lassen? Wie konnte sie ihr so endgültig alle Verantwortung aufbürden?

Tagelang blieb Isabell verschwunden. In der Hütte machte sich Schweigen breit. Die Kinder fragten nicht nach der Mutter. Nur einmal hörte Clara, wie Margareta ihrem kleinen Bruder erklärte: »Die Mama ist ins Krankenhaus gegangen. Wenn sie gesund ist, kommt sie wieder.« Das musste Almuth ihnen gesagt haben. Sie räumten, obwohl die Enge in der Hütte kaum erträglich war, Isabells Pritsche nicht beiseite. Das Warten der Kinder, Claras Schuldgefühle und Almuths Angst vor dem, was kommen würde. Alles lag auf dieser unbenutzten Schlafstelle.

Sechs Tage später, am 3. Oktober, wurde ihre Leiche am gegenüberliegenden Ufer gefunden. Clara war auf dem Gut, als Simon Tarach auf den Hof fuhr und sie sprechen wollte.

Dass es ihm leidtäte, sagte er. »Kann ich irgendetwas für dich tun?«, fragte er noch, und sie schüttelte den Kopf, sagte dann aber: »Mein Vater. Was ist mit ihm? Ich muss das endlich wissen.«

Simon versprach, sich zu erkundigen. Er trat von einem Bein auf das andere und fragte schließlich verlegen: »Kommt ihr zurecht? Ich meine, ihr solltet nicht da am See bleiben. Du alleine mit dem Mädchen und den beiden Kindern. Das ist nicht sicher. Außerdem ... bald ist Winter, und diese Bretterbude, die hält doch keine Kälte ab.«

Clara antwortete nicht. Sie dachte daran, dass die Kraniche schon seit Tagen in großen Schwärmen über den See in Richtung Süden zogen. Der Winter würde in diesem Jahr früh kommen.

Isabell wurde in der Familiengruft in Larow beigesetzt. Eine verstohlene kleine Zeremonie in den frühen Morgenstunden. Der Pastor hatte zunächst Bedenken gehabt. Eine Selbstmörderin in geweihter Erde. Aber Clara hatte darauf bestanden und ihn daran erinnert, was ihre Familie für die Kirche getan hatte.

Wolkenschichten in unterschiedlichem Grau zogen über den Himmel. Es waren nicht viele Menschen gekommen, um von Isabell Abschied zu nehmen. Die Zeiten hatten sich geändert. Es war nicht von Vorteil, sich mit der Familie Anquist zu zeigen. So waren es neben Clara, Almuth und den beiden Kindern nur Josef, die Familie Rausch, Alfred und Luise Brandner und die alte Sophie, die Isabell das letzte Geleit gaben.

Wenige Tage nach der Beerdigung kam es zu einem weiteren Zwischenfall. Schon im Sommer hatten Fritz Rausch und Josef das morsche Boot, das hinter der Seehütte gelegen hatte, wieder hergerichtet. Es lag gut versteckt im Schilf und wurde von Clara, Fritz Rausch und Josef benutzt. Sie fuhren damit zum Angeln auf den See hinaus. Mitte Oktober gab es die ersten Nachtfröste, und am Seeufer lag an diesem Morgen eine feine Eisschicht im Schilf, die klirrend knackte, als Clara das Boot ins Wasser schob. Gegen zehn hatte die milde Herbstsonne die Spuren der Nachtkälte beseitigt, aber dass der Winter in großen Schritten kam, war nicht zu übersehen.

Clara war mit Konrad auf dem See, als der Schuss fiel. Die Detonation echote über das Wasser, und es war nicht auszumachen, von wo er gekommen war. Weil sie das Kind im Boot hatte, war sie nicht weit hinausgerudert, hatte das Uferstück mit dem zerschlagenen Steg im Blick und atmete auf. Almuth und Margareta saßen friedlich am Tisch vor der Hütte. An diesem Tag fing sie zwei Forellen, und erst am Abend machte sie sich Gedanken über Josef, der täglich vorbeikam, sich an diesem Tag aber nicht hatte blicken lassen. Sie dachte auch an den Schuss und daran, dass Josef eines der Jagdgewehre hatte.

Am nächsten Tag ging sie zum Gut und erkundigte sich nach ihm. Alfred Brandner kam auf sie zu und begrüßte sie mit der Nachricht: »Fräulein Anquist, Sie haben Post.« Er war richtig aufgeregt. »Ein Brief aus Spanien«, flüsterte er verschwörerisch.

Sie nickte nur kurz. Das war inzwischen ohne Bedeutung. Die Anfrage an Günther Meininger hatte sie in einem anderen Leben geschrieben. Da hatte Isabell noch gelebt, und Clara hatte noch daran geglaubt, dass Ferdinand und der Vater bald nach Hause kommen würden. Aber Ferdinand würde nie mehr kommen, und was mit dem Vater war, wusste sie immer noch nicht. Simon Tarach ging ihr, seit er versprochen hatte, sich nach ihm zu erkundigen, aus dem Weg.

»Ich wollte mit Josef sprechen«, ging sie über die Nachricht von dem Brief hinweg, und Brandner schimpfte: »Der dumme Kerl hatte ein Gewehr. Der hat uns alle in Schwierigkeiten gebracht. Mit zehn Mann sind die gestern angerückt und haben den Hof nach Waffen durchsucht.«

Obwohl es kalt war, brach ihr der Schweiß aus. »Und Josef?«, fragte sie und wollte sich die Ohren zuhalten, wollte die Antwort nicht hören.

»Den haben sie mitgenommen. Der wird so bald nicht wiederkommen.«

Brandner kam auf den Brief zurück. Er nahm die graue Schiebermütze ab und fuhr sich nervös über den halbkahlen Schädel. »Fräulein Anquist. Wenn Sie Verbindungen nach Spanien haben und ... Ich will nur sagen, wir überlegen ja auch, fortzugehen.«

Clara hörte ihm nicht zu, nickte nur kurz. »Josef«, dachte sie, »bitte nicht auch noch Josef.«

Brandner setzte seine Mütze wieder auf und sah sie mit wässrig blauen Augen an. »Vielleicht sollten wir uns zusammentun«, flüsterte er, und als Clara nicht reagierte, entschuldigte er sich eilig und ging davon.

Seit sie in die Hütte gezogen war, hatte sie das Gutshaus nicht mehr betreten. Jetzt ging sie um das Haus herum, klopfte am Kücheneingang und fragte nach dem Brief. Eine der Frauen, die ihre Sommerkleider getragen hatte, musterte sie abschätzig und nahm einen Umschlag von der Fensterbank.

»Post für Madame«, rief sie theatralisch und warf Clara den Brief entgegen. Er fiel zu Boden, und Luise Brandner, die mit ihrer Mutter am Küchentisch saß und Kartoffeln schälte, sprang auf, bückte sich und reichte ihr den Brief.

»Schämen Sie sich«, schnappte Luise die Frau an und schenkte ihr einen Blick, der sie zurückweichen ließ. Clara war erstaunt. Die stille, undurchsichtige Luise, die nie in Erscheinung trat und ihren Eltern wie ein Schatten folgte, zeigte sich so couragiert.

Auf dem Rückweg zum See war sie gedanklich mit Josef beschäftigt. Der dumme, dumme Josef. Was hatte er sich nur dabei gedacht, und, vor allem, welche Strafe würde ihn erwarten. Und auch die Brandners gingen ihr nicht aus dem Sinn. Obwohl sie zu den ersten Flüchtlingsfamilien auf dem Gut gehört hatten, hielten sie sich abseits und blieben unauffällig. Bei ihnen drehte sich alles um die herzkranke Frau Brandner.

Günther Meiningers Brief war auf dem Kuvert an Clara adressiert, begann aber mit den Worten: »Mein lieber Heinrich, zunächst einmal bin ich sehr froh, von dir zu hören ...« Er schrieb, dass er alles in die Wege geleitet habe. »Mit meiner offiziellen Einladung und der Bürgschaft, die von zwei angesehenen spanischen Geschäftsleuten unterzeichnet ist, steht für dich und deine Familie einer Einreise ins Land nichts im Wege. Das Fräulein Griese kann als deine Angestellte einreisen, sie ist auf dem beigefügten Schriftstück als Kindermädchen vermerkt. Ich lege die Dokumente bei. Um deine weiteren Pläne kümmern wir uns, wenn ihr hier seid. Schreib mir doch bitte, wann und auf welchem Weg ihr anreist.«

Vor einigen Wochen hätte sie sich über den Brief gefreut. Jetzt aber steckte sie ihn zurück in das Kuvert und legte ihn in den Karton mit der Korrespondenz ihres Vaters. Ein kleiner Schatz, wie sich Monate später zeigen sollte.

KAPITEL 15

Hamburg, Dezember 1947

Im Haus in der Bussestraße gab es sechs Mietparteien, und Agnes freundete sich schon in den ersten Tagen mit Maria an, die mit ihrem Mann und einer Tochter in Wiebkes Alter über ihnen wohnte. Maria besaß eine ansteckende Lebensfreude, lachte viel und schien ständig in Bewegung. Ihr Mann Kurt arbeitete als Kontrolleur bei der Bahn und war tagelang unterwegs. Maria verbrachte viel Zeit an Agnes' Küchentisch, erzählte und ging ihr zur Hand, während Agnes an der Nähmaschine arbeitete. Auch Magda kam manchmal dazu, und die drei Frauen verband bald eine tiefe Freundschaft.

Maria sorgte dafür, dass die »Änderungsschneiderei Dietz« im Viertel rasch bekannt war. Auch hier lebten viele Engländer, Kundschaft, die gut bezahlte. Und Agnes sparte eisern. Ihre Kinder sollten nach und nach ein eigenes Bett bekommen. Immer noch hatte sie ihre englischen Kundinnen in Rotherbaum, die sie regelmäßig zu Anproben aufsuchte, aber hier, in der Bussestraße, erschien das niemandem als anrüchig, und die üble Nachrede blieb aus.

Es war der 8. Dezember. Ein Montag. Der Himmel lag tief über Hamburg. Agnes arbeitete in der Küche, nahe am Herd, um den Kohle- und Holzverbrauch möglichst gering zu halten. Schon um drei Uhr nachmittags war es so dämmrig im Zimmer, dass sie mit schlechtem Gewissen die Deckenlampe einschaltete. Hanno war auf der Werft, und Wiebke saß mit Joost am anderen Ende des Tisches und las ihm vor. Peter hatte ein Märchenbuch mitgebracht, und Joost liebte die Geschichten, trug das Buch ständig mit sich herum, immer auf der Suche nach jemandem, der Zeit hatte, ihm vorzulesen.

Gegen halb vier schellte es. Agnes vermutete eine Kundin und bat Wiebke zu öffnen. An der Tür hörte sie eine Männerstimme fragen: »Kennst du mich noch?«

Ihr Nacken wurde steif, ihre Hand rutschte von der Nähmaschinenkurbel. Der gleichmäßige Rhythmus der auf- und abfahrenden Nadel wurde langsamer, tat seine letzten Schläge und verlor sich schließlich ganz. Sie saß mit dem Rücken zur Küchentür, hörte die schweren Schritte im schmalen Wohnungsflur näher kommen und wagte nicht, sich zu bewegen. Das konnte nicht sein!

Er blieb in der Tür stehen und sagte kein Wort. Die Zeit schien sich im Lichtkegel der Deckenlampe zu sammeln, dort stillzustehen und machte jede Bewegung unmöglich. Selbst Joost rührte sich nicht, blickte über ihren Kopf hinweg zu dem schweigenden Mann.

»Agnes?« Leise sagte er das. Fragend. So als wisse er nicht genau, ob er hier richtig war.

Ganz langsam stand sie auf, stützte sich auf dem Tisch ab, traute ihren zittrigen Beinen nicht. Sie drehte sich zur Tür. Der Moment des Erschreckens. Dass sie es nicht gut verbarg, sah sie in seinem Blick. Später würde sie sagen, dass sie ihn, wäre er ihr auf der Straße begegnet, wohl nicht erkannt hätte. Später würde sie sagen, dass der Mann, der an diesem Nachmittag zurückkehrte, nicht der war, der 1942 fortgegangen war.

Ihr Gustav war ein stattlicher, zupackender Kerl gewesen, einer, der dafür bekannt war, dass er den Schalk im Nacken hatte. In der Tür stand ein halbverhungerter Mann, mit vorstehenden Wangenknochen und einem unruhigen, misstrauischen Blick. Als sie endlich zur Besinnung kam und fragend »Gustav?« flüsterte, wankte er und lehnte sich an den Türrahmen. Sie fasste nach seinem Arm und drehte mit der anderen Hand den Stuhl zurecht. »Setz dich. Mein Gott, setz dich doch.«

Sie ging zum Spülbecken, holte ihm eine Tasse Wasser und flüchtete sich hilflos ins Versorgen.

»Zieh doch den Mantel aus. Willst du was essen? Soll ich dir ein Brot machen? Ich mache dir ein Brot. Peter hat gestern gute Butter gebracht. Ich mache dir ein Brot mit guter Butter.«

Sie redete und redete und vermied es, ihn anzusehen. Kein klarer Gedanke, keinen, den sie festhalten konnte. Nur ihr hämmernder Herzschlag, der ihr in den Ohren dröhnte.

Er saß da und schwieg. Als sie ihm den Teller mit dem Brot hinstellte, nahm er es auf und aß es mit großen Bissen. Agnes schmierte ein weiteres Brot und stellte einen Topf mit Wasser auf den Herd. Die routinierten Handgriffe taten gut, setzten der Leere in ihrem Kopf etwas entgegen.

»Ich mach dir Tee«, sagte sie und schickte Wiebke und

Joost hinaus, die vom Tisch aufgestanden waren und Gustav unverwandt anstarrten. »Geht draußen spielen.«

Warum war da keine Freude in ihr? Wo war er all die Jahre gewesen? Warum sagte er nichts? Er musste doch etwas sagen. Irgendwas!

Das Wasser kochte. Von einer englischen Kundin hatte sie einige Gramm schwarzen Tee bekommen. Eigentlich sollte Hanno ihn eintauschen, aber jetzt nahm sie die kleine Papiertüte aus dem Schrank. »Echter Tee. Der wird dir guttun.«

Sie stand immer noch von ihm abgewandt, fand Zuflucht in den routinierten Handgriffen. Sie hob den Kessel an. Wasser spritzte aus der Tülle und verdampfte zischend auf dem Herd. Sie stellte ihn zurück, nahm die Tüte mit dem Tee, öffnete sie, ließ sie fallen. Teekrümel verstreuten sich am Spülbecken. Sie spürte Tränen aufsteigen, schluckte dagegen an. Sie nahm eine Tasse aus dem Schrank, und erst als die klirrend zu Boden fiel, nahm sie wahr, dass sie am ganzen Körper zitterte. Sie presste ihre Hände auf den Magen, schnappte nach Luft und drehte sich endlich um. Er trug immer noch seinen Mantel, saß mit gesenktem Kopf da.

»Soll ich Holz nachlegen? Ist dir kalt?«, fragte sie mit vor Anstrengung bebender Stimme. Er antwortete nicht. Seine Schultern zuckten. Er weinte.

Sie wollte seinen Kopf nehmen und ihn an sich drücken. Aber sie stand nur da, schaffte keinen Schritt auf ihn zu. Dann endlich ließ das Zittern nach. Sie ging zum Tisch und griff nach seiner Hand.

»Gustav. Es wird alles gut, Gustav! Es ist nur ... ich hab doch gedacht ... Und jetzt bist du da. Ich bin so durcheinander und ...« Sie wusste nicht, was sie sagen sollte, aber endlich schien sie zu begreifen. Gustav lebte. Gustav war da. Er müsste sich erholen. Es würde Zeit brauchen. Aber ... er war wieder da!

Er hob den Kopf und sagte mit brüchiger Stimme: »Dass ich tot bin, das hast du wohl schon gleich nach meiner Abreise gedacht. Oder wie alt ist er?«

Sie hielt immer noch seine Hand, verstand nicht, wovon er sprach. »Sie haben geschrieben, dass du vermisst wirst. Schon im Januar 1943 haben sie das geschrieben. Und als der Krieg vorbei war ... Ich habe am Bahnhof ...«

Sie hielt inne. Erst jetzt verstand sie seinen letzten Satz, atmete erschrocken ein und rief: »Oh nein. Er ist nicht ... Nein. Hanno und Wiebke haben ihn gefunden.«

Sie sah die Zweifel in seinem Gesicht, spürte einen feinen Stich und zog ihre Hand zurück. Dachte er so von ihr? Immer noch brodelte und dampfte das Wasser im Kessel auf dem Herd. Sie nahm ihn vom Feuer und machte sich daran, die Tassenscherben vom Boden aufzusammeln. Hannos Tasse. Sie würde eine neue besorgen. Nein, zwei. Eine für Hanno und eine für Gustav. Gustav brauchte ja auch eine Tasse.

Er fragte leise: »Das Kind ist nicht von dir?«

Sie schüttelte den Kopf und sagte: »Nein. Aber er gehört zu uns. Seit fast einem Jahr gehört er zu uns.«

Wieder schwieg er. Dann fragte er nach Hanno und sagte: »Wiebke kennt mich nicht mehr. Ob Hanno mich noch kennt?«

Sie setzte sich ihm gegenüber an den Tisch, und sie stapelten beide ihre Fragen darauf, tasteten sich vorsichtig an die vergangenen fünf Jahre heran. Immer wieder entstanden lange Pausen, und ihre Blicke verloren sich im Zimmer. Gustav nannte Orte und Städte, von denen sie nie gehört hatte, sie sprach von den Kindern, dem Feuersturm, von Pinneberg und der Zeit in der Ritterstraße. Im Schweigen dazwischen hielten sich ihre Augen blicklos an Gegenständen fest.

Am frühen Abend kam Hanno nach Hause und brachte Wiebke und Joost mit ins Haus, die sich, solange der fremde Mann da war, nicht hereingetraut hatten. Auch Hanno war beim Anblick seines Vaters erschrocken, aber dann flüsterte er: »Papa. Endlich.«

Gustav erhob sich mühsam, und Hanno ging auf ihn zu und umarmte ihn. »Ich hab es gewusst. Ich hab es immer gewusst«, sagte er und brach in Tränen aus.

Agnes stand an der anderen Seite des Tisches, und der Anblick tat ihr weh. Weil sie es nicht wahrgenommen hatte. Weil sie nicht gesehen hatte, wie schmerzlich Hanno seinen Vater vermisst hatte.

In den nächsten Tagen drehte sich alles um Gustav. Er hatte Hungerödeme, seine Füße waren eine einzige entzündete Wunde, und Agnes musste die Strümpfe zerschneiden, um sie von den Füßen abzulösen. Der beißende Geruch eiternder Wunden füllte tagelang die Wohnung. An Heilsalbe war nur schwer heranzukommen, und Penicillin kostete auf dem Schwarzmarkt ein Vermögen. Wieder war es Peter, der die entsprechenden Verbindungen hatte. Gustav lag in dem einzigen richtigen Bett, das sie inzwischen besaßen, und Agnes schlief mit Wiebke und Joost in der Küche neben dem Herd. Sie brachte es nicht über sich, sich neben ihn ins Bett zu legen, und er schien das auch nicht zu erwarten.

»Mein zerstörter Mann«, dachte Agnes oft. Es gab Tage, da meinte sie, ihn hinter seinem harten, misstrauischen Blick zu sehen. Es gab Tage, da meinte sie, ihn unter seinen sparsamen Sätzen zu hören. Aber obwohl er sich zusehends erholte, lagen die fünf Jahre zwischen ihnen wie ein Niemandsland. Er sprach kaum über diese Zeit. Sie erfuhr lediglich, dass er schon wenige Wochen nach seiner Abreise in russische Kriegsgefangenschaft geraten war.

»Ein Lager bei Usman«, sagte er, und dass er in einem Steinbruch gearbeitet hatte. Wenn ihre oder Hannos Fragen konkreter wurden, wehrte er ab. »Kälte und Hunger. Mehr gibt es da nicht zu erzählen.« Dann verlor sich sein Blick in einer Ferne, zu der sie keinen Zugang hatten. Manchmal minutenlang. Wenn er sie wieder ansah, schien er ihre Fragen vergessen zu haben, und es lag etwas Suchendes in seinen Augen.

»Er findet nicht her«, dachte sie, »er ist immer noch unterwegs und findet nicht her.«

Hanno arbeitete neben seiner Schweißerlehre weiterhin bei Körner und brachte eine Woche vor Weihnachten einige Meter weißen Baumwollstoff mit nach Hause. »Der Körner sagt, er kann den nicht gebrauchen«, grinste er zufrieden, »da hab ich ihm den Ballen abgeschwatzt.«

Agnes kämpfte einen Abend lang mit sich, dachte, dass sie sich das eigentlich nicht leisten konnte, aber dann warf sie alle Vernunft über Bord und nähte heimlich drei Hemden mit Stehkragen daraus. Eines für Gustav, eines für Hanno und eines für Peter. Die sollten sie zu Weihnachten bekommen. Für Wiebke hatte sie einen zu klein gewordenen Pullover von Hanno aufgeribbelt und daraus eine Jacke gestrickt, und für Joost hatte Peter in ihrem Auftrag die Geschichten von »Max und Moritz« besorgt.

Gustav ging es langsam besser. Seine Füße heilten ab, und in den drei Tagen vor Weihnachten verließ er jeden Morgen mit unbeholfenen Schritten zusammen mit Hanno das Haus. Er ging mit zur Werft und machte Besuche bei alten Bekannten. Auch Heiligabend gingen die beiden frühmorgens aus dem Haus, und als sie nach Hause kamen, brachten sie eine kleine Tanne, Lametta und Kerzen mit Haltern mit.

Sie waren dabei, den kleinen Baum zu schmücken, als Peter kam. In andächtiger Stille standen sie in der Küche, als er Kartoffeln, einen Rotkohl und eine ganze Ente auf den Tisch legte. Ein Festmahl, wie sie es seit Jahren nicht mehr gehabt hatten. Agnes war mit den Essensvorbereitungen beschäftigt, als Gustav nachmittags noch einmal fortging. Nach einer Stunde machte sie sich Sorgen. Vielleicht war das doch alles zu viel für ihn? Sie bat Peter und Hanno, nach ihm zu suchen, aber die beiden druckseten verlegen herum. »Der wird schon wiederkommen.«

Dann hielt Körners Pferdewagen, ohne den alten Körner, vor der Tür. Gustav saß auf dem Bock, und Peter und Hanno liefen hinaus und halfen beim Abladen. Gustav hatte nicht etwa alte Bekannte besucht, und er war auch nicht auf der Werft gewesen. Er hatte bei Körner im Hof drei Bettgestelle gebaut, und Hanno und Peter hatten Matratzen organisiert.

Es wurde ein wunderbares Fest. Bis vor Mitternacht saßen sie am Küchentisch, aßen, erzählten und lachten. Dann gingen sie gemeinsam in die Christmette, und noch

Jahre später sagte Agnes voller Stolz: »Die drei Männer in blütenweißen Hemden in der Kirche, und die erste Nacht, in der jedes Kind in einem eigenen Bett schlief.« Dass es auch die erste Nacht war, in der sie in Gustavs Armen einschlief, behielt sie für sich. Der Krieg hatte ihr den Mann und die Kinder gelassen. Ein Glück, das nicht viele gehabt hatten.

KAPITEL 16

Köln, Oktober 1992

Auf dem Weg nach Templin ist Anna noch entschlossen, ihre Mutter anzurufen, aber als sie das Hotel betritt, entscheidet sie sich anders. Die Mutter würde keine ihrer Fragen beantworten. Sie würde jammern, ihr Vorwürfe machen, vermutlich sogar auflegen.

Auf dem Zimmer packt sie ihre Sachen. Sie muss nach Köln, der Mutter gegenüberstehen und ihr keine Chance lassen, den Fragen auszuweichen.

»Eine dringende Familienangelegenheit«, sagt sie der Wirtin, die keinen Hehl aus ihrer Enttäuschung macht. »Aber vielleicht komme ich in den nächsten Tagen noch einmal her. Dann würde ich gerne wieder bei Ihnen wohnen.« Sofort ärgert sie sich über ihr Bedürfnis, es ständig allen recht zu machen.

Wie eine Getriebene fährt sie durch die Nacht, hält nur einmal an, um zu tanken, und einmal, um sich an einer Raststätte einen Kaffee zu kaufen. Immer wieder hört sie Josef Sobitzek diese Namen aussprechen und sieht sie in der schön geschwungenen Handschrift im Kirchenbuch niedergeschrieben: »Ferdinand ... Isabell ... Margareta ... Konrad.«

Ferdinand, so hatte Sobitzek es gesagt, war kurz vor Kriegsende gestorben. In den Kirchenbüchern stand vermerkt, dass Isabell im Herbst 1945 starb. Aber wo waren Margareta und Konrad? Wenn die Kinder mit Clara Anquist, ihrer Mutter, fortgegangen waren, wo waren sie jetzt? Und dann war da noch Almuth Griese.

Die Mutter hatte immer nur von dem Großvater und sich gesprochen. »Dein Opa und ich sind mit dem Schiff nach Afrika.« Aber Josef Sobitzek hatte behauptet, Heinrich Anquist sei verhaftet worden. Auch ihr Vater, Norbert Meerbaum, hatte nie von anderen Verwandten gesprochen. Sie war zwar erst acht Jahre alt, als er fortging, aber daran würde sie sich bestimmt erinnern.

Die Autobahn ist leer, und Anna hat das Gefühl, sowohl auf der Straße als auch in ihrem Kopf in immer undurchdringlichere Dunkelheit zu steuern. Gegen zwei Uhr morgens kommt sie erschöpft zu Hause an. In der Wohnung ist es kalt. Sie packt die Tasche nicht aus, legt sich aufs Sofa und fällt erschöpft in einen unruhigen Schlaf.

Schon um sieben ist sie wieder hellwach, duscht, trinkt einen Kaffee im Stehen und macht sich auf den Weg. Sie ist aufgeregt, spürt aber nicht die leiseste Angst. Stattdessen wappnet sie sich. Sie muss hart bleiben und allen Ausweichmanövern ihrer Mutter trotzen. Sie hat ein Recht auf Antworten!

In Ehrenfeld erreicht sie die Siedlung mit den vierstöckigen Mehrfamilienhäusern und findet mit Mühe einen Parkplatz am Straßenrand. Es hat zu regnen angefangen, und ein leichter Wind treibt ihr die Nässe ins Gesicht.

Vom Bürgersteig aus führen Plattenwege zwischen schmalen Rasenstücken auf die Hauseingänge zu.

Ihre Mutter wohnt im zweiten Stock. Sie will den Klingelknopf drücken, als sich die Haustür öffnet und eine junge Frau einen Kinderwagen herausschiebt. Anna geht ins Haus und schellt direkt an der Wohnungstür. Sie hört, wie die Mutter in die Gegensprechanlage spricht, und klopft. »Ich bin schon hier oben«, ruft sie.

Clara Meerbaum trägt einen hellblauen Pullover und eine schwarze Wollhose. Seit sie das Lokal nicht mehr hat, ist sie dürr geworden, die Kleidung ist mindestens eine Nummer zu weit. Anna vermutet, dass sie sich seit einiger Zeit nicht mehr an ihre goldene Regel hält, »vor sechs Uhr abends keinen Alkohol, und niemals Hochprozentiges«, die sie in ihrer Zeit als Wirtin eisern befolgt hat.

»Ach, du bist es. Komm rein.« Sie geht voraus ins Wohnzimmer, stellt den Fernseher mit der Fernbedienung aus und fragt Anna, ob sie Kaffee möchte. Die Luft ist abgestanden, und auf dem beigen Velourssofa gibt es einen neuen Rotweinfleck. Sie ist noch ungeschminkt. Früher wäre das um diese Zeit undenkbar gewesen, aber in letzter Zeit kam es immer häufiger vor. Ihr dauergewelltes graues Haar schimmert leicht lila.

Anna lehnt den Kaffee ab, und ihre Mutter bemerkt, dass dies kein beliebiger Besuch ist. Sie sieht zu Anna hinüber und fragt misstrauisch: »Ist was passiert?«

Anna nickt. »Setz dich, Mama. Wir müssen reden.«

Die Mutter presst die Lippen aufeinander, nimmt die Schultern zurück und steht kerzengerade. Ihre ganze Körperhaltung scheint zu sagen: »Wag es nicht!« Gleichzeitig verfällt sie in den herablassenden Singsang, den Anna so gut kennt, und fragt: »Worüber reden?«

Kein langes, vorsichtiges Taktieren, so hat Anna es sich vorgenommen. »Mama, ich war gestern in der Uckermark. Ich habe mir Gut Anquist angesehen.«

Clara Meerbaum wird blass und dreht ihrer Tochter den Rücken zu. Sie geht um den Couchtisch herum und lässt sich schwer in einen Sessel fallen. »Das hast du nicht getan«, flüstert sie, und alle Herablassung ist aus ihrer Stimme verschwunden. »Sag mir, dass du das nicht getan hast.«

Für einen Moment ist es da. Dieses alte Kindergefühl. Dieses Gefühl, schuld am Unglück der Mutter zu sein und mit jeder Frage neues Unglück über sie zu bringen. Aber es gibt kein Zurück. Seit gestern steht dieses blindgestrichene Fenster zur Vergangenheit einen Spaltbreit offen, und weder Anna noch ihre Mutter werden es wieder schließen können.

»Ich habe mit Josef Sobitzek gesprochen.«

Die Mutter hält den Blick fest auf die rötlich schimmernde Marmorplatte des Couchtisches gerichtet. Die Schale darauf ist aus getriebenem Messing. Anna hat sie ihr vor Jahren zum Geburtstag geschenkt. Im Dönekes hat die Mutter zu Weihnachten Tannengrün mit vier dicken Kerzen darauf arrangiert, jetzt liegen zwei verschrumpelte Äpfel und eine braune Banane darauf.

»Mama, ich möchte, dass du mir von deinem Bruder erzählst. Von seiner Frau und den Kindern. Ich ... ich habe doch ein Recht, das zu erfahren.«

Clara Meerbaum starrt unverwandt auf den Tisch, nichts regt sich in ihrem Gesicht. »Mama, bitte!«

Die Mutter steht auf, geht zur Schrankwand und nimmt aus dem Fach über dem Fernseher eine Flasche Cognac und ein Glas. »Cognac? Aber ...«

»WAS?« Ihre Stimme ist jetzt schneidend. »Erst treibst du mich dazu, und dann spielst du die Besorgte. Das kannst du dir sparen.«

Anna weicht ihrem Blick aus. Nein! Nicht meine Schuld! Die Mutter gießt sich ein und kippt das erste Glas im Stehen hinunter. Die Flasche nimmt sie mit an ihren Platz.

»Du bringst mich ins Grab. Ich hab immer alles für dich getan, und du ... Hinter meinem Rücken.« Voll Bitterkeit wirft sie die Sätze hin, hebt den Kopf und lauert, will sehen, ob ihre Vorwürfe Wirkung zeigen.

Anna schluckt, weicht aber nicht zurück. Die Mutter schenkt sich erneut ein, trinkt ein weiteres Glas in einem Zug und schweigt. »Mein Bruder ist gefallen, und seine Frau Isabell kurz nach Kriegsende gestorben. Aber was ...« Die Mutter funkelt sie an und schimpft: »Die ist ins Wasser gegangen, wenn du es genau wissen willst. War's das? Bist du jetzt zufrieden?«

Wie sie das sagt. Wie sie ihr die Sätze entgegenschleudert. Wie sie sich verschanzt hinter diesem aggressiven Ton. Aber Anna sieht es. Sie kennt es von sich, und jetzt sieht sie es zum ersten Mal in aller Deutlichkeit bei ihrer Mutter. Dieses Wanken, wenn die Welt einen nicht mehr hält. Diese Angst, ins Bodenlose zu fallen. Sekundenlang ist sie versucht, in die alten Muster zu fallen, will sagen, dass es ihr leidtut. Sie schluckt den Satz hinunter. Nein! Wenn sie jetzt nachgibt, hat sie für immer verloren. Sie setzt sich auf den Sessel der Mutter gegenüber.

»Isabell ist ins Wasser gegangen?«, fragt sie vorsichtig.

»Ja.« Kein weiteres Wort, nur vorwurfsvolles Schweigen.

»Bitte, Mama. Warum bist du so? Warum darf ich das denn nicht wissen?«

Clara Meerbaum schenkt sich einen dritten Cognac ein. Flasche und Glas in den Händen geben ihr Halt. »Weil das Schnee von gestern ist! Was interessieren dich die Toten, kannst du mir das mal sagen?« Wieder kippt sie den Cognac in einem Zug hinunter.

Nicht meine Schuld! Nicht meine Schuld, tobt es in Annas Kopf, und sie nimmt allen Mut zusammen. »Und die Kinder. Was ist aus den Kindern geworden? Und aus Almuth? Josef Sobitzek hat gesagt, dass ihr alle zusammen fortgegangen seid.«

Clara Meerbaum stellt Flasche und Glas auf den Couchtisch und lässt sich in den Sessel zurückfallen. Mit geschlossenen Augen sitzt sie da. Nur das Klopfen des Regens, der vor dem Wohnzimmerfenster gegen die Kunststoffverkleidung am Balkon schlägt, ist zu hören. Das Klopfen gibt der Stille im Zimmer einen eiligen Takt, wie von einem überdrehten Sekundenzeiger angetrieben, strampelt die Zeit. Anna wartet.

Als Clara Meerbaum sich wieder vorbeugt, sagt sie mit erstaunlich weicher, leiser Stimme: »Sie sind tot. Auf der Überfahrt nach Afrika ist Typhus ausgebrochen. Sie sind auf dem Schiff gestorben.«

Anna rührt sich nicht. »Wie schrecklich«, flüstert sie schließlich. »Aber ... das hättest du mir doch erzählen können.«

Die Mutter ist den Tränen nahe und verfällt in diesen jammernden Ton. »Gib doch endlich Ruhe. Siehst du nicht, wie du mich quälst? Ich kann und will nicht davon sprechen. Nie wieder. Hörst du!« Sie schenkt sich den vierten Cognac ein.

Anna gibt sich geschlagen. Wie das Gespräch jetzt weitergeht, weiß sie nur zu gut. Die Mutter wird nebulöse Andeutungen über all das Unglück in ihrem Leben machen, und dann folgen die Tiraden über die rücksichtslose und undankbare Tochter, die immer nur an sich denkt.

Auf dem Heimweg ist Anna ganz mit den neuen Informationen beschäftigt und überfährt beinahe eine rote Ampel. Diese Überfahrt muss ein traumatisches Erlebnis gewesen sein. Die Mutter hatte den Kindern und dieser Almuth nicht helfen können. Das muss schrecklich gewesen sein. Darum hatte sie nie darüber reden können. Und vielleicht sollte Anna jetzt Ruhe geben. Sie hatte sich eingeredet, ein Recht auf die Vergangenheit der Mutter zu haben. Aber war das wirklich so? Hatte sie einen Anspruch darauf, alles über ihr Leben zu wissen, nur weil sie die Tochter war? Durfte die Mutter nicht selbst entscheiden, was sie von ihrem Leben preisgab? Hatte sie nicht ein Recht darauf, schmerzlichen Erinnerungen aus dem Weg zu gehen?

Als sie zu Hause ihre Reisetasche vom Vortag auspackt und das Buch mit ihren Notizen aufschlägt, spielt sie lange mit dem Zettel, auf den Hannelore Sobitzek die Anschrift des Architekten geschrieben hat. »Dr. Joost Dietz, Architekt und Historiker«. Er hat die alten Fotos von Josef Sobitzek an sich genommen. Sie schiebt den Zettel zurück und legt das Notizbuch in die untere Schreibtischschublade. Sie wird die Mutter nicht weiter quälen.

KAPITEL 17

Uckermark, Winter 1945/46

Der Winter kam mit Macht. In der Hütte gab es einen kleinen Ofen, und an Holz mangelte es nicht, aber durch die unmittelbare Nähe zum See drang beständig Feuchtigkeit ins Zimmer, sobald der Ofen aus war. Kleidung und Betten wurden klamm, und Clara fürchtete um die Gesundheit der Kinder.

Einige Tage zuvor hatte sie Simon Tarach auf dem Gut angetroffen und noch einmal nach ihrem Vater gefragt. Es täte ihm leid, hatte er gesagt, aber er habe nur herausgefunden, dass Heinrich Anquist nicht mehr im Gerichtsgefängnis in Prenzlau sei. Seither war diese Leere in ihr, eine Art Haltlosigkeit. Ohne die Verantwortung für die Kinder, und ohne Almuth, die dieses Leben nicht mit ihr teilen müsste, sondern auf das Gut zurückkehren könnte, hätte Clara wohl – lethargisch wie Isabell – auf ihrer Bettstelle gesessen. Sie kämpfte sich von Tag zu Tag.

Ende November fror der See endgültig zu, und damit versiegte eine ihrer wichtigsten Nahrungsquellen. Clara sah ein, dass sie nicht in der Hütte bleiben konnten. Am 9. Dezember machte sie sich auf den Weg nach Templin. Sie wollte jetzt doch bei der Familie Fichtner anfragen, ob sie wenigstens den Winter über dort unterkommen könnten. Es war ein grauer Tag. Das entschiedene Voranschreiten tat ihr gut, und während sie ging, verließen ihre Gedanken den engen Kreis, in dem sie sich seit Tagen drehten, wagten sich darüber hinaus. Schließlich mündete alles in der einen Überlegung: »Worauf warte ich? Nichts wird werden, wie es war!«

In Templin hatte der Krieg große Lücken in die Häuserzeilen gerissen, aber der Straßenzug am Marktplatz, wo das Haus der Fichtners stand, hatte die Bomben unbeschadet überstanden. Als sie klopfte und eine fremde Frau ihr öffnete, wusste sie, was sie erwartete. Fünf Familien waren hier untergebracht, und die alte Frau Fichtner entschuldigte sich immer wieder. »Ach, Kind, wir haben wirklich keinen Platz mehr. Du allein, das ginge ja vielleicht noch, aber vier Personen ... Nein, das geht beim besten Willen nicht.«

Obwohl sie sich unverrichteter Dinge auf den Rückweg machen musste, spürte sie keine Enttäuschung. Der pochende Gedanke wurde lauter und lauter. *WORAUF WARTE ICH?* Schneewolken zogen über den Himmel. Sie hingen tief und schienen das Land auf den Hügeln zu berühren. Während sie unter den blattlosen Alleebäumen nach Hause ging, löste sich in ihrem Kopf die Hürde, die die Hoffnung in ihr errichtet hatte. Sie durfte nicht länger daran festhalten, sich nicht weiter einreden, dass sie irgendwann ihr altes Leben auf Gut Anquist wieder aufnehmen könnte.

Ein kurzer heftiger Schmerz, der ihr die Tränen in die Augen trieb, aber dann war da auf einmal Platz. Platz, endlich über die nächsten Tage und Wochen hinauszublicken. Es gab keinen Grund zu bleiben! Es war an der Zeit, Entscheidungen zu treffen.

Es begann zu schneien. Feine Flocken, die ein leichter Wind ihr entgegentrieb. Und so, als habe dieser innere Richtungswechsel Einfluss auf die äußeren Umstände genommen, geriet alles in Bewegung.

Schon als sie auf Gut Anquist ankam, hörte sie, dass Frau Brandner verstorben war. Sie hatte mehrere Tage mit einer Lungenentzündung gelegen, und ihr schwaches Herz hatte am Vormittag aufgehört zu schlagen. Als Clara ins Haus ging und Alfred und Luise Brandner ihr Beileid aussprach, begleitete er sie anschließend in den Hof und erklärte, dass er nach der Beerdigung mit seiner Tochter Luise die sowjetische Besatzungszone verlassen würde.

»In Hamburg haben wir Verwandte. Und wenn Sie auch überlegen ... dort können wir alle fürs Erste wohnen.«

Da war es wieder. Dieses »wir«, das mitten in Claras einsame Überlegungen traf. Wie sich die Dinge fügen, dachte sie und ergriff die Gelegenheit. Sie würden mit Brandner gehen.

Er trat von einem Bein auf das andere, als er weitersprach. »Ich kenne jemanden, der einen Lkw hat und uns bis an die englische Besatzungszone bringt. Wegen der Kinder wäre es mit einem Wagen sicher am besten, es ist nur ... ich kann das nicht bezahlen.«

Clara dachte an die Metallkiste unter der Platte hinter dem Stall, in die der Vater den Schmuck und mehrere hundert Reichsmark gelegt hatte. Eine Fahrgelegenheit bis zur Grenze und eine Bleibe in Hamburg. Für all das sorgte Brandner. Da war es mehr als recht, dass sie die Fahrt bezahlte.

»Daran soll es nicht scheitern«, sagte sie, und Brandner nickte zufrieden. Nach der Beerdigung seiner Frau wollte er sich um alles kümmern.

Es dauerte bis nach Weihnachten, ehe Brandner endlich das Startzeichen gab, und Clara hatte den Eindruck, dass er erst nach ihrer Zusage angefangen hatte, sich um einen Wagen zu bemühen. Schließlich aber brachte er die Nachricht. »Wir fahren am Neujahrstag. Der Fahrer meint, dass wir an dem Tag mit weniger Patrouillen zu rechnen haben. Halten Sie sich mit gepackten Sachen bereit. Ich hole Sie ab.«

Sie besprach sich mit Almuth und stellte ihr frei, mitzugehen oder auf dem Gut zu bleiben, aber Almuth schüttelte vehement den Kopf. »Du kannst mich doch nicht zurücklassen«, rief sie empört, und Clara umarmte sie. Sie war froh, Almuth an ihrer Seite zu wissen.

Den Koffer mit den Bildern hatte sie schon Anfang November, zusammen mit den beiden Koffern, in denen die verpackte Winterkleidung gewesen war, ausgegraben. Jetzt schlich sie sich gegen Mitternacht hinter den Stall und holte die Metallkiste mit dem Geld, Schmuck und den Papieren.

Die Bilder steckten in einer Papprolle. Den Inhalt der Metallkiste und diese Papprolle verteilte Clara auf zwei Rucksäcke. Von der Kleidung würden sie so viel wie möglich übereinander anziehen, trotzdem blieben zwei Koffer, die sie tragen mussten. Als sie alles umge- und verpackt hatte, betrachtete Clara die Rucksäcke und Koffer und flüsterte Almuth zu: »Wir sind nicht arm. Wir schaffen einen neuen Anfang!« Jetzt gab es nichts mehr zu tun. Sie waren bereit.

Am 29. Dezember klopfte es mittags an der Hüttentür. Ein junger Mann, eher noch ein Junge, stand davor. Clara schätzte ihn auf vielleicht siebzehn Jahre. »Sind Sie Clara Anquist?«

Sie kannte ihn nicht, trat nach draußen und hielt misstrauisch einige Schritte Abstand. Sie standen auf dem schmalen Weg zum See. Er wirkte verwahrlost, sprach undeutlich und wippte von einem Bein auf das andere. Dabei beäugte er sie kritisch und schien unentschlossen. Als sie fragte: »Wer sind Sie? Was wollen Sie?«, zögerte er kurz und sagte dann: »Eigentlich soll ich mit Ferdinand Anquist reden.« Er wies mit dem Kinn in Richtung Gut. »Die sagen, dass der nicht mehr lebt. Stimmt das?« Clara schluckte und nickte vorsichtig. »Na, dann wird es wohl in Ordnung gehen, wenn ich mit Ihnen rede. Heinrich Anquist hat mich geschickt!«

Sie schnappte nach Luft und taumelte zurück. Er schien es nicht zu bemerken, sprach weiter, aber Clara musste ihn bremsen. Er war vor Kälte ganz steif, und sie konnte ihn kaum verstehen.

»Bitte lassen Sie uns reingehen. Sie können sich am Ofen aufwärmen und in Ruhe erzählen.«

Der Junge hieß Karl Lüders. In der Hütte sprach er zunächst nicht weiter, rieb seine Hände über dem Ofen und atmete zischend, mit zusammengebissenen Zähnen, gegen den Schmerz an, den die plötzliche Wärme verursachte. Und dann schien er seinen Auftrag vergessen zu haben und hatte nur Augen für Almuth. Er nannte sie »schönes Fräulein«, was Almuth die Röte ins Gesicht trieb. Sie schenkte ihm von dem Ersatzkaffee aus Bucheckern ein, der auf dem Ofen stand, und reichte ihm verlegen ein

Stück Brot dazu. Dass Heinrich Anquist ihm eine so junge schöne Tochter verschwiegen habe, sagte er, und als Almuth zu erklären begann, wer sie war, verlor Clara die Geduld.

»Später«, sagte Clara ungeduldig, »dafür ist später Zeit. Wie geht es meinem Vater? Wo ist er jetzt?«

Sie erfuhr, dass Heinrich Anquist schon im Sommer in das Lager Fünfeichen nach Neubrandenburg verlegt worden war. Vor zwei Wochen sollte er mit Lüders und einigen anderen in Richtung Osten gebracht werden, aber auf dem Transport waren die beiden, zusammen mit vier weiteren Gefangenen, geflohen.

»Er war in Güstrow, als ich vor fünf Tagen los bin. Aber er wollte so schnell wie möglich rüber in die englische Zone. Nach Lübeck. Vielleicht ist er schon dort. Jedenfalls soll ich Ihnen sagen, dass Sie alle nach Lübeck kommen sollen. Wenn er da ist, wird er jeden Mittag zwischen zwölf und eins dort am Bahnhof auf Sie warten.« Er zuckte mit den Schultern. »Also Ihrem Bruder hätte ich noch sagen sollen, dass seine Schwester weiß, was er auf keinen Fall zurücklassen darf und wo es zu finden ist.« Er grinste breit. »Und natürlich, dass er mich für meine Dienste großzügig bezahlen soll.«

Danach wandte er sich wieder Almuth zu. Eine Stunde später machte er sich, sehr zufrieden mit der Bezahlung, wieder auf den Weg. Er kam aus einem kleinen Dorf in Sachsen, aber da wollte er nicht hin. »Nach Berlin, und darüber zu den Amerikanern!«, sagte er selbstbewusst. »Warum kommen Sie nicht mit?«

Clara hatte in den vergangenen Wochen durchaus darüber nachgedacht, das Land über einen offiziellen Grenzübergang zu verlassen. Aber dort wäre sie kontrolliert worden, und der Schmuck, die Bilder und das Geld wären verloren.

Karl Lüders zwinkerte Almuth verschwörerisch zu, die ihm gesagt hatte, dass sie in Berlin aufgewachsen war. »Wenn Sie nach Berlin kommen, dann fragen Sie nach Karl Lüders«, rief er noch, und Almuth winkte ihm nach. »Er hat keine Ahnung, wie groß die Stadt ist«, flüsterte sie Clara zu.

An Silvester hatte sie um Mitternacht draußen am See gestanden und sich verabschiedet. Das neue Jahr würde sie fern von Gut Anquist bringen. Das neue Jahr wäre der Anfang von etwas Neuem.

An Neujahr warteten sie ab dem frühen Morgen auf Brandner. Sie trugen mehrere Kleidungsstücke übereinander, und Konrad tapste, dick eingepackt, wie ein Bärenjunges durch die Hütte. Gegen elf holte Brandner sie ab. Er nahm einen der Koffer, den anderen trug Clara. Almuth nahm den kleinen Konrad auf den Arm und Margareta an die Hand.

Sie mussten nicht weit gehen. Kurz vor der Chaussee stand ein Lastwagen auf einem Feldweg. Die Ladefläche war mit einer hohen Plane abgedeckt, und der Fahrer wollte, ehe er losfuhr, sein Geld. Clara übergab es ihm und fragte, wo genau er sie absetzen würde und wie weit es dann noch bis Lübeck sei. »Hinter Herrnburg. Bis Lübeck ist es von dort nicht weit.«

Luise Brandner saß bereits mit zwei Koffern auf der Ladefläche. Clara hatte sie ganz vergessen, und sie dachte: »Luise ist wie ein Schatten.«

Während der Wagen im Wechsel über schneebedeckte

Landstraßen fuhr, über Feldwege rumpelte und immer wieder ins Schlittern geriet, erzählte Clara Alfred Brandner von der Nachricht, die Karl Lüders gebracht hatte. »Wir werden meinen Vater in Lübeck am Bahnhof treffen!«

Brandner sagte nichts dazu, aber um seinen Mund zuckte es unwillig. Auch Luise schien nicht erfreut über die Änderung des ursprünglichen Plans, direkt weiter nach Hamburg zu reisen. »Nun gut«, sagte Brandner schließlich, »aber lange können wir in Lübeck nicht warten.«

Clara schüttelte den Kopf. »Aber nein. Ich verstehe, wenn Sie gleich weiter nach Hamburg wollen, und ich will Sie nicht aufhalten. Wenn wir in Lübeck sind, kommen wir alleine zurecht.«

»Wir bleiben zusammen!« Es klang wie ein Befehl.

»Der stille Herr Brandner«, dachte Clara erstaunt, aber dann war sie froh. Es war gut, einen Mann an der Seite zu haben. Noch wusste sie nicht, ob ihr Vater es bis Lübeck geschafft hatte. Wenn er dort war, würden sie weitersehen.

Sie kamen nur langsam voran, die Fahrt dauerte über sechs Stunden. Es war bitterkalt, und sie mussten mehrmals anhalten. Laufend und springend kämpften sie dann gegen die Steifheit und Kälte in den Knochen an. Sie sprachen kaum miteinander. Luise jammerte über die Kälte, und einmal brach sie in Tränen aus und klagte, dass sie das Grab der Mutter nie mehr würde besuchen können. Der kleine Konrad kroch zu ihr und versuchte sie zu trösten, indem er sich an sie schmiegte.

Es war bereits dunkel, als der Wagen endlich hielt und sie auf steif gefrorenen Beinen von der Ladefläche wankten. Nur der Schnee schenkte ein wenig Helligkeit. Als sich die Augen an die Dunkelheit gewöhnt hatten, erkannte Clara eine Art Scheune und in der Ferne zwei Fenster, in denen Licht brannte.

Der Fahrer zeigte in die entgegengesetzte Richtung. »Ungefähr zwei Kilometer immer geradeaus, dann sind Sie auf der englischen Seite. Seien Sie leise. Heute werden sicher nicht viele Patrouillen unterwegs sein, aber man weiß ja nie.«

Sie stapften los, schleppten die Koffer durch die Dunkelheit, und Brandner nahm Konrad schließlich auf den Arm, der kaum vorwärtskam, weil er mit seinen kurzen Beinchen, die noch dazu in drei Hosen steckten, bis zu den Knien im Schnee versank. Zunächst gingen sie an einer Hecke entlang, die zwei Felder trennte, dann erreichten sie ein Waldstück. Clara hatte den Eindruck, schon etliche Kilometer gelaufen zu sein, aber es war nicht zu erkennen, ob sie die sowjetische Zone hinter sich gelassen hatten. Sie hatte keinerlei Orientierung und befürchtete schon, dass sie im Kreis gelaufen waren, als sie endlich aus den Wald heraustraten. Gut hundert Meter rechts von ihnen waren in einer geraden Linie Häuser zu sehen, in denen hier und da ein Fenster erleuchtet war. Und dahinter, in der Ferne, erkannte sie die Lichter einer Stadt.

Vorsichtig näherten sie sich über eine Wiese mit Obstbäumen der Straße. Vor dem ersten Haus traten zwei Männer aus der Dunkelheit. Sie duckten sich zwischen die Bäume. Es waren Soldaten. Sie konnte nicht erkennen, ob es Russen oder Engländer waren. Sie lauschte, und dann hörte sie es. Englisch! Englische Soldaten! Clara erhob sich und ließ den Koffer fallen. Alle Anspannung fiel von ihr ab, ihr war schwindelig vor Erschöpfung und

Erleichterung. Sie hatten es geschafft. Sie waren in der englischen Besatzungszone, und Lübeck war nicht mehr weit.

Die Soldaten kamen auf sie zu. Einer von ihnen sprach etwas Deutsch, und Clara erklärte, dass sie nach Lübeck wollten. Sie wurden ins Haus gebracht. Das Zimmer zur Straße war zu einer Art Wachstube umfunktioniert. Es war wohlig warm. Sie mussten ihre Papiere vorlegen. Der Soldat schrieb die Angaben ab und telefonierte. Sie bekamen heißen Tee, und die Kinder sogar heiße Milch. Dann notierte der Soldat eine Adresse in Lübeck und gab Alfred Brandner den Zettel. »Das Rote Kreuz versorgt dort Flüchtlinge. Dort können Sie erst einmal bleiben.«

Und wieder traten sie hinaus in die Kälte und machten sich auf den Weg. Aber jetzt war es anders. Clara spürte eine neue Kraft und ging mit großen Schritten. Es war kurz vor zehn Uhr, als sie die Unterkunft in einer umfunktionierten Schule erreichten. Eine Frau mit strengem Blick nahm sie in Empfang. Wieder wurden die Angaben aus ihren Pässen abgeschrieben, und diesmal dauerte es lange. Die Frau bemängelte die unvollständigen Angaben in Luises Ersatzbescheinigung und stellte immer wieder neue Fragen. Luise sah ängstlich zu ihrem Vater, der den Arm um sie legte und die Fragen, die an sie gerichtet waren, beantwortete. Margareta saß neben Almuth, legte ihren Kopf in deren Schoß und schlief erschöpft ein.

Die Frau trug etwas in die Pässe ein, stempelte sie und gab sie ihnen zurück. Sie reichte ihnen ein weiteres Papier. »Damit gehen Sie morgen als Erstes ins Rathaus und melden sich an. Danach bekommen Sie Ihre Lebensmittelkarten.«

Später brachte eine andere Frau Suppe und ein ganzes Brot, und Konrad rannte auf sie zu, riss ihr das Brot aus der Hand und versuchte mit seinem kleinen Mund davon abzubeißen. Clara hatte Mühe, es ihm abzunehmen. Er weinte bitterlich. Sie setzten sich an einen Tisch, und erst als er verstand, dass die Suppe und das Brot für sie waren, beruhigte er sich. In einem Klassenzimmer, in dem sich Kopf- an Fußende die Betten reihten, bekamen sie Schlafplätze zugewiesen. Der Raum war erfüllt von den Ausdünstungen schlafender Menschen und tagealtem Schweiß. Sie schoben ihre Koffer unter die Betten, und Clara flüsterte Almuth zu: »Den Rucksack nicht. Den nimm lieber mit ins Bett.« Minuten später schliefen sie bereits.

Am nächsten Morgen standen sie über eine Stunde vor dem Waschraum an. Anschließend bekamen sie eine Scheibe Brot mit Margarine und eine Tasse Tee. An einem der Nachbartische kam es zum Streit. Einer Frau war am Tag zuvor der Mantel gestohlen worden, und sie bezichtigte ein junges Mädchen, die Diebin zu sein.

Clara erkundigte sich, wie weit es zum Bahnhof war, und weil die Enge und die Sorge um ihre Habe sie umtrieben, besprach sie sich mit Brandner. Schon um kurz vor acht verließen sie das Schulgebäude. Die Koffer nahmen sie vorsichtshalber mit. Erst als sie hinaustraten, nahm Clara wahr, dass es in den frühen Morgenstunden wieder geschneit hatte.

Lübeck war zu großen Teilen unzerstört geblieben. Sie gingen durch die schneebedeckten Straßen, und als sie das Rathaus erreichten, verschlug ihr der Anblick sekundenlang die Sprache. Reichverziert und mit all seinen Türmen schien es auf dem Boden einer anderen Zeit zu stehen.

Auf einem langen Flur stellten sie sich in die Warteschlange, um sich anzumelden, und als es auf zwölf Uhr zuging, wurde Clara unruhig. Gleich würde ihr Vater auf dem Bahnhof sein, und sie würde ihn verpassen. Auf der anderen Seite brauchte sie die Lebensmittelkarten. Die Frau in der Unterkunft hatte unmissverständlich darauf hingewiesen, dass sie Lebensmittelkarten vorzulegen hatten, wenn sie versorgt sein wollten.

Um kurz vor halb eins waren sie endlich an der Reihe, und als sie eine Viertelstunde später das Rathaus verließen, bat Clara Brandner, ihren Koffer zu nehmen, und rannte los. Der Bahnhof war voller Menschen. Sie suchte in der Halle und auf den Bahnsteigen, und als sie meinte, überall gewesen zu sein, kämpfte sie mit den Tränen. Sie war so sicher gewesen, ihn anzutreffen. Und jetzt hatte sie ihn verpasst. Sie sah, wie Brandner, Luise, Almuth und die Kinder die Bahnhofshalle betraten.

»Eine halbe Stunde«, bat sie, »wir warten noch eine halbe Stunde.«

Unaufhörlich wanderte der Minutenzeiger der Bahnhofsuhr weiter, aber sie konnte sich nicht entschließen zu gehen. Brandner nutzte die Zeit und erkundigte sich am Schalter nach Zügen in Richtung Hamburg. Anschließend stritt er sich mit seiner Tochter, und Luise stampfte mehrmals mit dem Fuß auf wie ein zorniges Kind. Clara war darauf gefasst, dass die beiden nun doch mit dem nächsten Zug weiterwollten, aber als er zurückkam, fragte er: »Was haben Sie sich vorgestellt? Wie viele Tage wollen wir in Lübeck bleiben und warten?«

Darüber hatte sie noch nicht nachgedacht. »Wir haben eine Unterkunft und können abwarten«, sagte sie vage.

Als sie sah, dass er angestrengt schluckte, fügte sie eilig hinzu: »Aber Sie müssen nicht bleiben.« Luise verschränkte mit missbilligendem Blick die Arme und wandte sich ab. Brandner räusperte sich und sagte: »Kommt nicht in Frage. Ich werde Sie hier nicht alleine zurücklassen.«

KAPITEL 18

Hamburg, Frühjahr 1948

Ab März 1948 arbeitete Gustav wieder bei Blohm + Voss. Seite an Seite mit Hanno. Körperlich war er einigermaßen wiederhergestellt, aber manchmal starrte er mit stumpfem Blick vor sich hin. »Er sieht Gespenster«, dachte Agnes dann.

Bei Blohm + Voss gehörte auch Friedhelm Kalnitz zu seinen Kollegen, der Mann von Grete, die in der Ritterstraße die Gerüchte über Agnes verbreitet hatte.

In einer Pause hörte Hanno ihn sagen: »Der Gustav hat seinen Humor verloren. Aber hätte ich auch, wenn meine Frau mir einen Wechselbalg untergeschoben hätte.«

Alle lachten. Voller Zorn war Hanno zu ihm gegangen und hatte gesagt: »Erzähl nicht solche Lügen. Du hast doch überhaupt keine Ahnung.« Und dann hatte er es sich nicht verkneifen können und gesagt: »Außerdem solltest du lieber den Mund halten. Deine Tochter sieht man nämlich alle Tage in der Stadt, und immer am Arm eines anderen Engländers.«

Wieder lachten die anderen, aber Kalnitz war blass geworden, und Hanno hatte zufrieden gedacht, dass er ihm damit das Maul gestopft habe. Aber da hatte er sich geirrt.

Kalnitz machte Gustav gegenüber immer wieder mit süffisantem Lächeln undurchsichtige Anspielungen. »Gustav, geht deine Frau immer noch nach Rotherbaum, zu den Engländern?«, oder: »Ist wohl ein guter Nebenverdienst, den sie da nach Hause bringt.« Und ein anderes Mal: »Dass man mit Nähen so viel verdienen kann ...« Gustav schien die Andeutungen nicht zu verstehen, nickte oder antwortete auf seine wortkarge Art mit einem kurzen »Ja«. Dann zuckte es in Kalnitz' Gesicht, und das spöttische Lächeln verschwand. Aber er gab sich nicht geschlagen, wurde von Tag zu Tag deutlicher.

Der 8. Mai war ein Samstag. Auf der Werft wurde nur bis mittags gearbeitet, und im Büro wurde der Wochenlohn ausgezahlt. Hanno ging danach sofort zu Körner, und Gustav ließ sich überreden und ging zum ersten Mal mit einigen Kollegen noch ein Bier trinken. In der kleinen Hafenkneipe trafen sie Kalnitz, und an diesem Nachmittag beließ er es nicht mehr bei seinen Andeutungen. Sie standen an der Theke. »Ist sicher nicht ganz billig, so eine Wohnung im feinen Winterhude? Deine Frau hat wohl gute Kundschaft bei den Engländern? Damit hat die schon, als sie noch in der Ritterstraße wohnte, gut verdient. Jedenfalls hatte sie es da schon nicht mehr nötig, die Näharbeiten für so einfache Kunden wie meine Frau anzunehmen.«

Gustav zog die Stirn kraus, verstand nicht, was Kalnitz meinte. Sie tranken weiter. Kalnitz gab sich großzügig und gab ihm einen Schnaps nach dem anderen aus. Irgendwann setzte er flüsternd, in besorgt kameradschaftlichem Ton nach. »Gustav, ich mein ja nur, dass du aufpassen solltest. Nicht dass die dir noch einen Kuckuck ins Nest legt.« Er beugte sich zu ihm. »Weiß doch jeder, was das für Näharbeiten sind, die deine Frau in Rotherbaum erledigt.« Jetzt grinste er breit. Gustav schwieg, verließ aber bald die Theke, setzte sich in die hinterste Ecke des Lokals und trank weiter.

Es war das erste Mal in ihrer Ehe, dass er betrunken heimkam. Agnes war alleine. Wiebke und Joost waren oben bei Maria. Gustav war auch früher mit Kollegen ein Bier trinken gegangen, aber er hatte sich nie betrunken. Er wankte in die Küche, wo Agnes an ihrer Nähmaschine saß, ließ sich auf den Stuhl ihr gegenüber fallen, und als sie ihn besorgt ansah und fragte: »Gustav, was ist denn mit dir passiert?«, antwortete er »Nichts! Gar nichts.« Dann atmete er schwer und lallte: »Hattest du einen schönen Tag? Du warst doch in Rotherbaum, oder?«

Da war etwas in seinem Ton, das sie nicht kannte. Etwas Grobes. Nicht in den Worten, sondern in seiner Stimme. Sie fragte: »Bist du betrunken?« Er antwortete nicht.

Sie zeigte auf eine Tweedjacke, die auf dem Tisch lag. »Eine Änderung für den Sohn von Major Gardner und ein Mantel von Frau Butcher, den ich kürzen muss. Das schaffe ich beides heute noch.« Sie lächelte unsicher. Nicht nur in seiner Stimme, auch in seinem Blick lag etwas, das sie nicht kannte.

Plötzlich knallte sein Unterarm auf den Tisch, und er fegte die Tweedjacke und die Blechdose mit den Garnen herunter. Die Dose knallte scheppernd gegen den Schrank, die Garne rollten in alle Richtungen über den Boden. Er stand auf, stützte sich schwer auf den Tisch und brachte sein Gesicht nah an ihres.

»Du kannst aufhören mit dem Theater«, zischte er und blies ihr seine Alkoholfahne ins Gesicht. »Du hast mich zum Gespött der Kollegen gemacht. Ich weiß, wie du dein Geld verdienst. Du Hure! Du Engländerhure.« Er redete sich in Rage, brüllte jetzt. »Und dann diese hübsche Geschichte, die ihr mir aufgetischt habt. Der gefundene Junge!«, er lachte höhnisch. »Und ich war blöd genug, das zu glauben. Sogar die Kinder hast du lügen lassen, für dich. Aber jetzt ist Schluss damit! Der Bastard verschwindet aus meinem Haus!«

Sie starrte ihn an. Die Sätze schienen vor ihrem Kopf haltzumachen, und nur einzelne Worte erreichten sie: Theater ... Hure ... Bastard.

»Aber Gustav«, brachte sie endlich heraus, »was redest du denn da?«

Da schlug er zu. Mit der Faust und mit einer solchen Kraft, dass sie vom Stuhl fiel. Sie blieb auf dem Boden liegen, verstand nicht, was passiert war. Sie sah die verstreuten Garnrollen und dachte: »Rot. Das rote Garn geht zu Ende. Rot brauche ich, für das Futter in Frau Butchers Mantel.«

Gustav kam um den Tisch herum und blickte auf sie hinunter. Da war wieder dieser Blick. Er brüllte nicht mehr, sagte lallend, aber bestimmt: »Der Bastard verschwindet, und du gehst nicht mehr nach Rotherbaum.« Dann wankte er ins Schlafzimmer und schlug die Tür mit einem lauten Knall hinter sich zu. Sie hörte, wie er sich auf das Bett fallen ließ. Dann wurde es still.

Ob sie noch eine Minute oder eine Stunde auf dem Boden liegen blieb, ohne sich zu rühren, wusste sie später nicht mehr. Irgendwann war sie aufgestanden, hatte die

Garne eingesammelt, in die Dose zurückgelegt und die Tweedjacke über eine Stuhllehne gehängt. Über dem Spülstein hing eine Spiegelscherbe, die Gustav benutzte, wenn er sich rasierte. Ihre linke Augenbraue war aufgeplatzt, das Auge zugeschwollen. Nur langsam fügten sich die Puzzleteile, die sie, auf dem Boden liegend, in ihrem Kopf hin und her geschoben hatte, zu einem Bild zusammen. Die Verleumdungen der Grete Kalnitz. Jetzt hatten sie es doch noch bis zu Gustav geschafft. Und er hatte sie geglaubt und sie geschlagen. Mit der Faust und mit so viel ... Ja, was? Was war da in seinem Blick gewesen, dass sie liegen geblieben war, um ihm nicht ins Gesicht sehen zu müssen. So viel ... Verzweiflung!

Maria brachte Wiebke und Joost herunter, die mit ihrer Tochter gespielt hatten. »Eine Garnrolle auf dem Boden«, erklärte Agnes. »Ich bin draufgetreten und auf den Spülstein gefallen.«

Joost setzte sich auf ihren Schoß und blies vorsichtig auf die Verletzung. »Wird das wieder heile?«, fragte er, und Agnes lächelte angestrengt. »Aber natürlich. Das vergeht.«

Maria betrachtete sie mit zusammengepressten Lippen und schüttelte sacht den Kopf. »Jaja. *Das* vergeht.« Und Agnes wich ihrem Blick aus.

Erst spät kam Hanno von Körner nach Hause. Auch ihm erzählte sie die Geschichte von der Garnrolle und dem unglücklichen Sturz. Er betrachtete die Verletzung genauer und machte sich Sorgen um ihr Auge. »Nein, das sieht schlimmer aus, als es ist«, lächelte sie.

Er nahm Joost auf den Arm, schnalzte kopfschüttelnd mit der Zunge und sagte: »Tz, tz, tz, die Mama! Jetzt sieht sie aus, als wäre sie in eine Schlägerei geraten.«

Agnes deckte den Abendbrottisch, als er nach Gustav fragte: »Wo Papa bloß bleibt? Hoffentlich ist der nicht versackt. Soll ich mal los, ihn suchen?«

Agnes schüttelte den Kopf. Die verletzte Augenbraue pochte. »Er schläft.« Sie schluckte an den aufsteigenden Tränen und konnte nicht verhindern, dass ihre Stimme brüchig klang. »Ich glaube, er hat ein bisschen viel getrunken. Wir wecken ihn nicht, er kann ja später was essen«, schob sie eilig hinterher.

Hanno hob ruckartig den Kopf, und sie drehte sich weg. Nachdem sie die Kleinen zu Bett gebracht hatte, blieb er am Küchentisch sitzen. »Du bist nicht gestürzt.«

Sie dachte: »Wie entschieden er das sagt. Sein Vater ist seit einem halben Jahr zurück, aber er hat die Verantwortung für die Familie immer noch nicht an ihn zurückgegeben. Im Gegenteil. Jetzt fühlt er sich auch für seinen Vater verantwortlich.« Sie stand am Schrank und betrachtete ihn. Sechzehn Jahre war er. Der erste helle Flaum wuchs an seinem Kinn, und seine Hände waren schon lange die eines Arbeiters. »Mein Kind ist endgültig kein Kind mehr«, dachte sie. Sie wollte ihn nicht belügen, wollte aber auch nicht, dass er schlecht von seinem Vater dachte. »Doch, ich bin auf eine Garnrolle getreten.« Sie sah das Misstrauen in seinem Blick und schluckte.

Als er zu Bett gegangen war, setzte sie sich an die Nähmaschine. Sie brachte es nicht über sich, ins Schlafzimmer zu gehen und sich neben Gustav zu legen. Ihr Kopf schmerzte, und ihre Gedanken kreisten unaufhörlich um den Nachmittag. Weit nach Mitternacht schlief sie, am Küchentisch sitzend, ein.

Um fünf Uhr war sie wieder wach. Der Schlaf hatte Abstand geschaffen. Sie nahm ihre Strickjacke, band sich ein Kopftuch um, um die Verletzung, soweit es ging, zu verstecken, und verließ das Haus. Sie musste nachdenken. Der Stadtpark war nur einige hundert Meter entfernt. Die letzten Reste des Nachthimmels lösten sich auf, und der Tag schob sich in Violett und Rosa, und schließlich mit dem orangen Rund der Sonne über die Stadt. Niemand begegnete ihr auf dem Weg. Im Winter 1946/47 hatten die Menschen sich nachts hergeschlichen und heimlich Bäume gefällt oder Äste abgesägt, um sie zu verheizen. Auf der ehemaligen Festwiese standen Nissenhütten, und große Teile der Rasenflächen waren parzelliert und wurden zum Anbau von Gemüse genutzt. Ihre Freundin Magda hatte auch so einen kleinen Garten zugesprochen bekommen, aber er lag an der Papenstraße, und sie war nicht glücklich damit. Es waren acht kleine Parzellen, und die Gartennachbarn waren Hamburger, die fanden, dass ein Flüchtling wie Magda keinen Anspruch auf ein eigenes Stück Land habe.

Die breiten Wege des Stadtparks waren mit alten Bäumen gesäumt, die für die Holzdiebe zu dick und deren Äste zu hoch gewesen waren. Sie ging unter dem jungen Grün der alten Buchen, Ulmen und Eichen und wurde Schritt für Schritt ruhiger. In den letzten Jahren hatte sie sich daran gewöhnt, alle Entscheidungen selbst zu treffen. Sie hatte seit 1942 ihre Kinder einigermaßen gut durchgebracht, und im letzten Jahr war es mit Hannos und Peters Hilfe sogar richtig vorangegangen. Sie hatte nicht daran geglaubt, dass Gustav zurückkommen würde, aber nun war er da, und natürlich war er das Familienoberhaupt und hatte das Sagen. Sie blieb stehen und schluckte. Daran müsste sie sich wohl gewöhnen. Für einen Moment wagte sie den Gedanken: »Wenn er nicht zurückgekommen wäre, wäre alles leichter.« Doch sie schämte sich sofort und wischte ihn eilig beiseite.

Trotzdem hinterließ die Überlegung Spuren, und als sie sich auf den Rückweg machte, hatte sie einen Entschluss gefasst. Sie hatte Joost als ihren Sohn angemeldet, und er würde es bleiben! Sie hielt Gustav zugute, dass er betrunken gewesen war. Wenn er aber auch nüchtern ernsthaft glaubte, dass sie ihn, kaum dass er fort gewesen war, betrogen hatte, und wirklich dachte, dass sie in Rotherbaum etwas anderes tat, als Näharbeiten zu erledigen, dann sollte er die Konsequenzen ziehen und gehen.

Gustav saß mit Hanno, Wiebke und Joost am Tisch, als sie zurückkam. Er hatte ihnen Brote mit Apfelmus gemacht. Ein ganz normaler Sonntagmorgen. Wiebke wollte wissen, wo sie gewesen war, und Gustav erschrak bei ihrem Anblick und fragte: »Um Gottes willen, was ist denn mit dir passiert?«

»Mama ist gestürzt«, rief Wiebke. Gustav sah sie mit offenem Mund an, und Agnes meinte zu sehen, dass er sich erinnerte und blass wurde. Hanno stand auf und machte sich auf den Weg zu Körner. Gustav rührte sein Brot nicht mehr an, und als die Kinder fertig waren, schickte Agnes sie raus. »Es ist herrliches Wetter, ihr solltet draußen spielen.« Sie bemühte sich um einen leichten Ton, der ihr nicht ganz gelang.

Gustav saß immer noch vor seinem angebissenen Brot und starrte auf den Tisch. Dann sah er auf und sagte mit tonloser Stimme: »Bitte sag mir, dass das nicht wahr ist, dass ich das nicht getan habe.«

Sie schwieg, während er versuchte, den vergangenen Nachmittag zu rekonstruieren. Dass er Schnaps getrunken hatte und Kalnitz auf ihn eingeredet hatte, wusste er noch. Und dass ihm mit jedem Glas alles, was Kalnitz sagte, immer einleuchtender erschienen war. Daran, was zu Hause geschehen war, konnte er sich nur verschwommen erinnern. Agnes füllte seine Erinnerungslücken. Sah ihn zusammenzucken, als wäre jeder ihrer Sätze ein Schlag, und sie spürte die Zuneigung für ihn, die in den letzten Wochen neu gewachsen war und die sie im Park völlig ausgeblendet hatte.

»Und was Joost angeht, wenn du mir nicht glaubst, fahr nach Pinneberg zu Onkel Wilhelm und Tante Margret. Dort müsste ich ihn ja zur Welt gebracht haben. Ich habe ihn nicht geboren, und ich werde ihn nicht weggeben. Joost gehört zu uns.«

Er blieb lange still, aber dann stand er auf und nahm seine Jacke. »Ich kann das nicht rückgängig machen, und es tut mir ehrlich leid.« Er ging zur Tür. »Aber etwas anderes kann ich in Ordnung bringen.« Dann verließ er das Haus.

Als Hanno am Montagabend erzählte, dass Kalnitz am Wochenende in eine Schlägerei geraten sei, ahnte Agnes, was Gustav am Tag zuvor in Ordnung gebracht hatte. Hanno hörte nur zufällig und erst Tage später, wer Kalnitz verprügelt hatte. Ein Kollege auf der Werft sagte: »Hätte ich dem Gustav gar nicht zugetraut, aber dem Kalnitz hat er ein für alle Mal das Maul gestopft.«

Einen Monat später kam die Währungsreform, und alles änderte sich. Über Nacht waren die Schaufenster der Geschäfte gefüllt, und man konnte sich nur wundern, wo all die Waren auf einmal herkamen. Wurst, Milch, Käse, Obst, Gemüse, sogar Wein, Fleisch und Bohnenkaffee standen zum Kauf. Es gab Geschäfte mit Haushaltswaren, Kleidung oder Möbeln. Das Geld war knapp, und man konnte sich nur das Nötigste leisten, aber es war zu akzeptablen Preisen zu haben, die sich nicht von Tag zu Tag änderten. Mit vierzig Deutschen Mark pro Kopf begann auch in der Familie Dietz eine neue Zeitrechnung. Der Alltag wurde berechenbar. Der Schwarzmarkt mit seinen immer utopischeren Preisen hatte ausgedient.

Für die Familie ging es mit großen Schritten bergauf. Agnes arbeitete jetzt mit einer festen Preisliste, und Gustav und Hanno brachten jede Woche Lohn nach Hause. Kurz nachdem Joost im Frühjahr 1949 eingeschult war, eröffnete Agnes in einem kleinen Ladenlokal in der Alsterdorfer Straße ganz offiziell die »Änderungsschneiderei Dietz«. Magda hatte inzwischen eine Wohnung in Barmbek, und weil die Gardners nach England zurückkehrten und Magda ihre Arbeit verlor, kaufte Agnes eine zweite Nähmaschine auf Kredit und stellte sie ein. Bald machten sie nicht nur Änderungen, sondern entwarfen und schneiderten neue Kleider und boten sie im Schaufenster zum Verkauf an. 1951 zog Familie Dietz in die Vierzimmerwohnung über der Schneiderei.

Gustav Dietz betrank sich nie wieder. Er ging ab und an mit seinen Kollegen in die Kneipe, kam aber nie betrunken nach Hause. Die Schrecken des Krieges und Gustavs Gefangenschaft hatten sowohl ihn als auch Agnes verändert. Sie waren nicht mehr die, die sich Anfang der dreißiger Jahre verliebt und geheiratet hatten. Aber sie fanden zueinander und konnten sich aufeinander verlassen. Später würde Agnes sagen: »Das war eine andere Liebe. Eine gewachsene Liebe.« Dass Joost nicht als Dietz geboren war, daran wurde nach jenem Vorfall nie wieder gerührt, und Gustav sprach Dritten gegenüber von seinen Söhnen Hanno und Joost und seiner Tochter Wiebke. Agnes bewahrte die Kinderkleidung und den Knopf, den Joost so lange nicht hatte hergeben wollen, sorgfältig auf. Irgendwann würde sie ihm sagen, wie er zu ihnen gekommen war. Irgendwann!

KAPITEL 19

Lübeck, Januar 1946

Die ersten Tage des neuen Jahres waren bitterkalt. Nacht für Nacht stand ein klarer Mond am Himmel, ein sicheres Zeichen, dass sich das so bald nicht ändern würde. Sie blieben weiter in der Unterkunft, und Clara fand sich jeden Tag von zwölf und bis weit nach ein Uhr auf dem Bahnhof ein. Voller Erwartung ging sie vormittags los, trieb die Zeiger der Bahnhofsuhr in Gedanken an, bis sie endlich beide nach oben zeigten, ließ den Eingang nicht aus den Augen, versuchte jetzt die Zeiger aufzuhalten, die viel zu schnell auf ein Uhr zuliefen. Er würde kommen. Er musste kommen. Manchmal fragte sie sich, ob Karl Lüders sie vielleicht belogen hatte. Dass er ihrem Vater begegnet war, daran zweifelte sie nicht, dazu hatte er zu viel gewusst. Aber vielleicht hatte er die Nachricht erfunden, um den Botenlohn zu kassieren.

Brandner stritt sich oft mit seiner Tochter. Clara wusste, dass Luise weiter nach Hamburg wollte und ihrem Vater Vorwürfe machte, weil er bereit war zu warten. Nach einer Woche drängte aber auch er zur Weiterreise. Seine Argumente waren nicht von der Hand zu weisen. »Wenn Ihr Vater bereits im Dezember in Güstrow war, dann müsste er längst hier sein.« Trotzdem wollte Clara nicht aufgeben. Es konnte tausend Gründe geben, warum er aufgehalten worden war.

In der Unterkunft herrschte eine angespannte Atmosphäre, immer wieder gab es Streit wegen angeblicher Diebstähle. Clara und Almuth wurden misstrauisch beäugt, weil sie gut gekleidet waren, ihre Rucksäcke selbst am Tisch auf den Schoß legten und die Koffer mitnahmen, wann immer sie die Unterkunft verließen. Clara konnte nachts kaum schlafen, denn erst hier war ihr bewusst geworden, dass sie ein Vermögen mit sich herumtrug.

Nach langem Hin und Her einigte sie sich mit Brandner, dass sie bis zum Wochenende abwarten und am Montag, den 14. Januar, nach Hamburg fahren würden.

Am Freitag war von der Zuversicht, mit der Clara Lübeck betreten hatte, nur noch ein kleiner Schimmer Hoffnung übrig. Sie war spät dran und kam erst um zwölf Uhr am Bahnhof an. Das Kupferdach schimmerte blaugrün in der Sonne, die vier Türme an der Frontseite reckten sich in einen wolkenlosen Himmel.

Am Eingang zur Halle sprach eine Frau sie an. »Warten Sie mal.«

Clara ging weiter. Sie war hier schon oft von Leuten angesprochen worden, die ihr etwas zum Kauf anboten.

»Heißen Sie Anquist?«, rief die Frau hinter ihr her.

Clara blieb stehen, drehte sich langsam zu ihr um und nickte vorsichtig. Die Frau war klein und füllig, trug einen guten blauen Wollmantel und ein passendes großes Tuch um Kopf und Schultern.

Sie war sichtlich erleichtert. »Na endlich«, sagte sie. »Seit Tagen stehe ich hier jeden Mittag und warte. Ihr Vater wohnt bei mir.« Sie hielt ihr die Hand hin. »Ludwig«, stellte sie sich vor. »Kommen Sie, kommen Sie. Es ist nicht weit.« Und schon drehte sie sich zur Tür und ging los.

Clara kam nicht dazu, eine Frage zu stellen, denn die Frau erzählte ohne Unterlass. »Na, da hätte ich noch lange rumstehen können. Ihr Vater hat nämlich gesagt, dass ich seinen Sohn antreffe. Erst gestern ist er auf die Idee gekommen, dass es auch seine Schwiegertochter oder seine Tochter sein könnte.« Sie lachte. »Dabei hab ich Sie schon mehrere Male im Bahnhof gesehen. Aber jetzt ist ja alles gut. Er wäre gerne selber gekommen, aber das hab ich ihm ausgeredet. Es geht ihm gesundheitlich nicht gut, und er ist gerade erst auf dem Weg der Besserung.«

Sie gingen durch Seitenstraßen über eine Brücke, dann wieder durch Seitenstraßen und Gassen. Frau Ludwig machte kleine, schnelle Schritte, drehte den Oberkörper dabei mit wie ein aufgezogenes, mechanisches Spielzeug. Clara hatte Mühe, Schritt zu halten. Aber alles, was zählte, war: Sie hatte ihn gefunden! Er war da!

»In der Kälte hätte Ihr Vater sich den Tod geholt, glauben Sie mir. Wissen Sie, er hat ja schon früher bei mir in der Pension gewohnt. Immer wenn er in Lübeck zu tun hatte, hat er bei mir logiert. Und jetzt. Ach, ganz furchtbare Zeiten sind das. Was man so hört, da haben wir fast schon Glück, dass es hier nur die Engländer sind und nicht die Russen. In der Pension habe ich die jetzt. Die Engländer. Eigentlich nehme ich keine Gäste, die nicht bezahlen können, aber bei Ihrem Vater ist das was anderes. Er hat gesagt, dass seine Kinder, sobald sie da sind, die Rechnung begleichen werden.« Sie blieb stehen und lächelte Clara erwartungsvoll an.

»Natürlich«, bestätigte Clara, »natürlich bezahle ich die Rechnung.«

Die Frau nahm ihren eilig trippelnden Schritt wieder auf, und dann standen sie vor einem großen hanseatischen Bürgerhaus mit Staffelgiebel. »Pension Ludwig« stand auf einem kleinen Schild neben dem Eingang. Frau Ludwig führte Clara an der Seite des Hauses unter einem gemauerten Bogen hindurch, über einen schmalen Gang zwischen der Pension und dem Nachbarhaus. Sie gelangten in einen Hof mit einem geduckten, einstöckigen Hinterhaus.

»Da sind wir«, freute sich Frau Ludwig. »In der Pension hatte ich kein Zimmer mehr frei. Ihr Vater wohnt bei mir privat.«

Sie bat Clara hinein. Heinrich Anquist saß in einem Sessel neben dem Ofen. Es war angenehm warm. Er stützte sich auf den Armlehnen ab, erhob sich mühsam und stand auf zittrigen Beinen. Clara schluckte bei seinem Anblick, lief dann auf ihn zu und fiel ihm in die Arme. Er war klapperdürr. Durch die Jacke hindurch meinte sie jede einzelne Rippe zu spüren. Auf seinen Wangen sprießten graue Stoppeln, und während er sie festhielt, zitterte er am ganzen Körper.

»Endlich«, flüsterte er immer wieder, »endlich seid ihr da«, und ihr wurde in all der Freude bewusst, welche Nachricht sie zu überbringen hatte. Die Nachricht von Ferdinands und Isabells Tod. Die Nachricht, dass nur sie und seine beiden Enkel übrig waren.

Sie suchte noch nach den richtigen Worten, als er schon fragte. »Wo ist Ferdinand? Wo seid ihr untergekommen? Seit wann seid ihr hier? Sind Isabell und die Kinder wohlauf?«

»Ja, den Kindern geht es so weit gut ... es ist nur ...« Sie wusste, dass sie die richtigen Worte nicht finden würde. Die richtigen Worte gab es nicht. Sie kam sich grausam vor, als sie von Ferdinand und Isabell sprach und der Vater in seinem Sessel zu schrumpfen schien. Er weinte bitterlich, und die Trauer schluckte ihre Freude, ihn endlich an ihrer Seite zu haben.

Frau Ludwig brachte Tee, stellte das Tablett ab und zog sich sofort mit einer gemurmelten Entschuldigung zurück. Als ihr Vater sich einigermaßen gefasst hatte, sprachen sie lange. Sie erzählte von Gut Anquist, von ihrem Leben in der Hütte, von Karl Lüders' Besuch, von Alfred und Luise Brandner und auf welchem Weg sie die sowjetische Zone verlassen hatten. Er sprach von den Wochen im Prenzlauer Gerichtsgefängnis, von den Verhören und seiner Verlegung nach Fünfeichen. Er zählte eine lange Liste von Freunden und Bekannten auf, die er dort wiedergetroffen hatte. Viele davon Großgrundbesitzer.

»Niemand von uns hat je eine Anklageschrift gesehen oder auch nur gesagt bekommen, was man ihm zur Last legt. Als es dann hieß, dass man uns nach Russland bringen würde ...« Er schüttelte den Kopf, nahm die hauchdünne Teetasse, beugte sich vor und führte sie zitternd zum Mund. Clara dachte, dass es Zeit brauchen würde. Viel Zeit. Es würde Wochen, vielleicht Monate dauern, bis er wieder bei Kräften war.

Als er die Tasse abstellte, blieb er vorgebeugt sitzen und blickte in den Tee. »Wir hatten keine Hoffnung mehr und dann ... in all dem Unglück Glück. Sie luden uns auf Lastwagen. Wir waren die Letzten in dem Konvoi, und der Lkw blieb nach wenigen Kilometern liegen. Die anderen fuhren weiter, bemerkten nicht, dass sie uns verloren hatten. Das war unsere Chance.« Jetzt brachte er sogar ein kleines Lächeln zustande. »Wir waren acht Gefangene auf dem Wagen, darunter vier junge Männer. Die haben erst den Soldaten, der uns auf der Ladefläche bewachte, und dann den Fahrer überwältigt. Wir sind einfach losgerannt, haben uns tagsüber versteckt und sind nachts unterwegs gewesen. Ich wollte euch holen, aber mir ging es gesundheitlich nicht gut. Also haben die anderen gelost, und Karl Lüders hat es übernommen, euch Bescheid zu sagen. Und jetzt ... Ferdinand und Isabell ...« Wieder begann er zu weinen.

Dass Clara geplant hatte, am Montag mit den Brandners nach Hamburg weiterzufahren, war jetzt vergessen. »Seit zwei Wochen wohnen wir in einer Flüchtlingsunterkunft«, sagte sie und zeigte auf den Rucksack, den sie neben sich abgestellt hatte. »Da sind unsere Papiere, Geld und der Schmuck drin. Kann ich den bei dir lassen? Almuth hat den Rucksack mit den Bildern. Den bringe ich dir morgen.«

Heinrich Anquist schüttelte den Kopf. »Aber nein. Du holst Almuth und die Kinder, und ihr kommt noch heute her. Das hier ist Christel Ludwigs Privatwohnung, und sie hat angeboten, uns auch das hintere Zimmer zu überlassen, sobald ihr hier seid.«

Wie auf ein Stichwort stand Frau Ludwig in der Tür. »Ich habe den ganzen Tag in der Pension zu tun, bin nur zum Schlafen hier, da reicht mir ein Zimmer«, trällerte sie und führte Clara in einen Raum mit einem großen Ehebett. Clara hatte nur Augen für dieses Bett mit den weißen Laken und zwei dick aufgeschüttelten Federbetten.

»Schlafen«, dachte sie, »hier schlafen. Das wäre wunderbar.«

Es dämmerte bereits, als sie in die Kälte hinaustrat, um Almuth und die Kinder zu holen, während ihr Vater seine Rechnung bezahlte und alles weitere mit Christel Ludwig besprach. Neue Schneewolken waren aufgezogen, lagen tief über der Stadt, aber sie hatte keinen Blick dafür, war ganz damit beschäftigt, dass sie alle vier in dieser Nacht in einem richtigen Bett schlafen würden. Sie betrat die Aula, die als eine Art Aufenthalts- und Speisesaal diente. Almuth saß mit den Kindern an einem der Tische, und Clara lief auf sie zu, nahm Konrad hoch und strahlte Almuth an. »Er ist da«, sagte sie. »Er ist hier in Lübeck, und wir ziehen noch heute Abend zu ihm. In ein richtiges Zimmer mit Bett!«

Da erst fiel ihr Blick auf Alfred und Luise Brandner, die am Nachbartisch saßen. Die hatte sie ganz vergessen. Brandner stand auf und sagte mit einer Stimme, die seine Worte Lügen strafte: »Das freut mich.« Er bemerkte es selbst, räusperte sich und fragte: »Wird es denn bei unserer Abreise am Montag bleiben? Ihr Herr Vater kann selbstverständlich mitkommen.«

Über eine Zukunft, über die nächsten Tage oder gar Wochen hinaus, hatte sie mit dem Vater nicht gesprochen. »Ich weiß nicht, wie es jetzt weitergehen wird. Wir sind noch nicht dazu gekommen, darüber zu sprechen. Es ist nur so, dass er sehr krank ist und erst einmal nicht reisen kann.«

Sie sah, wie Brandner mit sich rang, aber es gelang ihm nicht, Enttäuschung und auch Wut zu verbergen. Luise war am Tisch sitzen geblieben und hatte die Hände vors

Gesicht geschlagen. Clara kam sich schäbig vor. Sie hatte Alfred Brandner viel zu verdanken. Er und Luise könnten längst in Hamburg sein, wenn er sich nicht für sie und die Kinder verantwortlich gefühlt hätte. »Aber Sie können gleich morgen weiterreisen und müssen auf uns keine Rücksicht nehmen. Und wenn ich mich irgendwie für Ihre Hilfe erkenntlich zeigen kann, würde ich das natürlich sehr gerne tun.«

Brandner schien abzuwägen, was er darauf antworten sollte. Dann schob er die Hände in die Taschen seiner abgegriffenen Jacke und sagte: »Vielen Dank, das ist sehr freundlich von Ihnen. Aber ... wenn das möglich ist, dann würde ich gerne mit Ihrem Vater sprechen.«

»Ja, natürlich!« Clara war erstaunt und erleichtert. »Kommen Sie doch morgen vorbei.« Sie gab ihm die Adresse der Pension, erklärte ihm den Weg zum Hinterhaus. »Mein Vater wird sich freuen, Sie kennenzulernen.«

Heinrich Anquist drückte Margareta immer wieder an sich, während Konrad misstrauisch Abstand hielt und schließlich zu Almuth flüchtete. Clara und Heinrich Anquist redeten noch eine Weile flüsternd. Almuth schlief mit Konrad im Arm auf dem Sessel und Margareta auf dem Bett des Großvaters. Clara kündigte ihrem Vater den Besuch der Brandners an und erzählte ihm, wie viel sie dem Mann zu verdanken hatte. »Wir sind ihm was schuldig«, sagte sie. Dann weckte sie Almuth, und sie trugen die schlafenden Kinder ins andere Zimmer. Almuth legte sich mit Konrad unter das eine Daunenbett und sie mit Margareta unter das zweite. Sie konnte ihr Glück kaum fassen. Zwischen den sauberen Laken dachte sie, dass sie hier erst einmal bleiben und in Ruhe überlegen könnten, wie es weitergehen sollte.

In dem kleinen Hinterhaus gab es eine Küche, die sie benutzen durften, und als sie aufstanden, erwartete ihr Vater sie bereits am gedeckten Tisch. Es gab Brot, gute Butter, Marmelade und echten Tee. Sogar zwei Gläser Milch für die Kinder standen auf dem Tisch. Clara betrachtete das Frühstück, kämpfte gegen die aufsteigenden Tränen an und dachte: »Alles wird gut!« Sie meinte, dass es ihrem Vater schon an diesem Morgen deutlich besserging, und als Frau Ludwig über den Hof kam und erfreut rief: »Gut sehen Sie heute aus, Herr Anquist. Was es doch ausmacht, wenn man die Enkelchen um sich hat«, fühlte Clara sich bestätigt. Leise fragte sie, woher die Lebensmittel kämen.

»Uns geht es gut«, trällerte Christel Ludwig zufrieden. »Die Engländer bringen in meiner Pension Offiziere und Verwaltungsbeamte unter, und die wollen ein ordentliches Frühstück und ein gutes Abendessen. Für meine englischen Gäste bekomme ich Sonderzuteilungen. Gute Sachen. Und reichlich.« Schon tänzelte sie wieder über den Hof zum Hintereingang der Pension und verschwand. Von ihrem Vater erfuhr Clara, dass ihre Unterbringung im Hause Ludwig einen stolzen Preis hatte, aber darüber wollte sie jetzt nicht nachdenken. Es war ein großes Glück, dass sie eine komfortable und sichere Bleibe hatten. Der Vater konnte zu Kräften kommen, und dann würden sie weitersehen.

Sie saßen noch am Frühstückstisch in der geheizten Küche, als es gegen neun Uhr an der Tür klopfte. Alfred und Luise Brandner standen vor der Tür. Clara bat sie herein und war peinlich berührt. Auf dem Tisch standen noch der Teller mit der guten Butter, die Marmelade und der schwarze Tee. Das Brot hatten sie zur Gänze aufgegessen. Sie wusste nur zu genau, wie die erste Mahlzeit des Tages in der Unterkunft ausgesehen hatte.

Almuth stand auf und ging mit Margareta und Konrad hinaus. Brandner drehte seine Mütze in den Händen. Luise stand neben ihm, betrachtete erst den Tisch und sah dann zu Clara mit einem Blick, der zu sagen schien: »Das ist also der Dank!«

Claras Vater stand auf, reichte Brandner die Hand und bat ihn und Luise, sich zu setzen. Für einen Moment dachte Clara daran, hinüberzugehen und Frau Ludwig um zusätzliches Brot zu bitten, um den beiden vom Frühstück anzubieten. Aber dann kam ihr die Geste hochmütig vor. Sie musste sich in der Küche erst zurechtfinden, fand dann aber Tassen und die Dose mit dem Tee und setzte Wasser auf.

Heinrich Anquist bedankte sich bei Brandner für die Unterstützung in den vergangenen Wochen, und auch er bot an: »Wenn ich Ihnen irgendwie helfen kann ...« Brandner druckste ein wenig herum, kam dann aber zur Sache. »Sehen Sie, wir haben alles verloren, sind völlig mittellos. Aber wir möchten Deutschland verlassen. Ich habe zufällig mitbekommen, dass Sie Freunde in Spanien haben.«

Anquist war erstaunt. »Woher wissen Sie das?«

Clara schenkte Tee ein, und Brandner rührte verlegen in seiner Tasse. »Ein Zufall. Ich war dabei, als der Brief aus Spanien auf dem Gut ankam.«

Den Brief hatte Clara im Durcheinander der letzten Monate ganz vergessen. Ein Neuanfang in Spanien war für sie ohne den Vater nicht in Frage gekommen. Günther Meininger war zwar zwei Mal aus geschäftlichen Gründen auf Gut Anquist zu Besuch gewesen, aber das war viele Jahre her. Sie setzte sich an den Tisch und erzählte dem Vater von ihrem Brief an Meininger und die Einladung, die der, zusammen mit den Einreisepapieren, geschickt hatte. Meiningers Antwortschreiben steckte in dem Bündel mit der privaten Korrespondenz ihres Vaters in einem der Koffer.

Heinrich Anquist las aufmerksam den Brief, betrachtete die Einladung und die Bürgschaft, die mit offiziellen Stempeln der Stadtverwaltung Granada beglaubigt war, und blieb dann lange still. Schließlich sagte er: »Vielleicht sollten wir das wirklich in Erwägung ziehen.«

Clara sah, wie Luise Brandner ihrem Vater einen kurzen Blick zuwarf, den sie nicht einordnen konnte. Zufriedenheit, fast Triumph lagen darin. Luise war ihr ein Rätsel. Sie mochte Mitte zwanzig sein, war recht hübsch, und Clara fand es erstaunlich, dass sie nicht verheiratet war. Sie schien alles ihrem Vater zu überlassen, stand schweigend neben oder hinter ihm und wirkte immer ein wenig schüchtern. Trotzdem hatte Clara den Eindruck, dass sie den Ton angab.

Alfred Brandner senkte verlegen den Kopf und sagte schließlich: »Ich will keinen Hehl daraus machen, dass meine Hilfe nicht ganz selbstlos war. Ich hatte gehofft, dass wir vielleicht mitkommen könnten.«

Und so, als wollte Luise Claras Gedanken über sie bestätigen, mischte sie sich ein und korrigierte ihren Vater. »Natürlich nur, bis wir in Spanien sind. Danach würden wir Ihnen nicht weiter zur Last fallen.«

Was sie sagte, klang fast unterwürfig. Wie sie es sagte, ganz und gar nicht.

KAPITEL 20

Köln, Frühjahr 1993

In den folgenden Wochen trifft Anna ihre Mutter immer öfter betrunken an. Wie vor dreißig Jahren scheint sie die Kontrolle verloren zu haben, und in Anna steigen Bilder aus jener Zeit auf, als ihr Vater fortgegangen war. Die Angst, mit der sie als Kind in der Schule gesessen hat, auf das letzte Klingeln wartend, um endlich nach Hause zu laufen und nach der Mutter zu sehen. Immer mit dem Gedanken beschäftigt, dass sie gestürzt sein könnte, weil sie – wie der damalige Wirt des Dönekes es nannte – den einen Schnaps zu viel gekippt hatte.

Manchmal steht sie in den Unterrichtspausen am Fenster eines Klassenzimmers und denkt darüber nach, wie sich die Dinge wiederholen oder, genauer, wie sie aneinander anknüpfen. So als trägt man ein Bündel von Lebensfäden in der Hand, von denen man den einen oder anderen verliert und dann wieder aufnimmt. Aufnehmen muss, weil der Faden nicht zu Ende ist, sondern nur in einem Augenblick der Unachtsamkeit aus der Hand gerutscht ist. Hier steht sie mit der gleichen Sorge, blickt auf die Kinderschar im Hof und wartet auf das Unterrichtsende, um nach der Mutter zu sehen.

Heute wie damals fühlt sie sich schuldig. Damals war es nur eine diffuse Ahnung, aber heute kann sie die Dinge sortieren und Zusammenhänge erkennen. Die Mutter trinkt, seit Anna mit Hartnäckigkeit in der Geschichte gegraben hat. Seit Anna sie genötigt hat, sich an den tragischen Tod der Nichte und des Neffen zu erinnern.

Wie jeden Tag fährt Anna auch heute von der Schule aus direkt zur Mutter. Wie würde die sie heute empfangen? Angetrunken und schimpfend? Lallend und jammernd, oder auf dem Sofa liegend und nicht mehr ansprechbar? Lange konnte das so nicht weitergehen, und sie denkt darüber nach, eine Beratungsstelle aufzusuchen, als sie von weitem sieht, dass ein Krankenwagen in der Straße steht. Aus dem Haus Nummer 17 kommen zwei Sanitäter und schieben eine fahrbare Liege über den schmalen Weg zur Straße. Sie hält unmittelbar hinter dem Krankenwagen, läuft auf die Sanitäter zu und blickt auf die Liege.

»Mama!« Sie wendet sich an die Sanitäter. »Was ist mit ihr? Was ist passiert?«

Einer der Männer mustert sie mit kritischem Blick. »Ein Sturz auf der Treppe, aber nicht dramatisch«, sagt er schließlich. »Die Verletzungen sind nicht das Problem. Die Frau hat eine massive Alkoholvergiftung.« Er bemüht sich, es so neutral wie möglich zu sagen. Aber Anna hört den Vorwurf, meint hinter seiner Stimme die der Mutter zu hören. »Deine Schuld! Alles deine Schuld!«

Sie laden die Liege in den Krankenwagen und fahren mit Martinshorn und Blaulicht ab. Nur wenige Minuten nach ihnen erreicht auch Anna das Krankenhaus. Zwei Stunden wartet sie, trinkt Automatenkaffee und bangt.

Dann endlich spricht ein Arzt mit ihr. »Prellungen, ein gebrochener Finger und eine Gehirnerschütterung«, sagt er. »Kleinigkeiten. Aber Ihre Mutter hat drei Promille Alkohol im Blut, und das ist keine Kleinigkeit.«

Er wartet. Wo soll sie anfangen? »Seit einem halben Jahr trinkt sie«, sagt Anna, aber der Arzt schüttelt den Kopf.

»Das kann nicht sein. Die Leberwerte Ihrer Mutter sagen etwas anderes.«

Sie schüttelt den Kopf. »Sie trinkt schon immer abends zwei oder drei Gläschen Wein oder ein paar Bier. Aber mäßig.« Sie blickt verlegen zu Boden. Das sind die Formulierungen ihrer Mutter. Hat Anna tatsächlich gerade von ein paar »Gläschen Wein« gesprochen, von »mäßig«? Sie spürt, wie ihr die Röte ins Gesicht steigt. »Ich meine ... seit einem halben Jahr trinkt sie wieder Hochprozentiges.«

Er sieht auf seine Uhr, presst die Lippen kurz aufeinander und sagt: »Wir können ihren Zustand überwachen und müssen abwarten, bis der Alkohol abgebaut ist. Ihre Mutter hat eine ausgeprägte Leberzirrhose. Ich will Sie nicht verschrecken, aber sie muss dringend ihr Alkoholproblem angehen, sonst sind die Aussichten schlecht.« Er reicht Anna die Hand und verschwindet hinter einer der vielen Türen.

Clara Meerbaum liegt in einem Überwachungszimmer. Durch ein Fenster betrachtet Anna das blasse Gesicht mit dem leicht lila schimmernden Haar, und sie kann nicht verhehlen, dass sie auch erleichtert ist. Hier wurde alles für sie getan, und in den nächsten Tagen musste Anna nicht Tag für Tag in Sorge sein, könnte nachts vielleicht endlich wieder durchschlafen. Und möglicherweise kam ihre Mutter nach diesem Erlebnis zur Vernunft.

Clara Meerbaum liegt einige Tage in einer Art Dämmerschlaf. Manchmal ist sie wach, aber orientierungslos. Der Alkoholentzug macht ernste Probleme, und Anna gesteht sich beschämt ein, dass sie all die Jahre weggeschaut hat.

Es vergeht eine Woche, bis Anna sie zum ersten Mal ansprechbar antrifft. An den Unfall auf der Treppe kann sie sich nicht erinnern. Sie sitzt im Bett, an der linken Hand der geschiente Ringfinger, der rechte Handrücken rund um den Venenzugang grün und blau. Tiefe Linien ziehen sich von den Nasenflügeln bis zum Mund, die Augenschatten schimmern violett, und selbst ihr Blick scheint gealtert. Anna meint zu sehen, dass die Mutter die letzten Tage die Kraft von Jahren gekostet hat. Sie hat lange mit dem Arzt gesprochen. »Wir werden Ihre Mutter noch einige Tage hierbehalten, aber wenn wir sie entlassen und sie in ihrer Wohnung sich selbst überlassen ist ... Ich habe mit ihr über die Möglichkeit einer Therapie gesprochen. Wir könnten sie von hier aus direkt in eine Einrichtung für Suchtkranke überweisen, aber sie will nicht. Es wäre gut, wenn Sie noch einmal mit ihr sprechen.«

Sie betrachtet das alte Gesicht und nimmt die Hand der Mutter. »Mama, der Arzt hat ja schon mit dir gesprochen und ...«

»Ich bin keine Alkoholikerin!«, keift sie sofort und zieht ihre Hand zurück. »Ich hab in den letzten Wochen ein bisschen viel getrunken, aber das war deine Schuld! Weil du nie Ruhe gibst. Weil du immer weiter in der Vergangenheit wühlst, bis du endlich alles ans Licht gezerrt hast. Du weißt ja nicht, was du mir antust!« Sie verfällt in den jammernden Ton, den Anna so gut kennt, mit dem die Mutter sie beherrscht. Aber dieses Mal ist sie nicht bereit nachzugeben.

»Hör auf damit! Hör endlich auf, mich für alles verantwortlich zu machen. Du bist Alkoholikerin, und wenn du diese Therapie nicht machst, ist das deine Entscheidung. Aber auf mich kannst du dann nicht mehr zählen.« Anna schluckt, ist selbst erschrocken über die Lautstärke und Entschiedenheit, mit der sie spricht. Und sie ist erstaunt, denn die Mutter bleibt lange still. Für einen Moment meint Anna, ihn wieder zu sehen. Diesen ängstlich flatternden Blick. Aber dann hört sie die Mutter in beleidigtem, trotzigem Ton sagen: »Lass mich jetzt allein.«

Nachmittags sitzt Anna an ihrem schwebenden Esstisch und schiebt den einen Satz in ihrem Kopf hin und her. »Weil du immer weiter in der Vergangenheit wühlst, bis du endlich alles ans Licht gezerrt hast ...« Gibt es noch mehr, das im Verborgenen liegt? Und dann ist er wieder da. Der große graue Hund der Angst kommt auf sie zu. Herzklopfen. Zwei, drei Mal schnappt sie nach Luft. Dann atmet sie ruhig, und das Tier dreht ab.

Ganz absichtslos steht sie später an ihrem Schreibtisch, öffnet die unterste Schublade und nimmt das Notizbuch heraus. Irgendwo ist diese Visitenkarte des Architekten aus Hamburg. Ab Montag hat sie eine zweitägige Fortbildung in Bad Segeberg. Das ist nicht weit von Hamburg. Sie findet die Karte und sieht auf die Uhr. Kurz vor sechs. Es gibt nur die Telefonnummer des Architekturbüros. Sie wählt trotzdem, vielleicht ist noch jemand dort.

Es meldet sich der Anrufbeantworter: »Leider rufen Sie außerhalb unserer Geschäftszeiten an, aber wenn Sie uns eine Nachricht hinterlassen, melden wir uns umgehend zurück.«

Sie räuspert sich. »Mein Name ist Anna Meerbaum, ich habe Ihre Telefonnummer von Josef Sobitzek. Meine Mutter Clara ist eine geborene Anquist, und ich habe eine Bitte. Vielleicht könnten Sie mir Abzüge von den Fotos machen, die Herr Sobitzek Ihnen gegeben hat. Ich bin Montag und Dienstag in Bad Segeberg und könnte sie abholen. Es wäre nett, wenn Sie sich zurückmelden. Ich bin nachmittags und abends zu erreichen. Meine Telefonnummer lautet ...«

KAPITEL 21

Hamburg, Frühjahr 1993

Übers Wochenende ist das Thermometer auf zwanzig Grad geklettert, und die Stadt hat in aller Eile den grauen Wintermantel gegen ein buntes Kleid getauscht.

Das Architekturbüro »Dietz« liegt im Erdgeschoss einer alten Villa an der Außenalster und erlaubt einen weiten Blick übers Wasser. Es ist später Nachmittag. Joost Dietz steht an der Glasschiebetür und sieht den Ausflugsschiffen und Segelbooten zu. Das Wasser glitzert in der Sonne.

Vor über zwanzig Jahren hat er sich selbständig gemacht und sich auf die Sanierung und Restaurierung historischer Gebäude spezialisiert. Seine Auftraggeber sind selten Privatpersonen, sondern fast immer Bundesländer, Städte oder Stiftungen. Die Begeisterung für die aufwendige Architektur vergangener Jahrhunderte hatte ihn schon im Studium gepackt, und er konnte sich wochenlang mit kleinsten Details beschäftigen, bis er genau wusste, wie es im Original ausgesehen hatte. In einer Vitrine im Konferenzraum stehen diverse Auszeichnungen, die er im Laufe der Jahre bekommen hat. Trotz des Erfolges ist sein Unternehmen mit sechs Angestellten klein geblieben. Das ist seinem Bedürfnis geschuldet, alles im Blick zu haben.

Schon als Kind wurde er unruhig, wenn er nicht wusste, wo seine Eltern oder Geschwister sich gerade aufhielten. Sie mussten nicht in seiner Nähe sein, aber er brauchte einen konkreten Ort, wo sie zu finden waren. Natürlich hatte sich das im Laufe seines Lebens gelegt, aber seine Beziehungen zu Frauen waren wohl auch daran immer wieder gescheitert.

Seit der Wiedervereinigung kann er sich vor Aufträgen kaum retten und hat – neben zwei Objekten in Leipzig und Potsdam – auch noch ein kleines Hotelprojekt in der Uckermark angenommen, das von einer Investmentgesellschaft finanziert wird. Eigentlich wollte er den Auftrag ablehnen, aber dann hatte er sich die Unterlagen genauer angesehen, war fasziniert gewesen und spontan hingefahren.

Seinem Schreibtisch gegenüber zieht sich eine Magnettafel über die ganze Breite der Wand. Die Fotos, die drei lange Reihen bilden, hat er bei seinem Besuch vor Ort gemacht. Sie zeigen die Gebäude im heutigen Zustand. Das Gut war zu DDR-Zeiten als Verwaltung und Lager der LPG genutzt worden. Die ursprüngliche Bebauung ist unverändert, aber der Pferdestall und das Wohnhaus sind im Laufe der Jahre im Innern immer wieder den jeweiligen Anforderungen angepasst worden. Das Gutshaus ist ein zweigeschossiger Putzbau auf einem Natursteinsockel. Das Walmdach mit den eingelassenen Giebelfenstern ist an einigen Stellen eingedrückt. Eine breite, sich verjüngende Freitreppe führt zum Portal. Im Putz ist noch zu erkennen, dass der Portalbogen einmal mit Stuckarbeiten verziert war und sich in der Mitte ein Wappen befunden hat. Die Innenaufnahmen zeigen eine großzügig angelegte

Holztreppe, die von der Eingangshalle in den ersten Stock führt. In den hohen Räumen sind die Umrisse von entfernten Deckenrosetten und zugemauerten Kaminen zu erkennen. Die hohen Türen sind herausgenommen und Betonstürze im üblichen Türmaß eingezogen worden.

Die zweite Bilderreihe an der Magnetwand zeigt den langgezogenen ehemaligen Pferdestall in Zementgrau. Einige der ursprünglich zweigeteilten Türen, wie sie für Pferdeboxen typisch waren, sind durch Eisentüren ersetzt worden, aber zwei der alten Boxentüren sind erhalten. Eine offene Remise und eine Scheune mit einem Flaschenzug im First schließen den Innenhof im Osten ab. Joost ist nie zuvor in der Uckermark gewesen, und doch hat er eine vage Vorstellung davon, wie das Gut einmal ausgesehen hat. Selbst von dem Wappen über dem Portal hat er ein diffuses Bild. Aber was ihn seit seinem Besuch dort nicht aus dem Sinn geht, ist, dass er von dem See gewusst hat.

Er hatte Josef Sobitzek aufgesucht und war mit ihm zusammen zum Gut gefahren. Sie standen auf dem Hof, und er hatte auf das Waldstück geblickt und gesagt: »Hinter dem Wald. Kann es sein, dass da ein See liegt?« Und Sobitzek hatte genickt. Im Hotel war er alle Unterlagen noch einmal durchgegangen, dachte, dass der See vielleicht auf den Plänen eingezeichnet war oder in den Beschreibungen erwähnt wurde. Nichts. Alle Unterlagen beschäftigten sich mit den Gebäuden. Nirgendwo ein Hinweis auf den See.

In den Tagen danach war er in Potsdam, Templin und in Larow gewesen und hatte nach allem gesucht, was ihm Auskunft über das Gut Anquist von vor 1945 geben konnte. Aber die Ausbeute war so dürftig, wie er es bei keinem anderen Objekt erlebt hatte. Er hatte sich sogar mit der deutschen Botschaft in Spanien in Verbindung gesetzt, weil Josef Sobitzek davon gesprochen hatte, dass die Familie Anquist nach Kriegsende dorthin auswandern wollte. Alles war ohne Ergebnis geblieben. Lediglich die Abschrift einer Besitzurkunde aus dem Jahre 1870 über den Grundbesitz von hundertzwanzig Hektar Land auf den Namen Anquist und einen groben Grundriss des Wohnhauses hatte er auftreiben können. Außerdem die fünf Fotos, die Sobitzek ihm überlassen hatte, und zwei Außenaufnahmen, die er in Templin in einem Archiv gefunden hatte.

Jetzt endlich kam Bewegung in die Sache. Clara Anquists Tochter hatte sich gemeldet und ihren Besuch angekündigt. Dabei hatte er schon aufgegeben, jemanden von den Anquists zu finden. Und nun zeigt sich, dass Clara Anquist in Köln lebt.

Er hört den Gong an der Haustür und sieht auf die Uhr. Es ist tatsächlich schon halb sechs. An der Tür ist er überrascht, hat ein Abbild ihrer Mutter erwartet. Aber Anna Meerbaums Haar ist rötlich und kurz. Auch sie ist hochgewachsen, wie die Frau auf den Fotos, aber ihr Gesicht ist runder, und es fehlt dieser selbstsichere, stolze Blick, den er auf den Fotos bei Clara Anquist ausgemacht hat.

Anna Meerbaum trägt Jeans und einen flaschengrünen, weiten Pullover aus dünner Baumwolle, der perfekt zu ihren Haaren passt. Dass er sich freut, sagt er, bietet Kaffee an, und sie nimmt dankend an. In der kleinen Teeküche fasst sie sich immer wieder an den Nacken und schiebt nervös die Ärmel ihres Pullovers hoch. Er fragt, ob sie gut hergefunden hat. Sie bejaht und findet bewundernde Worte für die schöne alte Villa. Da ist er in seinem Element, erzählt von der wechselhaften Geschichte des Hauses, von der aufwendigen Renovierung. Er findet sie sympathisch, mag die Vorsicht, mit der sie fremdes Terrain betritt. »Wir residieren hier im Erdgeschoss, im ersten Stock gibt es eine Rechtsanwaltskanzlei, und im Dachgeschoss wohne ich«, sagt er, als sie mit ihren Kaffeebechern in der Hand in sein Büro hinübergehen.

Anna bleibt sofort an der Magnetwand stehen. »Ich war letztes Jahr im Oktober dort«, sagt sie. Dann wandert ihr Blick hinunter, zu den alten Fotos, die unter diversen Bildern von den Stallungen angebracht sind. Neben den fünf kleinen Originalen hängen Ausschnittvergrößerungen von den Innenaufnahmen. Joost schiebt die Magnete zur Seite und reicht ihr die kleinen, sepiafarbenen Bilder mit den gezackten Rändern.

Das erste Bild zeigt viele Menschen auf der Freitreppe vor dem Haus. In der Mitte, direkt vor der Balustrade, steht ein Brautpaar. Auf der Rückseite ist in feiner Bleistiftschrift notiert: »Hochzeit Ferdinand und Isabell 1938«.

Auf dem zweiten Foto sind vier Männer und zwei Frauen vor den Stallungen zu sehen. Alle sind in Reitkleidung und halten Pferde an den Zügeln. Das Brautpaar vom vorherigen Foto erkennt sie wieder. Joost zeigt auf die blonde Frau in der Mitte: »Das ist Ihre Mutter.« Anna bringt das Bild nah an ihre Augen und schluckt. Sie dreht es um, aber auf der Rückseite ist kein Vermerk, und sie schiebt es eilig unter die anderen.

Das nächste Bild zeigt eine Gruppe von Landarbeitern und Hausangestellten auf dem Innenhof, vor der Remise. Die Frauen tragen weiße Schürzen, und am Rand steht eine korpulente Frau, die Hände in die Hüften gestemmt. Anna Meerbaum wirkt plötzlich angespannt. Joost zeigt auf einen jungen Mann in der vorderen Reihe. »Das ist Sobitzek«, sagt er. »Sie haben ihn ja kennengelernt. Kaum vorstellbar, nicht wahr?«

Sie nickt, scheint ihm aber nicht zuzuhören, sondern nimmt die letzten beiden Bilder. Sie sind im Haus entstanden. »Die hat Josef Sobitzek nach dem Krieg im Haus gefunden«, erklärt Joost. Anna reagiert nicht, und er betrachtet sie mit Sorge.

Das erste Foto zeigt einen Salon. Auf einem Biedermeiersofa sitzt Ferdinand in dunklem Anzug und Weste, in der Mitte ein Mädchen von vielleicht drei Jahren in einem weißen Kleidchen mit vielen Rüschen, und auf der anderen Seite des Sofas Isabell. Ihr Kleid ist unter der Brust gerafft, der schwangere Bauch aber gut zu erkennen. Hinter dem Sofa steht ein älterer Mann, ebenfalls im dunklen Anzug, und neben ihm die blonde Frau, vielleicht Anfang oder Mitte zwanzig, in einem hellen Kleid mit V-Ausschnitt. Das andere Bild ist ähnlich und offensichtlich im gleichen Salon aufgenommen. Diesmal stehen die beiden Männer links und rechts an einem hohen Kamin, die Frauen sitzen auf Stühlen davor. Isabell in einem dunklen Kleid mit weißem Spitzenkragen, die blonde Frau in einem Kostüm. Sie hat das Mädchen auf dem Schoß, und Isabell hält einen Säugling im Arm. Auf den Rückseiten fehlt das Datum, aber die Namen sind aufgelistet. »Heinrich Anquist, Clara, Ferdinand, Isabell, Margareta und Konrad«.

Anna zeigt auf die Bleistiftschrift. »Wer hat das geschrieben?«, fragt sie mit heiserer Stimme.

»Josef Sobitzek«, antwortet Joost und betrachtet sie mit zunehmender Sorge.

Sie schüttelt den Kopf. »Aber das ist doch Unsinn«, sagt sie leise und ringt um Atem.

Er fasst nach ihrem Arm. »Kommen Sie, setzen Sie sich.«

Sie schüttelt den Kopf, lässt die Fotos fallen und wankt zur Schiebetür, die auf die Terrasse führt. Er öffnet die Tür und schiebt draußen einen der Korbstühle zurecht. Dann läuft er in die Teeküche und holt ein Glas Wasser. Als er ihr das Glas reicht, nimmt sie es mit zittriger Hand, aber ihr Atem geht schon gleichmäßiger.

»Entschuldigung«, sagt sie und weicht verlegen seinem besorgten Blick aus.

»Alles gut«, sagt er freundlich, zieht einen zweiten Stuhl heran und setzt sich neben sie. Er fragt nicht, lässt ihr Zeit. Sie blicken über die Außenalster, wo in der Dämmerung die letzten Segelboote den gegenüberliegenden Hafen ansteuern. Durch den Garten schlängelt sich eine Natursteintreppe bis ans Wasser hinunter. In der Hecke zum Nachbargrundstück blühen Forsythien. Die Luft riecht feucht. Eine schwarzweiße Katze geht hocherhobenen Hauptes über die Terrasse.

»Das ist Piet«, versucht Joost es mit einem unverfänglichen Thema. »Der ist uns zugelaufen und seit drei Jahren unser Bürokater.« Sie lächelt dankbar, und er erzählt im Plauderton weiter. Erst von dem Kater, der eines Morgens mit einer verletzten Pfote im Garten gehockt hatte, und dann von sich. Dass sein Bruder Hanno ihm hier auf der Außenalster das Segeln beigebracht hat, dass er aber nur noch selten dazu kommt. Er spricht von seiner Arbeit.

Dass er viel unterwegs ist, erzählt von Potsdam und Leipzig. Er macht eine kleine Pause. Und dann tut Joost Dietz etwas, das er sehr selten tut. »Wissen Sie«, hört er sich sagen, »die Dietzens sind nicht meine richtigen Eltern. Ich bin ein Findling.«

Sie sieht auf, und wie immer, wenn er davon spricht, gehört ihm sofort die ganze Aufmerksamkeit. »Sie haben mich im Winter 1947 gefunden und mitgenommen. Da war ich ungefähr drei Jahre alt.«

»Und Ihre Eltern?«, fragt Anna.

Er zuckt mit den Schultern. »Ich habe es erst mit vierundzwanzig Jahren erfahren. Damals hat es Tausende von Waisen oder auf der Flucht verlorengegangene Kinder gegeben. Ich habe mich mit dem Roten Kreuz in Verbindung gesetzt und mit den alten Suchmeldungen beschäftigt, aber nichts herausgefunden.« Er lächelt. »Ich habe vor langer Zeit meinen Frieden damit gemacht.« Plötzlich weiß er, warum er ihr davon erzählt. Es ist der Bogen zurück zu seinem eigentlichen Anliegen. »Eigentlich tun Sie das Gleiche, was ich vor Jahren getan habe. Sie suchen nach Ihrer Familiengeschichte. Wenn möglich, würde ich sehr gerne mit Ihrer Mutter sprechen. Sie wird mir sicher viel über Gut Anquist erzählen können.«

Anna sieht ihn kurz an und blickt wieder auf das Wasser. »Ja, das kann sie sicher. Es ist nur … Das mit den Fotos muss ein Missverständnis sein. Die Frau auf den Bildern ist nicht meine Mutter.«

KAPITEL 22

Lübeck, Frühjahr 1946

Heinrich Anquist wollte in Ruhe über die Möglichkeit nachdenken, in Spanien einen Neuanfang zu wagen. Er hatte zu Brandner gesagt: »Sie haben meiner Tochter sehr geholfen, und ich wäre bereit, meinen Freund um eine Einladung für Sie zu bitten. Aber Sie müssen verstehen, dass ich das nur tun kann, wenn wir selbst auch reisen. Das kommt jetzt alles sehr plötzlich.« Brandner war die Enttäuschung anzusehen, aber er hatte genickt. Sie einigten sich auf eine Woche Bedenkzeit. So lange wollten Alfred und Luise Brandner in der Unterkunft bleiben.

In den folgenden Tagen führten Heinrich und Clara Anquist lange Gespräche, loteten aus, wie es weitergehen könnte. Während Clara sich immer mehr für einen Neuanfang in Spanien erwärmte, saß der Vater oft völlig abwesend da oder sprach auf einmal von Ferdinand und Isabell. Er war schnell erschöpft, und Clara, die gehofft hatte, dass er die Verantwortung für die Zukunft der Familie wieder übernehmen würde, fühlte sich nach solchen Gesprächen einsam. Dass er sie und die Enkel wieder um sich hatte, hatte ihn für einen Moment gestärkt, aber den Verlust des Sohnes konnte er nicht verwinden.

Täglich besprachen sie die aktuelle politische Entwicklung. Wenige Tage zuvor war die Gründung der Bizone – der wirtschaftliche Zusammenschluss der englischen und amerikanischen Besatzungszone – in Kraft getreten. In den Zeitungen war von unüberwindbaren Spannungen mit Stalin zu lesen, und durch die Stadt flüsterte schon wieder das Wort »Krieg«.

Heinrich Anquist sprach es nicht aus, aber er schien immer noch auf eine Rückkehr in die Uckermark zu hoffen, sagte Sätze wie: »Es braucht Zeit, aber vielleicht regeln sich die Dinge, und dann sitzen wir im fernen Spanien«, oder: »Die Russen werden sich mit den anderen Besatzern einigen. Das geht doch gar nicht anders.« Er war zwei Mal in Granada gewesen und hatte Günther Meininger besucht. Zuletzt 1943. Spanien hatte sich aus dem Krieg herausgehalten, aber es war ein armes Land, das unter der Herrschaft Francos Bürgerkrieg geführt hatte. Die Unruhen konnten jederzeit neu aufflammen. Meininger hatte gesagt: »Wenn man sich aus der Politik raushält, lässt es sich mit einer Pferdezucht gut leben. Boden und Arbeit sind billig, aber das Land ist instabil.« All das führte der Vater an, und Clara hielt ihm die unsichere Zukunft Deutschlands entgegen.

Sie brachte in Erfahrung, dass sie nicht nur eine Einreisegenehmigung aus Spanien, sondern auch eine Ausreisegenehmigung der Engländer brauchten. Dazu mussten sie einen Entnazifizierungsbescheid vorlegen. Clara holte die Fragebögen für sich und den Vater im Rathaus ab. Almuth war gerade erst achtzehn und brauchte einen solchen Bescheid nicht. Die Prüfung und Bearbeitung, so wurde ihr gesagt, würde Wochen dauern, bei Unklarheiten sogar

Monate. Während sie diese Nachricht enttäuschte, nahm ihr Vater sie geradezu erleichtert auf. Auch Christel Ludwig war zufrieden. Almuth und Clara gingen ihr in der Pension zur Hand, und sie liebte es, die Kinder um sich zu haben.

»Sehr schön«, rief sie erfreut, nahm Konrad auf den Arm und zog Margareta an sich. »Dann habe ich euch beide noch ein bisschen bei mir.« Margareta klatschte vor Freude in die Hände. »Tante Christel«, wie die Kinder sie nannten, war mit Major Welsh, der in der Pension wohnte, befreundet. Clara und Almuth zwinkerten sich immer zu, wenn Frau Ludwig »ein Freund« sagte, denn es war nicht zu übersehen, dass er weit mehr als das war. Die Kinder liefen, sobald sie die Pension betraten, zuerst in den Speisesaal, wo die Gäste frühstückten und Major Welsh immer ein Stück Schokolade für sie bereithielt.

Eine Woche später standen die Brandners wieder vor ihrer Tür. Sie setzten sich in die Küche. Alfred Brandner hatte den Stuhl zur Seite gedreht, saß vorgebeugt und stützte sich mit den Ellbogen auf den Knien ab. Wie immer hielt er seine Mütze in Händen und drehte sie unruhig. Seine Anspannung schien den ganzen Raum zu füllen und löste sich erst, als Heinrich Anquist sagte: »Wir haben uns noch nicht entschieden auszureisen, aber wir bereiten alles vor, um jederzeit die Möglichkeit zu haben. Ich werde mich bei Günther Meininger für Sie und Ihre Tochter verwenden. Ob er meiner Bitte nachkommt, kann ich natürlich nicht versprechen. Aber vielleicht kann er unsere Einreisegenehmigung erweitern lassen. Dann würden Sie, so wie auch Almuth, offiziell als meine Angestellten einreisen.«

Brandner schloss die Augen, atmete auf, ergriff dann die Hand des alten Anquist und sagte leise: »Vielen Dank. Sie werden es bestimmt nicht bereuen.« Dann sprachen sie über die Ausreisegenehmigung, den Fragebogen und den Entnazifizierungsbescheid, der erforderlich war. »Die Antwort aus Spanien, aber auch die Genehmigung zur Ausreise wird mehrere Wochen dauern.«

Alfred Brandner schluckte, und Luise ließ sich auf ihrem Stuhl zurückfallen und starrte wie blind auf den Tisch. In Heinrich Anquists Gesicht arbeitete es, und schließlich fragte er misstrauisch: »Sie haben doch kein Problem mit dem Fragebogen?«

Brandner schüttelte den Kopf. »Nein! Damit nicht. Ich war zwar Parteimitglied, musste man ja sein als Beamter. Und meine Frau war in der NS-Frauenschaft. Mehr war da nicht. Es ist nur…« Er sah zu Clara hinüber und sagte: »Sie kennen die Verhältnisse in der Unterkunft, und die Aussicht, noch wochenlang dort zu leben…« Er brach den Satz ab, sah sich um und machte eine weite Geste in den Raum. »Sie wollen den Bescheid sicher hier abwarten, und das kann ich auch verstehen.« Dann machte er einen Vorschlag, der alle zufriedenstellte. Er würde mit Luise nach Hamburg zu den Verwandten fahren und dort bleiben, bis alle Papiere zusammen waren.

Am nächsten Tag verfasste Heinrich Anquist den Brief an Günther Meininger und fragte Clara, was sie ihm über die Brandners erzählen könne, und sie musste eingestehen, dass es nicht viel war. »Sie sind aus Leitmeritz geflohen«, sagte sie. »Herr Brandner hat in der Stadtverwaltung gearbeitet. Als sie auf Gut Anquist ankamen, war seine Frau schon schwerkrank. Das Herz. Luise hat sich aufopfernd um sie gekümmert.« Sie dachte nach. »Frau Brandner hat erzählt, dass sie in Leitmeritz ein bescheidenes Haus mit Garten am Stadtrand besessen haben und die Tschechen sie aus ihrem Haus geprügelt haben. Sie haben nichts mitnehmen können, nur die Kleider, die sie am Leib trugen.«

Dass Frau Brandner auch gesagt hatte: »Wie die Tiere sind sie über die Frauen hergefallen«, sagte sie dem Vater nicht. Aber sie dachte an Luise. Vielleicht war das die Erklärung dafür, warum sie sich immer zu verstecken schien.

Schon in der folgenden Woche kam ein Brief aus Hamburg. Brandners wohnten bei Familie Grothe auf einem Hof in Lokstedt. Alfred Brandner schrieb, dass er sich bereits erkundigt habe. »Eine Reise über Land birgt Risiken. Wir müssten die französische Besatzungszone und Frankreich durchqueren, und man hört, dass eine Reise durch Frankreich für Deutsche nicht ungefährlich ist. Um Schwierigkeiten aus dem Weg zu gehen, könnten wir ein Schiff bis Bilbao nehmen und anschließend mit dem Zug durch Spanien, bis nach Granada.«

Clara war erleichtert. Da war es wieder, dieses »wir«, und sie fühlte sich sofort nicht mehr so allein. Sie war Brandner dankbar. So, wie sie es sich von ihrem Vater gewünscht hätte, nahm nun Brandner die Dinge in die Hand.

Mitte April kamen die Entnazifizierungsbescheide für Heinrich und Clara Anquist. Sie waren beide in die Gruppe V eingeordnet worden, galten damit als entlastet und konnten ihre Ausreiseanträge stellen. Und weil immer noch keine Post aus Spanien eingetroffen war, war Clara, was die Einladung für die Brandners betraf, zuversichtlich. Eine Absage wäre schnell formuliert und verschickt gewesen. Meininger war sicher damit beschäftigt, sich in Spanien um alles zu kümmern.

Allein der Gesundheitszustand von Heinrich Anquist machte weiterhin Sorgen. Manchmal ging es ihm tagelang gut, und er machte ausgedehnte Spaziergänge durch die Stadt, oder er verbrachte mit den Enkeln, Clara und Almuth die Nachmittage an der Trave. Aber dann litt er wieder an Schwindel, war erschöpft und verließ das Haus nicht. In diesen Zeiten sprach er viel von Ferdinand, Isabell und dem Gut. Clara hatte den Eindruck, dass er, immer wenn seine Genesung voranschritt, wie von einem Gummiband zurückgezogen wurde. Dann packte ihn wieder die Wehmut über alles, was verlorengegangen war.

Die Unterbringung in der Pension war kostspielig, und sie entschieden sich, einige der Bilder zu verkaufen. Frau Ludwig wusste von einem Kunsthändler, und Clara bot ihm das Bild von Johann Adam Ackermann an. Er wollte nur einen lächerlich geringen Preis zahlen, und als sie das Bild wieder einrollte, schimpfte er, dass er keine Schwarzmarktpreise bezahlen könne. Es war wohl diese Bemerkung, die sie auf die Idee brachte. Tagelang trieb sie sich am Bahnhof herum, bis ihr endlich jemand sagte: »Versuchen Sie es bei Rohde«, und ihr eine Adresse nannte.

Am 24. Juni ging Clara zu der angegebenen Adresse. Diesmal nahm sie auch die Bilder von Eberz, Nauen und Raupp mit. Sie fand Rohde im ersten Stock über einem Milchladen, wo er ein spärlich möbliertes Zimmer bewohnte. Durch ein verdrecktes Fenster fiel wässriges Licht. Der Mann war um die fünfzig, klein und sehr nervös. Sein Anzug aus gutem Tuch hatte seine beste Zeit vor etlichen Jahren gehabt. Er begutachtete die Bilder mit einer Lupe, die er sich vor das rechte Auge klemmte. Dann sah er auf. Die Lupe vergrößerte das Auge und gab Rohde ein groteskes Aussehen. Dann zog er die Augenbraue hoch und fing die fallende Lupe geschickt auf. Er bemäkelte, dass die Keilrahmen entfernt worden waren und der unsachgemäße Transport Schäden hinterlassen habe.

»In diesem Zustand sind die fast unverkäuflich«, erklärte er und tat erst desinteressiert und dann großzügig. Aber auch seine Angebote waren lächerlich niedrig. Als Clara sich anschickte, die Bilder wieder zusammenzurollen, erhöhte er Schritt für Schritt und kam dem Preis für das Bild von Nauen, den Clara mit ihrem Vater besprochen hatte, immer näher.

Da klopfte es an der Tür. Rohde erschrak, lief zum Fenster und blickte auf die Straße. Jetzt war er es, der die Kunstwerke eilig einrollte und flüsterte: »Stecken Sie sie wieder in Ihren Rucksack. Schnell!«

Clara verstaute die Rolle, und Rohde öffnete die Tür. »Polizei«, hörte sie, und ein Mann in Zivil und einer in Uniform betraten das Zimmer. Rohde stellte sich neben das Fenster und sagte: »Schon wieder Sie. Aber bitte, sehen Sie sich ruhig um. Ich habe nichts zu verbergen.«

Der Uniformierte öffnete Schranktüren, klopfte die Schrankwände ab und hob die Matratze aus dem Bett. Der andere verlangte Claras Papiere, öffnete den Rucksack und holte die Bilder hervor.

»Die gehören mir«, erklärte sie.

»Natürlich« sagte der Mann zynisch, »fragt sich nur, seit wann.«

»Ich hab sie ihr nicht verkauft«, rief Rohde sofort. »Sie wollte sie mir verkaufen, aber ich habe abgelehnt. Kann man ja nicht wissen, wo so was herkommt!«

Der Polizist sah ihn halb mitleidig, halb verächtlich an und murrte: »Mann, Rohde, halten Sie die Klappe.«

Claras Herz hämmerte. Der Mann in Zivil steckte ihre Papiere ein. Auf der Straße stand ein Auto, und sie fuhren zum Polizeigebäude am Dom. Immer wieder erklärte Clara, dass die Bilder ihr Eigentum seien.

»Gut Anquist«, sagte sie. »Die Bilder sind schon lange in Familienbesitz.« Sie gab an, dass sie mit dem Vater in der Pension Ludwig wohnte, aber in ihren Papieren war immer noch die Notunterkunft eingetragen. Der Polizist listete Vergehen auf, die sie nicht verstand. »Falsche Angaben zum Aufenthaltsort. Verbotener Kunsthandel. Gestohlene Bilder oder Fälschungen.«

Immer wieder versuchte Clara zu erklären, hielt sich an die Wahrheit, aber nichts half. Sie führten sie eine Treppe hinunter und brachten sie in eine Zelle, in der drei Frauen auf Holzbänken saßen. Es roch nach Schweiß, Urin und feuchten Wänden. Hinter ihr fiel die schwere Tür ins Schloss, und sie hörte das metallische Quietschen, als der Riegel vorgeschoben wurde. Wie betäubt stand sie da, spürte die Blicke der anderen und dachte immer wieder: Aber das kann doch nicht sein?

Eine der Frauen stand auf, nestelte an Claras Kostümjacke und sagte: »Sieh mal an, eine richtige Dame. Was hast du denn ausgefressen?«

Clara wusste nicht, was sie antworten sollte. All die Vorwürfe, die sie oben von dem Polizisten gehört hatte, schwirrten durcheinander. »Schwarzmarkt«, flüsterte sie schließlich, denn das war das einzige Vergehen, dessen sie sich bewusst war.

Eine ältere, dürre Frau, die Männerhosen trug und barfuß war, fragte: »Zum wievielten Mal?«

Clara verstand nicht, wovon sie sprach, und schüttelte den Kopf. »Ist wohl das erste Mal«, sagte die Frau lachend in die Runde. Dann wandte sie sich wieder an Clara. »Mach dir keine Sorgen, Kindchen. Wenn du Pech hast und die da oben«, sie zeigte auf die Zellendecke, »schlechte Laune, dann werden es drei Nächte. Mehr bestimmt nicht.« Die Frau sprach mit dem Akzent der Sudetendeutschen.

Clara setzte sich zu ihnen. Die Frau in den Männerhosen hieß Wanda und war zu sechs Wochen verurteilt, weil sie bei ihrer Festnahme einen Polizisten geschlagen hatte. Lotte saß wegen Diebstahl, und Gertrud, die nicht älter als Almuth sein konnte, wegen Prostitution. Als das Licht gelöscht wurde, verteilten sie die kratzigen, nach Schweiß riechenden Decken und legten sich auf die Holzbänke. »Drei Nächte«, dachte Clara. Die würde sie auch noch überstehen.

KAPITEL 23

Hamburg/Köln, Frühjahr 1993

Am gegenüberliegenden Alsterufer sind die erleuchteten Fenster immer mehr geworden, und das Wasser liegt schwarz und still, als Anna sich verabschiedet. Im Volksparkstadion ist ein Fußballspiel zu Ende, und auf der Zufahrt zur A7 geht es nur im Schritttempo voran. Die Bildabzüge liegen auf dem Beifahrersitz. Sie nimmt sie auf und schaltet die Innenbeleuchtung ein. Eigentlich sind es keine Abzüge, sondern Fotos von den Originalen. Sie sind vergrößert, aber dadurch haben sie an Schärfe eingebüßt.

Hinter ihr wird gehupt. Sie wirft die Bilder zurück auf den Sitz und fährt einige Meter. Joost Dietz. Sie mag ihn. Mag diese Geste, mit der er immer wieder sein dichtes braunes Haar, das er hinten kurz und vorne lang trägt, zurückgeschoben hat. Eine Bewegung, die ihm in Fleisch und Blut übergegangen ist. Als die Angst in ihr aufgestiegen war, hatte er sehr souverän reagiert und dann in aller Ruhe mit ihr gemeinsam überlegt, wer die Frau auf den Bildern sein könnte. Und er hatte eine Antwort gefunden. »Vielleicht Isabells Schwester Annabell«, hatte er gesagt. »Sie ist in den siebziger Jahren gestorben, aber Sobitzek hat erzählt, dass sie häufig auf dem Gut zu Besuch gewesen ist.«

Auf der Autobahn geht es jetzt zügiger voran, und aus den Fenstern vieler Autos flattern Fanschals. Hier und da wird gehupt, aber es gilt nicht ihr, ist wohl eher die Freude über einen Fußballsieg.

Vielleicht, weil er diese Antwort für sie gefunden hatte, vielleicht auch, weil er so offen von sich gesprochen hatte, war sie bereit gewesen, etwas von sich preiszugeben. Sogar das Alkoholproblem ihrer Mutter hatte sie erwähnt. Nicht das ganze Ausmaß, aber sie hatte davon gesprochen.

Bei Bad Bramstedt verlässt sie die Autobahn und fährt auf die Landstraße. Erstaunt stellt sie fest, dass sie noch nie über das Alkoholproblem ihrer Mutter gesprochen hat, nicht mal mit ihrem Ex-Mann Thomas, der während ihrer Ehe so manches Mal darauf hingewiesen hatte. »Übertreib nicht«, hatte sie dann geantwortet, »du weißt nicht, wie es aussieht, wenn sie wirklich trinkt.«

Sie stellt ihr Auto auf dem Parkplatz der Weiterbildungseinrichtung ab, und dann drängt sich die Frage, die schon die ganze Zeit unter ihren Überlegungen gelauert hat, wieder in den Vordergrund: Warum ist sie, nur weil Josef Sobitzek einen falschen Namen auf die Rückseite geschrieben hatte, so erschrocken? Wurde es ihr langsam zur Obsession, in der Vergangenheit der Mutter nach dunklen Flecken zu suchen?

Sie betritt das Gebäude und wischt die Gedanken beiseite. Einige Kollegen sitzen noch bei einem Bier in geselliger Runde im Speisesaal. Sie setzt sich dazu, erhofft sich Ablenkung und hört der lebhaften Diskussion über die Schließung von Grundschulen in den Stadtrandbezirken zu. Aber ihre Gedanken schweifen immer wieder ab, und bald verabschiedet sie sich und geht zu Bett.

Die Tagung ist am nächsten Tag mit dem Mittagessen beendet. Gegen Abend ist sie in Köln und fährt als Erstes zum Krankenhaus. Die Mutter sitzt im Bett und sieht fern. Im Bett daneben schläft eine Frau mittleren Alters. Das ungeschminkte, blasse Gesicht der Mutter zeigt unschöne rotblaue Äderchen auf Nase und Wangen. Zeichen für einen Leberschaden, den sie bisher mit viel Make-up kaschiert hat.

Anna spricht sie zunächst auf die Therapie an und ist überrascht. Clara Meerbaum reagiert nicht empört, fast verlegen betrachtet sie die Falten der Bettdecke. »Am Freitag gehe ich in eine Klinik in den Westerwald.«

Anna traut ihren Ohren nicht. Die Mutter ist fest entschlossen, hat eine ganze Liste, die Anna abarbeiten soll. Die Krankenkasse. Wäsche waschen. Badeanzug und Badelatschen kaufen. Koffer packen, mit Anweisungen, was auf jeden Fall hineinmuss.

Im Zimmer wird es dämmerig, und Anna schaltet die Deckenbeleuchtung ein. Die Frau im Nachbarbett stöhnt und dreht ihnen den Rücken zu. In dem grellen Licht sieht die Mutter noch kränklicher aus. Anna zieht die Fotos aus ihrer Handtasche.

»Mama, ich habe hier alte Fotos von Gut Anquist und wollte dich fragen, ob du mir sagen kannst, wer darauf zu sehen ist?«

Sie legt die Bilder auf das Bett. Die Mutter rührt sich nicht, starrt auf die Schwarzweißbilder und krallt die Hände in das Weiß der Bettdecke. Anna nimmt es nicht wahr, redet weiter.

»Ich habe sie von dem Architekten, der das Gut wieder herrichtet, und er würde gerne mit dir sprechen.« Sie nimmt das Foto in die Hand, das vor dem Kamin aufgenommen wurde. »Ich weiß, dass das Ferdinand ist, das Isabell und das Margareta und Konrad ...« Sie stockt. »Mama?«

Die Mutter starrt auf das Bild, scheint sie nicht zu hören. Anna fasst sie am Arm, schüttelt sie leicht. Die Mutter sieht sie an wie eine Fremde und flüstert: »Warum tust du das?«

Da sind kein Jammern und kein Zorn. Da ist Entsetzen.

»Aber ... ich will doch nur wissen, wer diese Frau ist.«

Sie zeigt auf die Frau mit dem Mädchen auf dem Schoß. Die Mutter zittert, ihr Blick ist leer. Sie lässt sich in die Kissen zurückfallen. In dem grellweißen Licht, den weißen Wänden, dem weißen Bettgestell und der weißen Bettdecke scheint sie sich aufzulösen. Nur die Schwarz- und Grautöne der Fotos liegen wie eine klaffende Wunde in dieser Farblosigkeit, in der die Mutter verschwindet.

»Mama, ist das Annabell? Ist das die Schwester von Isabell?« Sie weiß nicht, warum sie das sagt, hört den entschuldigenden Ton und spürt, dass sie ihr den Namen in den Mund legt, ihn anbietet wie einen Ausweg. Die Mutter wird wieder sichtbar auf ihrem weißen Kissen, das Gesicht hat jetzt rote Flecken. Sie nickt.

»Ja«, sagt sie tonlos und dann nachdrücklich: »Ja. Annabell.«

Es ist die Art, wie sie es sagt, wie sie den Namen ausspricht. Sie lügt. Sie weiß, wer die Frau auf dem Bild ist, und sie lügt. Und es ist, als habe Anna schon am Abend zuvor gewusst, dass es so kommen würde. Dass die Mutter sie belügen würde. Anna breitet die anderen Bilder aus.

Clara Meerbaum setzt sich wieder auf, sieht aber nicht hin, schiebt sie mit einer fahrigen, weiten Armbewegung vom Bett.

»Nimm das weg. Ich bin krank und brauche meine Ruhe. Und du brauchst erst wieder herzukommen, wenn du mit diesem Unsinn aufhörst!«

Anna zuckt zusammen. Ein kurzer Ruck. Ein Faden, der reißt. Sie steht auf, sammelt die Fotos vom Boden und schluckt an ihren Tränen. Wie betäubt, so, als hätten die letzten Worte sie nicht erreicht, sagt sie: »Der Architekt würde gerne mit dir reden. Er hat Fragen zur …«

»Hörst du mir nicht zu?«, schneidet die Stimme der Mutter durch das Weiß. Dann dreht sie Anna den Rücken zu. Anna sieht, wie ihre Schultern zucken. Die Mutter weint. Und sie, Anna, ist schuld.

Sie geht über den langen Flur zum Aufzug, erwartet den großen grauen Hund. Aber er kommt nicht. Da ist etwas anderes. Stimmen. Streitende Stimmen. Ferne, uralte Bilder. Die Mutter mit dem Vater in der Küche. Die Tür einen Spaltbreit geöffnet, und sie verängstigt und frierend auf dem Flur. Sieben oder acht Jahre alt ist sie. »Du lügst. Dein ganzes Leben ist eine Lüge«, schimpft der Vater. Die Mutter weint. Und er ist schuld.

Zu Hause angekommen, beginnt sie sofort aufzuräumen. Koffer auspacken, Wäsche in die Waschmaschine, Spülmaschine ausräumen. Ordnung schaffen, alles an seinen Platz stellen. In der Vergangenheit haben solche Rituale geholfen, aber jetzt will die äußere Ordnung sich nicht übertragen, die Unruhe im Innern bleibt bestehen. Sie muss mit jemandem reden und denkt für einen Moment daran, Joost Dietz anzurufen, wischt den Gedanken aber beiseite. Sie kennt den Mann erst einen Tag und sollte nicht allzu vertrauensselig sein.

»Nicht vertrauensselig sein« – auch das ist eine Formel ihrer Mutter, die Anna verinnerlicht hat, an die sie sich immer gehalten hat. Sie steht mit dem Telefon in der Hand in der Küche. Draußen startet ein Auto und entfernt sich. Der Reisewecker neben dem Kühlschrank, den sie jeden Morgen im Auge behält, um pünktlich zur Schule zu fahren, tickt die Zeit ins Zimmer. Sekunden sammeln sich zu Minuten. Die Angst bleibt aus. Kein Schwindel, kein rasendes Herz. Nur dieser Kokon aus Stille.

Ganz automatisch wählen ihre Finger Thomas' Nummer. Er ist der Einzige, mit dem sie über die Mutter reden kann. Eine Stunde später ist er da und hat eine Tüte mit chinesischem Essen dabei. Er hält sie hoch. »Eine Reminiszenz an alte Zeiten«, sagt er.

Als sie noch verheiratet waren, hatten sie manchmal ihr Abendessen beim Chinesen an der Ecke geholt. Immer das Gleiche. Für jeden eine Frühlingsrolle und einmal Ente süßsauer, die sie sich teilten. Sie deckt den Tisch, erzählt von dem Treppensturz der Mutter und die Aussicht auf eine Therapie, während er das Essen auspackt. Seine Schritte, das Rascheln der Tüte, der Duft des Essens, seine kurzen Kommentare. Das Altvertraute gibt ihr Sicherheit.

Sie legt die Fotos auf den Tisch und muss lachen, denn er begutachtet die Gebäude, fragt, wie viel Land dazugehört, und taxiert den Wert. »Nur grob über den Daumen«, sagt er ganz ernsthaft, und sie ist ihm dankbar für seine pragmatische Art.

Sie hat noch nicht von dem Gespräch mit der Mutter

erzählt, als er sagt: »Deine Mutter ist auf keinem der Bilder.« Eine Feststellung. Ganz nüchtern, so als habe er einen Tippfehler in einem Brief entdeckt. Und dann schiebt er ihr die beiden Aufnahmen aus dem Salon zu. »Ich habe zwar nur ein- oder zweimal Fotos von deinem Großvater in Afrika gesehen, aber das ist er nicht, oder?«

Sie reagiert nicht. Sie weiß, dass er recht hat, weiß, dass sie es selbst auch gesehen, den Zweifel aber nicht zugelassen hat.

Der erlösende Gedanke, dass die beiden Innenaufnahmen nicht zu Gut Anquist gehören, Josef Sobitzek sie zwar dort gefunden hat, sie aber zu irgendeiner der Flüchtlingsfamilien gehören, die nach dem Krieg dort gelebt haben, hält nur wenige Sekunden. Da sind das Hochzeitsbild und das Reiterbild vor den Stallungen. Die Bilder waren auf Gut Anquist entstanden. Anna war dort gewesen, hatte die Freitreppe und die Stallungen gesehen. Und Ferdinand und Isabell waren auf allen Bildern gut zu erkennen.

Anna erzählt von ihrem Besuch in der Uckermark, von dem Kirchenbuch, von Sobitzek, von dem Tod der Kinder auf der Überfahrt nach Afrika und dass sie die Fotos am Tag zuvor in Hamburg abgeholt hat. Sie trinken Bier aus der Flasche, und Anna versucht, alles, was sie erfahren hat, in eine chronologische Reihenfolge zu bringen.

Als sie geendet hat, sieht Thomas sie an. »Anna, warum denkst du nur in eine Richtung? Ich meine, die Frau auf dem Bild ist nicht deine Mutter. Und wir sind uns einig, dass der ältere Mann darauf nicht dein Großvater ist. Stimmt doch, oder?« Sie nickt und schluckt. Sie weiß, was er sagen wird. »Jetzt kann man sich fragen, wer die beiden auf dem Foto sind, wenn sie nicht Heinrich und Clara Anquist sind. Man kann es aber auch andersherum angehen. Was, wenn sie es sind?«

Annas Herz schlägt kräftig und ruhig. Sie ist froh, dass es Thomas ist, der die Frage formuliert. Die Frage, die sie seit ihrem Besuch bei Joost Dietz verdrängt hat.

KAPITEL 24

Hamburg, Frühjahr 1993

Wenige Tage ist Anna Meerbaums Besuch her, als Joost seinen Bruder in Winterhude anruft. Hannos Frau Erika meldet sich. »Der ist im Hafen in Wedel und macht das Boot klar«, sagt sie fröhlich. »Wir wollen bald wieder los. Diesmal wird es Irland.«

Erika war Hannos großes Glück. Sie hatte 1951 bei Agnes Dietz als Näherin angefangen, und mit ihr hatte eine neue Leichtigkeit in der Schneiderei Einzug gehalten. Sie war keine Schönheit, und trotzdem ging ein Strahlen von ihr aus, eine Art inneres Einverständnis mit dem Leben, so wie es war. Die vier Frauen – neben Magda arbeitete damals auch Maria aus der Bussestraße für Agnes – lachten viel miteinander, und Joost und Wiebke liebten es, sich in der Schneiderwerkstatt aufzuhalten. Kaum dass sie oben in der Wohnung ihre Hausaufgaben erledigt hatten, liefen sie die Treppe hinunter, und Agnes hatte oft Mühe, sie bei gutem Wetter zum Spielen nach draußen zu schicken. Auch Hanno kam nach der Arbeit in die Werkstatt, und bald brachte er Erika jeden Abend nach Hause.

Eines Abends kicherte Wiebke und flüsterte Joost ins Ohr: »Die beiden sind verliebt. Bestimmt heiraten die.«

Da war er sieben oder acht Jahre alt gewesen, und als die Mutter ihn zu Bett brachte, war er in Tränen ausgebrochen und hatte gefragt, ob Hanno auch fortgehen würde. Weil doch kurz zuvor Peter gegangen war. Der hatte in einem Jazzlokal in Altona hinter der Theke gearbeitet und sich mit den Musikern einer Band aus Amerika angefreundet, die auf einer Tour durch die englische und amerikanische Besatzungszone waren. Da hatte er seine ganz große Chance gewittert, dass sich sein Traum von Amerika doch noch erfüllen könnte, und hatte sich entschlossen, sie zu begleiten. Aus München hatte er schließlich geschrieben, dass er für ein paar Wochen in die USA reisen würde.

Damals hatte Joost jede Veränderung in seinem Leben als Bedrohung empfunden, und dass Peter nicht mehr mindestens zweimal in der Woche mit am Tisch saß, hatte ihn zutiefst verunsichert. Peter war in den USA geblieben, hatte dort später einen Autohandel eröffnet und eine Familie gegründet. Zu Weihnachten schrieb er bis heute Briefe an Hanno und Agnes. Hanno sprach seit Jahren davon, ihn in Detroit zu besuchen, aber in der Familie war man sich einig: Es müsste eine Seereise werden. Er würde niemals in ein Flugzeug steigen.

Wie sein Vater, war auch Hanno sein Leben lang auf den Hamburger Werften geblieben. Wegen der Kriegsjahre hatte er nie einen Schulabschluss gemacht. Dabei hätte er, da war Joost sicher, spielend Abitur machen und studieren können. Aber Hanno war ein Familienmensch, hatte sich immer für die Familie verantwortlich gefühlt und schien den verpassten Chancen nie nachzutrauern. Jetzt war er seit drei Jahren in Rente, seine beiden Söhne waren längst erwachsen, und die Wohnung in Winterhude war von Frühjahr bis Herbst verwaist, weil Erika und er mit ihrem zehn Meter langen Segelboot unterwegs waren. Ab und zu meldeten sie sich von einer der Nordseeinseln, der dänischen oder holländischen Küste, aus Norwegen, Schweden oder aus England.

»Sagst du ihm, dass er mich zurückrufen soll«, bittet Joost, und Erika verspricht es. In den letzten Tagen kann er sich kaum auf die Arbeit konzentrieren, schweift immer wieder ab. Dabei hatte er doch schon vor Jahren mit der Suche nach seiner Herkunft abgeschlossen. Alle Bemühungen, etwas über die Zeit, bevor er Joost Dietz geworden war, zu erfahren, waren ins Leere gelaufen.

Er war vierundzwanzig Jahre alt gewesen, als Gustav Dietz 1967 auf der Werft von einem Gerüst gestürzt war. Damals studierte er in Aachen, trug die Haare bis zu den Schultern, hörte die Rolling Stones, Bob Dylan, Jimmy Hendrix und John Coltrane. Seine Eltern machten sich Sorgen um ihn, und Hanno nannte ihn spöttisch »Gammler« oder »Hippie«. Hanno hatte ihn erst einen Tag später über die Verwaltung des Studentenwohnheims erreicht, und er war sofort nach Hamburg gefahren.

Der Vater hatte innere Verletzungen, und Joost spendete, wie Wiebke und Hanno, Blut. Der Arzt war ein kleiner unruhiger Mann, der immerzu vor sich hin redete. »Blutgruppe 0. Sehr gut, sehr gut. Kann man immer gebrauchen. Aber da kann ...«, er blätterte in der Krankenakte von Gustav Dietz hin und her, »der Patient kann da ja nicht Ihr Vater sein. Der hat AB und ...« Er sah von den Papieren auf, bemerkte wohl, dass Joost neben ihm blass geworden war, und verließ mit einer kurz hingeworfenen Entschuldigung das Zimmer.

Drei Tage später war Gustav Dietz im Alter von nur vierundfünfzig Jahren an seinen Verletzungen gestorben. Agnes war tapfer, wie man es von ihr kannte, aber noch nie war Joost die Mutter so zerbrechlich vorgekommen wie in diesen Tagen, und er hatte es nicht gewagt, sie auf die Bemerkung des Arztes anzusprechen. Zur Beerdigung kamen über hundert Trauergäste, und am Sonntag traf sich die Familie in der Wohnung der Mutter in der Alsterdorfer Straße, um die Kondolenzpost zu beantworten.

Wiebke war damals schon zehn Jahre mit Wim verheiratet und lebte in Holland. Wim hatte ein Fahrradgeschäft und war mit den Kindern nach Apeldoorn zurückgefahren. Auch Erika war mit den beiden Söhnen zu Hause geblieben. Nur Mutter Agnes, Hanno, Wiebke und er. Er hatte einen fertigen Brief beiseitegelegt und aufgeblickt. Seine Mutter saß ganz still, betrachtete ihre Kinder, und Joost meinte, obwohl er kaum eine Erinnerung an die Zeit in der Ritter- und Bussestraße hatte, dass es damals genauso gewesen war. Nur, dass Agnes früher immer diese Nähmaschine vor sich stehen hatte. Sie hatte ihm tröstend zugelächelt und gesagt: »Wir vier, wir haben doch schon ganz andere Zeiten überstanden, nicht wahr.«

Der Satz lag zwischen all den Briefbögen und Kuverts auf dem Tisch, und er dachte an die Bemerkung des Arztes, versuchte sie – wie in den Tagen zuvor – beiseitezuschieben. Aber gleichzeitig spürte er, dass er Antworten brauchte, dass er so nicht nach Aachen zurückfahren konnte. Er wagte es nicht, seine Mutter anzusehen, als er leise sagte: »Der Arzt im Krankenhaus hat gesagt, dass meine Blutgruppe nicht passt.« Er räusperte sich. »Vaters Blutgruppe, da wäre es nicht möglich ...« Er sah, wie

Hanno, Wiebke und die Mutter Blicke wechselten, und in seinem Magen machte sich ein brennender Schmerz breit. Hatte er gewusst, was kommen würde? Hatte er es geahnt?

»Es stimmt. Gustav war nicht dein leiblicher Vater.« Ganz sachlich sagte sie das, und auch Hanno und Wiebke schienen es schon immer zu wissen, waren keine Sekunde überrascht. Sie beugte sich vor, legte ihre Hand auf seine, und dann sagte sie: »Ich bin deine Mutter, Joost, und ich werde das immer sein, aber ... ich habe dich nicht geboren.«

Sie sprach weiter. Nichts von dem, was sie sagte, erreichte ihn noch. Das Brennen in seinem Magen war geblieben, und gleichzeitig fror er. Irgendwann war er ins Bad gelaufen und hatte sich übergeben. Ganz steif und ungelenk hatte er sich gefühlt, weil nichts mehr gestimmt hatte, weil alles, was ihn ausmachte, selbst sein Körper, nicht mehr ihm gehörte. Dass er doch immer ihr Sohn bleiben würde, hatte die Mutter gesagt, aber in dem Augenblick war ihm nichts Trost gewesen. Er wollte nur alleine sein, hatte die Wohnung verlassen und war in den Stadtpark gelaufen.

Es war ein heißer Tag, aber die Wärme drang nicht bis zu ihm durch. Er ging die Wege entlang und fror. Junge Leute picknickten auf den Wiesen oder lagen einfach nur in der Sonne. Kinder spielten Fußball, Gummitwist oder Seilspringen Ziellos ging er unter den alten Bäumen die Sandwege entlang, wollte sich entfernen von dem, was seine Mutter gesagt hatte. »Gustav war nicht mein Vater. Agnes ist nicht meine Mutter. Hanno ist nicht mein Bruder. Wiebke ist nicht meine Schwester.« Wieder und wieder hatte er diese Sätze aneinandergereiht, sogar laut vor sich hin gesagt. Sie waren wahr und klangen falsch.

Hanno war ihm später in den Park gefolgt. Sie hatten auf einer Bank unter einer Ulme gesessen. Während die Schatten auf dem Sandweg weiterwanderten, erzählte Hanno von jenem Wintermorgen, an dem Wiebke ihn am Straßenrand hatte sitzen sehen. »Ich wollte dich erst nicht mitnehmen«, hatte er gesagt und dabei verlegen zur Seite geblickt. Dann sprach er von der erfrorenen Frau. »Nicht weit von dir hab ich sie gefunden«, sagte er leise, und Joost war schwindlig geworden.

Er hatte Hanno Vorwürfe gemacht. »Und ihr habt sie einfach liegen lassen und mich mitgenommen? Ihr habt keine Hilfe geholt?«

Hanno war ganz ruhig geblieben. »Sie war tot«, hatte er geantwortet.

»Woher willst du das gewusst haben? Wie alt warst du damals? Vierzehn? Fünfzehn?« Voller Zorn hatte er die Sätze ausgespuckt. Um sie herum spielten Kinder. Er hörte fröhliches Rufen und Lachen, Spaziergänger flanierten vorbei, und schließlich sagte Hanno: »Ich hatte genug Tote gesehen, um das zu wissen.« Ganz leise sagte er das. Leise und mit brüchiger Stimme, und Joost hatte gewusst, dass Hanno von nun an nichts weiter dazu sagen würde.

Er war aufgesprungen und hatte Hanno auf der Bank zurückgelassen. In der Wohnung in der Alsterdorfer Straße packte er seine Sachen und machte sich ohne Abschied auf den Weg zum Bahnhof. Er wollte nur fort. Fort von all dem, was er gehört hatte. Wie ein Kind, das sich die Augen zuhält und glaubt, nicht gesehen zu werden, hatte er gemeint, wenn er die Menschen, die ihm die Nachricht überbracht hatten, weit hinter sich ließe, würde auch die Nachricht zurückbleiben. Erst in seinem Zimmer im Studentenwohnheim hatte er geweint und war ins Bodenlose gefallen. Er hatte einen Verlust betrauert, den er weder benennen noch fassen konnte. Eine Woche lang ging er nicht in die Vorlesungen, mied jeden Kontakt und versuchte – wie er es später nannte – »sich wieder zusammenzusetzen«. Er versuchte fast gewaltsam, wenigstens den Ansatz einer Erinnerung an die Zeit »davor« in sich zu finden. Aber da war nichts.

Nach und nach verstand er, dass er nicht nur um seine verschollene Herkunft trauerte, sondern auch um Agnes, Gustav, Hanno und Wiebke, weil er meinte, nicht mehr dazuzugehören. Damit hatte seine Trauer etwas Greifbares, um das er weinen konnte, und er kam langsam zur Ruhe.

Es brauchte Wochen, bis er wieder nach Hamburg fuhr. Es war ein früher Septemberabend. Über der Stadt lag ein breiter Streifen orangerotes Licht, unterbrochen von blaugrauen Wolkenbändern, die sich wie ferne, geheimnisvolle Städte am Himmel türmten. In der Schneiderei brannte noch Licht, und er spähte durch das Fenster. Magda und Maria, die auch Ende der sechziger Jahre noch für Agnes arbeiteten, waren bereits gegangen, und seine Mutter stand am Zuschneidetisch, vertieft in die Arbeit. Die Tür war verschlossen, und er sah ihr minutenlang zu, ehe er an die Scheibe klopfte. Sie sah auf, lief zur Tür und öffnete ihm, als hätte es sein wochenlanges Schweigen nicht gegeben. Er brachte kein Wort heraus. Sie legte ihre Hand an seine Wange und sagte: »Da bist du ja!«, so als habe sie ihn genau an diesem Abend erwartet.

Was sie in der Werkstatt miteinander gesprochen hatten, wusste er nicht mehr, aber später waren sie hinauf in die Wohnung gegangen, und Agnes holte aus ihrem Schlafzimmer diesen Karton, der mit blaugeblümtem Schrankpapier sorgfältig umkleidet war. Sie stellte ihn auf den Küchentisch und sagte ohne Vorwurf: »Du warst so schnell weg, aber das hier wollte ich dir noch geben. Es gehört dir.«

Sie hob den Deckel ab. »Die Sachen hast du angehabt, als du zu uns gekommen bist.« So, als würde sie eine Reliquie berühren, strich sie über einen grünen Kindermantel aus gefilzter Wolle, der obenauf lag. Dann nahm sie ihn heraus, legte ihn auf den Tisch und zog Stück für Stück auch die andere Kleidung hervor. Zum Schluss lagen eine Wollhose, ein gestrickter Pullover, eine Mütze in Grau, Kinderschuhe aus Leder und eine kleine Blechdose, wie man sie für Pastillen verwendete, auf dem Tisch.

Joost griff nach der Dose. Sie war nicht alt, und der niederländische Schriftzug ließ vermuten, dass Wiebke oder Wim sie mitgebracht hatte. Darin lag ein Messingknopf, den eine feinziselierte Blüte schmückte. Er war abgerissen worden, denn an der Öse hing noch ein kleines Stück Stoff. Agnes nahm den Mantel auf, machte Joost auf die Hornknöpfe aufmerksam und sagte: »Selbst die Knopflöcher sind aufwendig abgesteppt.« Dann zeigte sie auf die Schuhe. »Handgenähte Kinderschuhe, das konnten sich nur reiche Leute leisten.«

Joost hörte ihr zu, war aber mit dem Knopf beschäftigt, an dem dieses kleine Stück beigefarbene Baumwolle hing.

Er gehörte nicht zu den anderen Sachen und passte nicht zur Kleidung eines Kindes. »Keine armen Leute«, dachte er und fragte: »Und der Knopf?«

Agnes erzählte ihm, dass er den Knopf tagelang nicht aus der Hand gegeben hatte. »Ein Zierknopf von einer Bluse«, sagte sie und dass Hanno den gleichen Knopf bei der toten Frau gefunden hatte. Nichts von alldem kam ihm bekannt vor, sosehr er sich auch bemühte.

Später war Hanno vorbeigekommen. Er wohnte mit Erika und seinen beiden Söhnen nur zwei Straßen entfernt. Sie hatten in der Küche gesessen und geredet, so wie sie es in der Vergangenheit oft getan hatten. Es war anders gewesen, weil Gustav am Kopfende des Tisches fehlte. Aber der vertraute Ton, die Art, wie die Mutter mit ruhiger Hand den Abendbrottisch deckte und das Brot in dicke Scheiben schnitt, und Hanno, der ihm gegenübersaß, Reval rauchte und ihn mit diesem Blick betrachtete, der immer noch zu sagen schien: Ich pass auf dich auf!

Später hatte Joost angefangen, die Suchanzeigen des Roten Kreuzes und die Sterberegister rund um den Tag seiner Auffindung, dem 26. Januar 1947, zu durchforsten. Weder mit der Mutter noch mit Hanno sprach er darüber. Er konnte es sich nicht erklären, aber da war das Gefühl, dass er sie mit dieser Suche verletzte, dass er undankbar war. Als er nach vier Monaten immer noch ohne den kleinsten Hinweis war, gab er auf. Die Erkenntnis, dass es Tausenden so ergangen war wie ihm und er es dabei noch gut getroffen hatte, war ihm Trost gewesen. Ab und an hatte er im Laufe der Jahre den Karton mit der Kinderkleidung geöffnet und über seine Herkunft gerätselt. Er hatte versucht, etwas über den Messingknopf zu erfahren und ein anderes Mal etwas über die Art der Stepparbeiten an dem Kindermantel, die wohl einer böhmischen Tradition entsprachen. Nichts führte zu einer konkreten Spur, und mit Mitte dreißig fasste er den Entschluss, es endgültig gut sein zu lassen. Er führte als Joost Dietz ein gutes Leben, und eigentlich vermisste er doch nichts. Manchmal war er sich nicht mal sicher, ob er es überhaupt noch wissen wollte.

Aber jetzt war da Gut Anquist. Am Abend ist er in seiner Wohnung im Dachgeschoss, als Hanno sich zurückmeldet. »Ich wollte noch ein Bier mit dir trinken, bevor du mit Erika wieder auf große Fahrt gehst«, sagt er. Es ist die Wahrheit und doch auch ein Vorwand, und sie verabreden sich für den nächsten Tag zum Mittagessen.

Das Lokal liegt nur wenige Meter vom Sporthafen in Wedel entfernt, und Hanno hat bereits an einem Tisch auf der Terrasse mit Blick auf die Elbe Platz genommen, als Joost ankommt. Sie sprechen von Agnes, die erst mit siebzig ihre Schneiderei aufgegeben hat, in ihrer Wohnung aber immer noch ein Nähzimmer hat, wo sie für Nachbarn oder besonders treue Kunden die eine oder andere Änderung erledigt. Dass es ihr schwer wird mit der steilen Treppe in den ersten Stock, sie von einem Umzug aber nichts wissen will. Dann erzählt Hanno von der geplanten Überfahrt nach Irland und Joost von seinem Besuch in der Uckermark. Der Kellner bringt Wasser, ein zweites Bier für Hanno und nimmt die Bestellung auf.

Für einen Moment sucht Joost den Blick des Kellners. Dass sie Brüder sind, wird er sicher nicht denken. Hanno mit seinem ordentlich gestutzten grauen Bart, in Arbeitshose und kariertem Flanellhemd und mit Händen, die es gewohnt sind zuzupacken. Hanno, der nie ein Wort zu viel sagt und der hierhergehört wie die Stege ans Wasser. Er selbst hingegen hochgewachsen, aber schmal, in Jeans und dunkelblauem Feinstrickpullover mit V-Ausschnitt, stets mitteilsam. Unterschiedlicher könnten sie beide nicht sein.

Als das Essen gebracht wird, nimmt Joost den Faden wieder auf und erzählt von seinen Eindrücken auf Gut Anquist. »Ich weiß, dass das verrückt klingt, aber ich wusste, dass hinter dem Wald ein See lag, obwohl man ihn nicht sehen konnte. Auch in den Unterlagen war er nicht erwähnt. Ich hoffe, dass ich in den nächsten Tagen in Köln mit Clara Anquist sprechen kann. Sie ist 1947 von Hamburg oder Bremen aus nach Afrika ausgewandert, aber vielleicht ...« Er schluckt, weil da diese Unruhe ist, und auch, weil Hanno seinem Blick ausweicht. »Ich meine ... vielleicht gibt es eine Verbindung. Josef Sobitzek hat erzählt, dass damals viele Flüchtlinge auf Gut Anquist untergekommen sind, und vielleicht waren meine Mutter und ich ...« Dass er sich nichts vormachen will und es ja nur eine vage Möglichkeit ist, aber dass es doch sein könnte, sagt er.

»Ich möchte Frau Anquist und diesem Josef Sobitzek meine Kleidung von damals zeigen, und ich dachte, vielleicht kannst du dich erinnern, was meine Mutter anhatte? Ich meine, wenn ich damals auffällig gute Kleidung getragen habe, dann trug meine Mutter vielleicht auch etwas Auffälliges. Schon der Blusenknopf, den Agnes aufbewahrt hat, ist doch sehr besonders, und vielleicht erinnerst du dich noch an etwas anderes.«

Hanno hat aufgehört zu essen, sieht ihn an und schüttelt den Kopf. Dann schiebt er den nur zur Hälfte geleerten Teller von sich, holt das Päckchen Reval heraus und zündet sich eine an. »Sie hatte nichts Auffälliges an«, sagt er mit rauher Stimme.

»Weißt du noch, welche Farbe der Mantel hatte?«

Hanno nimmt einen tiefen Zug von seiner Zigarette und sagt schließlich: »Sie hatte keinen Mantel an. Sie hatte gar nichts an.«

Joost starrt ihn an, weiß sekundenlang das Gehörte nicht einzuordnen. Er hat – seit dem Nachmittag vor fünfundzwanzig Jahren, als Hanno ihm im Park davon erzählt hatte – eine Frau in Mantel, schweren Schuhen, Mütze und Handschuhen vor sich gesehen, die erfroren auf dem Boden liegt.

»Wie meinst du das? War sie nackt?«

Hanno nickt stumm. Er greift nach dem Bierglas. Seine Hand zittert. Er stellt das Bier zurück, ohne getrunken zu haben. Zum ersten Mal sieht Joost seinen Bruder mit den Tränen kämpfen. Sein großer Bruder Hanno, der nicht mal am Totenbett des Vaters geweint hatte, der immer stark war.

Schweigend sitzen sie sich gegenüber. Der Kellner kommt, betrachtet die nur halb leergegessenen Teller und fragt besorgt, ob etwas mit dem Essen nicht in Ordnung sei.

»Alles gut«, sagt Joost und bestellt zwei Kaffee.

Dann hat Hanno sich gefangen, nimmt erneut das Bierglas auf und trinkt. »Als ich sie gefunden habe ... ich wollte nur weg. Und zu Hause, ich meine, wenn ich der Mutter gesagt hätte, dass die Tote nackt war, die wäre gestorben vor Sorge. Das war ja nicht die Erste, der man die Kleidung abgenommen hatte. Da waren schon andere gefunden worden, und es hieß, dass ein Mörder sich in den Trümmern rumtrieb. Er erdrosselte seine Opfer mit einer Drahtschlinge, raubte sie aus und nahm ihnen sogar die Kleidung ab.« Er drückt seine Zigarette im Aschenbecher aus und sieht Joost an. »Vielleicht habe ich alles falsch gemacht, aber ich wollte das vergessen.«

Joost betrachtet die altrosa Serviette. Ein leichter Wind geht, spielt mit dem Papiertuch, das, unter den Tellerrand geklemmt, Halt findet. Das Logo darauf ist bordeauxfarben. Ton in Ton.

»Aber vor fünfundzwanzig Jahren, als wir im Park waren, da hättest du doch …«

Hanno schüttelt entschieden den Kopf. »Wenn es nach mir gegangen wäre, wärest du einfach Joost Dietz. Mein kleiner Bruder. Punkt! Und wenn dieser dumme Arzt … Hat dir doch nicht weitergeholfen damals. Die Wahrheit. Nimmt einem nur den Frieden. All das, was gewesen ist, und die Spekulationen und Ungewissheiten.«

Er sieht aufs Wasser und raucht. »Nimmt mir auch meinen Frieden«, sagt er leise. »Seit ich sie vor fünfzig Jahren da habe liegen sehen, versuche ich sie zu vergessen. So wie all die anderen. Kann man doch nicht mit leben, mit all diesen Bildern. Die Verkohlten auf den Straßen, das Schreien und Weinen, die Flammen, die Frau Weiser mit ihrer Tochter vor dem Bunkereingang, die alte Brücker, wie sie am Mantel eines Toten zerrt. Und dann die tote Frau. Später habe ich manchmal gedacht, vielleicht hätte ich zur Polizei gehen müssen. Aber ich durfte da nicht sein, in diesem Keller. Ich hatte Angst, dass sie mich einsperren. Plündern war verboten. Und wenn die mich eingesperrt hätten ... da wär niemandem geholfen gewesen.«

Das war eine andere Zeit, könnte er noch sagen, da denkt man nicht über Tage und Wochen hinaus, sondern nur daran, ob es am Abend etwas zu essen gibt und ob im Ofen ein Feuer brennt. Da muss man die Dinge vergessen. Sonst ist man verloren.

KAPITEL 25

Lübeck, Frühjahr 1946

Schon am nächsten Tag wurde Clara morgens aus der Zelle geholt und in ein Büro gebracht. Ein Mann in Zivil, der sich nicht vorstellte, empfing sie. Er schien wohlwollend, behandelte sie respektvoll und erklärte, dass man ihre Angaben überprüft habe.

»Ich will Ihnen glauben, dass es Ihr erster Besuch bei Rohde war.« Er zeigte auf das Protokoll ihrer Aussage vom Vortag. »Wir haben noch keine Akte angelegt. Nur das Protokoll ist da, und ich wäre bereit, es hier und jetzt zu zerreißen und die ganze Sache zu vergessen.«

Sie nickte erleichtert. Er nahm das Papier auf, zerriss die beiden Seiten in der Mitte und warf sie in den Papierkorb. »Sie können gehen. Ich hoffe, dass ich meine Großzügigkeit nicht bereuen muss und Sie dem Schwarzmarkt zukünftig fernbleiben.«

Clara bedankte sich, stand auf und fragte nach ihren Bildern. »Wie stellen Sie sich das vor«, wies er sie zurecht, »die sind natürlich beschlagnahmt, bis die Besitzverhältnisse geklärt sind.«

Sie schluckte und ging zur Tür, drehte sich dort aber noch einmal um. »Könnte ich einen Beleg haben«, fragte sie freundlich, »eine Bescheinigung, dass ich die Bilder ...«

Der Gesichtsausdruck des Mannes veränderte sich schlagartig, und er schnappte: »Sie haben zwei Möglichkeiten. Entweder Sie verschwinden jetzt, oder ich lasse das Protokoll neu tippen, und Sie gehen zurück in die Zelle.«

Als sie immer noch mit der Türklinke in der Hand dastand und keine Anstalten machte zu gehen, fügte er hinzu: »So wie ich Rohde kenne, wird er sich an weitere Besuche von Ihnen erinnern. Illegaler Kunsthandel. Da kommen Sie mit ein paar Monaten nicht davon.«

Sie schüttelte den Kopf. »Aber ich war ...«

Mit einer herrischen Handbewegung brachte er sie zum Schweigen. »Er wird sich an Sie erinnern, verlassen Sie sich darauf!«

Ohne ein weiteres Wort verließ sie das Polizeigebäude. Es war ein warmer, heller Frühlingstag. Sie bemerkte nichts davon, ging mit gesenktem Kopf durch die Straßen. Die Drohung des Mannes – »Rohde wird sich an weitere Besuche erinnern« – vermischte sich mit dem Satz: »Ihr Vater hat versucht, das Gut niederzubrennen.« Lügen, hier wie dort. Die Bilder, da war sie sicher, würde sie nie wiedersehen. Als sie in der Wohnung hinter der Pension ankam, weinte sie hemmungslos, während sie erzählte, was passiert war. Der Vater schien in seinem Sessel zu schrumpfen, fasste sich an die Brust und rang nach Atem. Zusammen mit Frau Ludwig brachten sie ihn zu Bett.

Wenn sie in den letzten Wochen noch ab und an gezweifelt hatte, ob die Entscheidung, nach Spanien auszuwandern, wirklich richtig war, warf sie jetzt endgültig alle Bedenken über Bord. In diesem Land, das wusste sie, hatten sie keine Zukunft.

Dem Vater ging es auch am folgenden Tag nicht besser, und Frau Ludwig ließ einen Arzt kommen. »Das Herz«, sagte der und schrieb den Namen eines Medikaments auf einen Zettel. Mit einem hilflosen Schulterzucken fügte er an: »Sie müssen es sich auf dem Schwarzmarkt besorgen.«

In Clara war unbändiger Zorn über die Ereignisse auf der Polizeiwache gewachsen, und geradezu trotzig machte sie sich daran, das Medikament zu besorgen. Eine Woche trieb sie sich am Bahnhof herum und fand heraus, wer mit Arzneien handelte. Dann verkaufte sie eine Perlenkette ihrer Mutter, und am nächsten Tag hielt sie endlich die völlig übertEuerten Tabletten in Händen. Mit dem Rest des Geldes bezahlte sie die Kosten für die Unterkunft.

Bei Frau Ludwig mussten sie jetzt nur noch die Miete zahlen, die Kosten für die täglichen Mahlzeiten erarbeitete sie zusammen mit Almuth in der Pension. Sie putzten, gingen Frau Ludwig beim Kochen zur Hand, bedienten die englischen Gäste, und Clara half bei der Buchführung. In dieser Zeit verabschiedete sich auch Heinrich Anquist endgültig von der Hoffnung, auf sein Gut zurückzukehren. Die Verhaftung von Clara, der Diebstahl der Bilder durch einen Polizisten und die ständige Sorge, dass es wieder zu einem Krieg kommen könnte, gaben den Ausschlag. »Wir müssen an Konrad und Margareta denken«, sagte er, und alles Zögerliche, das bisher ihre Gespräche über eine Zukunft in Spanien beherrscht hatte, war verschwunden.

Alfred Brandner rief jeden Montagabend in der Pension an, und Clara hörte seine Enttäuschung, wenn sie ihm Mal für Mal sagen musste, dass keine Post aus Spanien gekommen war. Erst Mitte August kam ein Brief. Günther Meininger schrieb: »Entschuldige, dass es so lange gedauert hat, aber die Einreisebestimmungen wurden verschärft, und die Bearbeitungszeiten auf den Ämtern dauern Wochen. Die Papiere für Alfred und Luise Brandner musste ich an deine Einreise knüpfen, somit können sie – wie das Fräulein Almuth Griese – nur mit dir gemeinsam, als deine Angestellten einreisen.«

Glücklich sah Clara Brandners Anruf entgegen und erklärte ihm freudig, dass Günther Meininger geschrieben hatte und die Einreisepapiere für ihn und seine Tochter angekommen waren. Er bedankte sich überschwenglich, und ihre Nachfrage, ob er seinerseits die Ausreisepapiere zusammenhabe, überging er.

»Wann werden Sie kommen?«, fragte er stattdessen. »Ich habe das mit meiner Schwägerin besprochen, Sie können alle bis zur Abreise hier auf dem Hof wohnen.« Dann sprach er von der Überfahrt. »Die Schiffspassagen sind Monate vorher ausverkauft, aber auf dem Schwarzmarkt sind sie noch zu haben. Die sind nicht billig, aber wenn wir bald fortwollen, werden wir die Preise wohl zahlen müssen.«

Clara hörte seine Begeisterung, und es tat ihr leid, ihn zu bremsen. »Wir können noch nicht reisen«, sagte sie fast entschuldigend. »Vater ist noch sehr schwach. Er braucht noch zwei oder drei Wochen Ruhe und Erholung.«

»Zwei bis drei Wochen«, wiederholte Brandner beklommen, aber dann fing er sich und sagte: »Nun gut. Das Wichtigste ist, dass die Einreisegenehmigung da ist und wir vor Wintereinbruch loskönnen.« Sein letzter Satz machte auch Clara zuversichtlich. Sobald der Vater kräftiger war, würden sie nach Hamburg fahren und mit Brandners Hilfe Schiffspassagen besorgen. Das Warten hatte bald ein Ende.

Die Tage und Wochen zogen dahin, und Heinrich Anquist erholte sich nur langsam. Sie sprachen bereits davon, den Winter nun doch noch in Lübeck abzuwarten, als die Entscheidung von einer ganz anderen Seite fiel.

Major John Welsh, der seit Juni 1945 in der Pension wohnte und zu dem Frau Ludwig eine mehr als freundschaftliche Beziehung pflegte, sollte nach England zurückkehren. Er hatte sie gefragt, ob sie seine Frau werden wollte. Drei Wochen lang herrschte großes Durcheinander. Frau Ludwig war hin- und hergerissen. Immer wieder besprach sie sich mit Clara. Sie wollte die Pension, die sie mit ihrem verstorbenen Mann aufgebaut hatte, nicht aufgeben, aber alle Gespräche endeten in Tränen und mit dem Satz: »Aber ohne John, ein Leben ohne ihn, das kann ich mir gar nicht mehr vorstellen.«

Im November entschied sie sich für John Welsh und nahm den Antrag an. Sie hielt sich ein Hintertürchen offen, indem sie die Pension nicht verkaufte, sondern verpachtete. Den Pachtvertrag bot sie Clara zu sehr günstigen Bedingungen an. Clara besprach das Angebot gar nicht erst mit ihrem Vater, sondern lehnte sofort ab. Alles war für einen Neuanfang in Spanien vorbereitet und die Unsicherheit, wie es mit Deutschland weitergehen würde, zu ungewiss.

Einen Tag nach dem zweiten Advent, am 9. Dezember 1946, übergab Frau Ludwig die Pension und ihre Privatwohnung im Hinterhof an einen Pächter. Heinrich, Clara, Margareta und Konrad Anquist bestiegen zusammen mit

Almuth Griese den Zug nach Hamburg, während Frau Ludwig sich auf die Reise nach Salisbury machte. Der Winter hatte Ende November schon einmal einige Tage Kälte gebracht, aber jetzt lagen die Tagestemperaturen wieder über dem Gefrierpunkt. Optimistisch dachte Clara, dass sie die Überfahrt nach Spanien in den nächsten Tagen antreten und Weihnachten bereits in Granada bei den Meiningers verbringen würden. Selbst wenn es keine regulären Passagen mehr geben sollte, Brandner wusste ja, wo man welche bekommen konnte.

Sie kamen am späten Nachmittag in Hamburg an. Clara hatte Brandner ihre Ankunftszeit mitgeteilt, und Almuth entdeckte ihn auf dem Bahnsteig. Zur Begrüßung zog er wie immer seine graue Schirmmütze ab, drehte sie verlegen in den Händen und sagte: »Ich bin froh, dass Sie endlich da sind.«

Im Bahnhof und auf dem Platz davor hatten sie Mühe, die Kinder nicht aus den Augen zu verlieren. Überall herrschte Gedränge. Natürlich hatten sie auch in Lübeck elende Gestalten gesehen, aber hier – so schien es Clara – waren es hundertmal mehr. Frauen liefen umher, zeigten den ankommenden Männern Fotos, nannten Namen und Orte. Andere hielten Pappschilder hoch, auf denen Namen standen.

Brandner führte sie zu einer Haltestelle. Einige Straßenbahnen fuhren morgens und nachmittags für jeweils zwei Stunden, und Brandner wusste, welche sie in Richtung Lokstedt brachte. Die großen Straßen waren geräumt, aber sie fuhren durch Stadtteile, die vollständig in Trümmern lagen. Überall arbeiteten Menschen, klopften Steine oder luden Schutt auf Lastwagen. Clara fragte sich, ob sie wirklich den Plan verfolgten, diese Stadtwüsten wieder aufzubauen.

Von der vorläufigen Endhaltestelle der Straßenbahn war es bis zum Hof der Grothes noch eine halbe Stunde Fußweg. Ein kalter Wind ging, und sie erreichten den Hof über einen schmalen Feldweg. Die Gebäude lagen versteckt, im Schutz einer Reihe hoher Pappeln, die sich im Wind bogen. Schon im Zug, als sie sich Hamburg genähert hatte, meinte Clara, dass das Licht hier ein anderes war. Anders als das in Lübeck, und ganz anders als das Licht der Uckermark. Es war weißer, zeichnete mit spitzem Stift scharfe Konturen von Häusern und Bäumen. In der Uckermark gingen Land und Himmel ineinander über, wie in einem Aquarell waren die Übergänge sanft. Aber hier, so schien es ihr, zeigte sich alles direkt und nackt.

Der Hof wies einige Kriegsschäden auf. Ein Teil der Scheune war abgebrannt, im rotbraunen Ziegelmauerwerk des Wohnhauses steckten Granatsplitter. Die Grothes saßen zusammen mit Luise in der geräumigen Küche auf einer Eckbank und blickten ihnen neugierig entgegen. Es roch nach warmem Brot, und auf der großen, mit Holz angefeuerten Kochstelle dampfte eine Suppe.

Luise begrüßte die Neuankömmlinge, als seien sie in ihrem Haus zu Gast, und stellte sie vor. Else Grothe war um die sechzig Jahre alt und ihr Sohn Hans vielleicht Anfang vierzig. Sie waren beide wohlgenährt, und als Else Grothe aufstand, um den Tisch zu decken, musste Clara unwillkürlich an einen Zentauren denken. Ihr Oberkörper war schmal, fast zierlich, aber von der Taille abwärts war sie von erstaunlichem Umfang, so dass jeder Schritt ihr Mühe machte. Luise führte Almuth und Clara auf den Flur zurück und eine Treppe hinauf. In der ersten Etage war ein Zimmer mit einem breiten Ehebett und ein Gitterbett für ein Kleinkind hergerichtet. Heinrich Anquist bekam ein Zimmer unten, neben der guten Stube. Als sie später alle zusammen um den großen Küchentisch saßen und Kohlsuppe mit frisch gebackenem Brot aßen, dachte Clara, dass sie hier – bis zu ihrer Überfahrt in einigen Tagen – gut untergekommen waren.

Hans Grothe, ein kräftiger Mann mit einer Falsettstimme, die nicht zu seiner Erscheinung passen wollte, sagte: »Der Frost wird nicht mehr lange auf sich warten lassen, und dann wird der Winter lang und hart.« Dass er das in seiner Schulter spüren konnte, sagte er und beugte sich vor. »Schiffe gehen dann keine mehr.«

Am nächsten Tag erklärte Frau Grothe beim Frühstück ihre Preise für Kost und Logis. Sie verlangte fast das Doppelte von dem, was die Anquists bei Frau Ludwig bezahlt hatten, und Herr Brandner senkte den Blick und betrachtete verlegen seinen Teller. Heinrich Anquist schüttelte verächtlich den Kopf, war aber zu stolz, seine Empörung in Worte zu fassen. Es war Clara, die erklärte, dass sie sich unter diesen Umständen bis zur Abreise um eine andere Unterkunft bemühen würden.

Stumme Blicke wurden gewechselt. Luise und Else Grothe. Alfred Brandner und Frau Grothe. Obwohl die Küche gut beheizt war, spürte Clara es wie einen kalten Luftzug. Etwas ging vor sich, etwas, das sie nicht einordnen konnte. Frau Grothe räusperte sich und nannte schließlich unwillig einen deutlich geringeren Preis. Dass man sehen musste, wo man in solchen Zeiten bliebe, und dass man schließlich selber von der Hand in den Mund lebe und nichts zu verschenken habe, sagte sie. Etwas von »Verwandtschaft durchfüttern« knurrte sie noch und dass sie ihrer verstorbenen Schwester schließlich nichts schuldig geblieben sei.

Am folgenden Tag machte sich Clara zusammen mit Brandner auf den Weg nach Hamburg. Die Schiffspassagen würden einiges kosten, und sie gingen zuerst zum Hansaplatz, um dort ein weiteres Schmuckstück von Claras Mutter zu versetzen. Hier gestand Brandner ihr mit gesenktem Blick und seine Mütze in den Händen drehend, dass er mittellos sei. Er bat Clara, das Geld für die Passagen für ihn und seine Tochter vorzustrecken.

»Sie können sich darauf verlassen, dass Sie das Geld in Spanien, sobald ich Arbeit habe, zurückbekommen. Ich könnte es auch abarbeiten, wenn Sie …«

Clara fasste ihn am Arm. Er tat ihr leid, so beschämt, wie er dastand. »Natürlich können wir das so machen«, sagte sie und lächelte ihn an, als er erleichtert aufblickte.

Brandner wollte die Schiffspassagen gleich auf dem Schwarzmarkt kaufen, aber Clara entschied, sich zunächst bei den offiziellen Stellen zu erkundigen. Brandner hielt es für verlorene Zeit, begleitete sie aber zum Hafen und blieb an der Verkaufsstelle vor der Tür stehen.

»Ich habe das schon versucht, das ist aussichtslos. Aber gehen Sie ruhig hinein, ich warte«, sagte er und trat unruhig von einem Bein auf das andere.

Für einen Moment zögerte sie, aber die Passagen waren auf dem Schwarzmarkt deutlich teurer, und sie waren schließlich im Besitz von gültigen Papieren. Als sie Brandner um seine Ausreisebescheinigung bat, schüttelte er mit dem Kopf und sagte beleidigt: »Die werden Sie nicht brauchen. Gehen Sie hinein, und fragen Sie. Sie werden vor dem nächsten Sommer keine Überfahrt bekommen. Überzeugen Sie sich selbst, wenn Sie mir nicht glauben.« Dann drehte er sich um und machte einige Schritte von ihr weg.

Im Büro der Reederei musste sie dann doch zuerst ihre Ausreiseerlaubnis von der englischen Administration und die Einreisepapiere für Spanien vorlegen.

»Bilbao?«, fragte der Mann erstaunt, als sie ihr Ziel nannte. Dann schob er Listen hin und her und fuhr immer wieder mit dem Finger über einen großen Kalender. »Ja, hier. Die nächste Möglichkeit wäre ... im Juli.«

Clara traute ihren Ohren nicht und spürte Tränen aufsteigen. Sie schluckte an ihrer Enttäuschung und fragte den Mann, wie das sein könne und ob denn so viele Menschen nach Spanien auswandern würden. Der Mann betrachtete sie fast mitleidig und sagte schließlich: »Hören Sie, die Schiffe fahren nach Südamerika oder Afrika. Sie machen nur einen kurzen Halt in Bilbao, und die wenigsten gehen dort von Bord. Ich verstehe auch gar nicht, wieso Sie ein Schiff nehmen wollen. Wenn Sie doch nur bis Bilbao müssen, warum reisen Sie nicht über Land?«

»Weil das für Deutsche gefährlich sein soll«, sagte sie spontan.

Der Mann zog die Stirn in Falten und schüttelte den Kopf: »Ach ja? Also, das hör ich zum ersten Mal.«

Draußen sagte sie entschuldigend zu Brandner: »Die nächste Möglichkeit wäre erst im Juli. Das war wirklich verlorene Zeit.«

Er schien sichtlich erleichtert und sagte versöhnlich: »Ich war auch in Bremerhaven. Da sind die Wartezeiten noch länger. Was bleibt, sind Passagen vom Schwarzmarkt.«

Für einen Moment dachte sie daran, den Landweg zu erwähnen, sagte dann aber nichts. Brandner hatte mit den regulären Passagen recht gehabt, und dass der Mann in dem Büro nichts von den Gefahren über den Landweg wusste, musste nicht heißen, dass es sie nicht gab.

In den Tagen danach versuchten sie es auf dem Hansaplatz, aber auch dort begegnete ihnen nur Kopfschütteln. Einmal wurde ihnen eine Passage für den Februar angeboten, zweimal drei für den März, aber für sieben Personen, das schien aussichtslos.

Und dann war der Winter mit seiner ganzen Macht da. Als die Elbe zufror, erfror auch die Hoffnung, Deutschland noch im alten Jahr zu verlassen.

Gleichzeitig wurde die Stimmung im Hause Grothe immer eisiger. Bei Mahlzeiten wurde kaum noch ein Wort gewechselt. Frau Grothe beobachtete mit zusammengebissenen Zähnen, wer wie viel aß, und was auf den Tisch kam, wurde von Tag zu Tag dürftiger. Almuth half im Haushalt und kümmerte sich um Margareta und Konrad.

Kurz vor Weihnachten steckte der Schlüssel in der stets verschlossenen guten Stube, und weil Almuth meinte, dass das Zimmer für die Feiertage hergerichtet werden sollte, ging sie hinein. Es fiel nur wenig Licht durch die Ritzen der Fensterläden, die immer verschlossen waren, und sie tastete sich vorsichtig vor, um sie zu öffnen und Licht und Luft hineinzulassen. Der Parkettboden glänzte, und die schweren dunklen Holzmöbel rochen nach Wachs und Politur. Ansonsten erinnerte das Zimmer eher an ein Warenlager. Teppiche lagen eingerollt auf dem Boden, auf dem langen Esstisch war hochwertiges Porzellan gestapelt, auf einer Anrichte sammelten sich Tafelsilber, Kerzenleuchter, Zuckerdosen, Kannen und Milchkännchen, Bestecke und Zigarrendosen. Fast andächtig sah Almuth sich um. Sie hatte gesehen, dass die Städter ab und an mit Rucksäcken kamen und die Grothes mit ihnen Geschäfte machten. Einmal stand sie am Fenster und sah, wie Hans eine Perlenkette mit den Zähnen prüfte und dann mit dem Mann hinter dem Haus bei den Ställen verschwand. Aber einen solchen Reichtum hatte sie sich nicht vorgestellt.

Dann stand Hans Grothe in der Tür. »Was hast du hier zu suchen?«, schimpfte er sofort. »Wer hat dir erlaubt, das Zimmer zu betreten?« Almuth schluckte, wusste nichts zu sagen und wollte das Zimmer verlassen, aber er stellte sich ihr in den Weg, trat ganz dicht an sie heran und fixierte sie mit diesem Blick, mit dem er sie auch bei Tisch oft betrachtete. Wie unabsichtlich hob er seine Hand und glitt dabei über ihre linke Brust.

»Wenn du lieb bist, darfst du dir etwas aussuchen. Es ist auch Schmuck da.« Sein Gesicht schob sich an ihres heran, und als Almuth den Kopf wegdrehte, fasste er grob nach ihrem Kinn.

In diesem Augenblick kamen schlurfende Schritte über den Flur. Frau Grothe rief nach ihrem Sohn. Er ließ sie los und bellte: »Was ist denn schon wieder?« Dann gab er die Tür frei.

KAPITEL 26

Köln, Frühjahr 1993

Thomas bleibt bis weit nach Mitternacht, und sie reden. Die Fotos hat sie zusammengeschoben und umgedreht. Sie argumentiert, dass sie ihrer Mutter vielleicht gerade jetzt zu viel abverlangt. Jetzt, wo sie endlich bereit ist, mit dem Trinken aufzuhören, und die Therapie ihre ganze Kraft beansprucht. »Außerdem … habe ich ein Recht darauf? Sind Eltern verpflichtet, ihre ganze Vergangenheit preiszugeben?«

Thomas hört zu. Die Fragen richten sich nicht an ihn. Er weiß das. Er steht auf und räumt die beiden leeren Bierflaschen weg. Das macht er immer. Wenn er verhindern will, etwas Unbedachtes zu sagen, räumt er auf. Selbst vor Gericht schiebt er Akten auf seinem Tisch hin und her, legt sie ordentlich aufeinander oder verstaut Unterlagen in seinem Rollkoffer. Anna weiß, was er eigentlich sagen will. Dass sie sich in das übliche Verhaltensmuster flüchtet und es ihrer Mutter überlässt, die Regeln festzulegen.

Aber da ist diese Unruhe. Dieses Gefühl, dass jede Vorwärtsbewegung eine Katastrophe auslösen könnte. Als sie es ausspricht, nickt Thomas: »Ja, das kann sein. Aber ich kenne dich lange genug. Wenn du es jetzt nicht angehst, dann wirst du es nie mehr tun. Und zu der Frage, ob Eltern verpflichtet sind, den Kindern ihre ganze Geschichte zu erzählen: Nein! Eltern müssen vor ihren Kindern keine Lebensbeichte ablegen. Aber hier geht es um etwas anderes. Wenn du alles, was du in den letzten Monaten erfahren hast, zusammennimmst, dann musst du doch sehen, dass da etwas nicht stimmt. Ich finde, erwachsene Kinder haben zumindest ein Recht darauf, nicht belogen zu werden.«

Als er sich an der Tür verabschiedet, zieht er sie an sich und hält sie lange. »Ruf mich an. Wann immer du willst«, sagt er noch.

Am nächsten Tag ist sie unkonzentriert und erleichtert, dass sie nur drei Stunden Unterricht hat. Trotz der unversöhnlichen Worte am Ende ihres Besuches im Krankenhaus erledigt sie die verabredeten Dinge für die Mutter. Sie holt Formulare bei der Krankenkasse, kauft einen Badeanzug und Badelatschen, fährt in die Wohnung der Mutter und packt einen Koffer. Sie ist schon auf dem Weg hinaus, als sie noch einmal ins Wohnzimmer zurückgeht.

Das Fotoalbum muss in einem der unteren Schubfächer liegen. Die ersten Bilder darin sind in Afrika entstanden. Fotos aus der Zeit davor – so hatte die Mutter es gesagt – hatten sie zurücklassen müssen. Und jetzt verspürt Anna den Drang, das Album an sich zu nehmen, einen Beweis für ihre eigene Geschichte in Händen zu halten. Da ist die Sorge, dass auch ihr Leben mitgerissen wird in diesen undurchsichtigen Strudel.

Im ersten Schubfach findet sie unter der Tischwäsche eine Flasche Wodka. Um den Barschrank und die versteckten Flaschen würde sie sich in den nächsten Tagen kümmern. Das hatte Zeit. Im zweiten Fach liegen Ordner. Versicherungen, Rentenbescheide, Kaufverträge und Garantieunterlagen. Im dritten haben sich die Dinge angesammelt, die man selten braucht. Kerzenhalter, Blumenkränzchen aus Kunststoff und anderer Tischschmuck, ein Karton mit sechs Weihnachtskugeln. Unten liegt ein Plastikhefter. Sie nimmt ihn heraus und ist überrascht. Die Mutter hat all ihre Kinderzeichnungen aufbewahrt und auf der Rückseite mit Datum und kleinen Kommentaren versehen. »Zum Muttertag 1957«, »Annas Weihnachtsgeschenk 1958« oder »Blumenwiese 1958«. Sie setzt sich auf den Boden, blättert sie durch und kämpft mit ihrer Rührung. Auch das hier ist eine Seite der Mutter. Eine Seite, die sie vor anderen verbirgt. Sie legt die Mappe zurück, sucht in den anderen Schrankfächern, aber das Album ist nicht zu finden. Bei Gelegenheit wird sie die Mutter danach fragen.

Im Krankenhaus erlebt sie dann eine Überraschung. Clara Meerbaum ist bereits in der Therapieeinrichtung.

»Ihre Mutter wollte so schnell wie möglich verlegt werden«, erklärt die Schwester. »Sie hatte Angst, dass sie es sich sonst doch noch anders überlegt.« Im Schwesternzimmer schreibt sie Anna die Adresse der Einrichtung auf. »Es ist ja nicht weit, und Ihre Mutter meinte, Sie könnten ihr den Koffer auch dort vorbeibringen.«

Anna beißt die Zähne zusammen. Da war sie wieder. Diese Selbstverständlichkeit, mit der sie die Dinge bestimmt. Im Auto sieht sie auf der Straßenkarte nach. Es sind tatsächlich nur siebzig Kilometer, und als sie eine Stunde später dort eintrifft, erklärt man ihr in der Verwaltung, dass ihre Mutter in den nächsten vier Wochen keinen Besuch empfangen darf.

»Den Koffer können Sie natürlich hierlassen.«

»Aber ...«

Der ältere Mann unterbricht sie sofort. »Nein, kein Aber! Ein Neuanfang verlangt, dass man erst einmal Abstand gewinnt. Ihre Mutter kennt die Hausordnung, und sie hat bei ihrer Ankunft heute Morgen sehr deutlich gesagt, dass gerade diese Regel ihr sehr wichtig ist.«

Er nimmt Anna den Koffer und die Unterlagen der Krankenkasse ab und begleitet sie höflich, aber bestimmt hinaus.

»Und telefonieren?«, fragt sie noch.

»Vier Wochen kein Kontakt«, erwidert er freundlich und gereizt zugleich.

Auf der Rückfahrt spürt Anna zunächst Erleichterung. In den folgenden Wochen muss sie sich um die Mutter keine Sorgen machen und sich um nichts kümmern. Aber da ist auch Zorn. Zwei Tage vor dem vereinbarten Termin hat sie sich einweisen lassen. Das war sicher nicht einfach. Sie hat großen Aufwand betrieben, nur um ihr und ihren Fragen aus dem Weg zu gehen.

Vielleicht ist es dieser Moment, in dem die Ahnung zur Gewissheit wird. Dass sie auf dem Rückweg weint, nimmt sie kaum wahr. Der große Hund der Angst hat seinen Platz geräumt und die bodenlose Traurigkeit, die er bewacht hat, freigegeben. Zum ersten Mal wagt sie den Gedanken, dass ihre Mutter nicht Clara Anquist ist, ohne ihn gleich zu verwerfen.

KAPITEL 27

Hamburg, Frühjahr 1993

Ein Verbrechen. Seine Mutter ist nicht einfach erfroren, sie ist einem Verbrechen zum Opfer gefallen. Und Hanno hat ihm das all die Jahre verschwiegen. Dabei hatten sie oft über jene Zeit gesprochen. Aber da war von den guten Momenten die Rede gewesen, von den Dingen, die man geschafft hatte, die ein gutes Ende gefunden hatten.

Agnes erzählte gerne die Geschichte, wie eine englische Kundin ihr 1949 zwanzig Meter geblümten Baumwollstoff für ein Kleid übergab. »Daraus kann ich Ihnen zehn Kleider schneidern«, hatte Agnes gesagt, und die Frau hatte erwidert: »Ich brauche nur eins. Den Rest können Sie behalten.«

Und Hanno erzählte von seinen Schwarzmarktabenteuern mit Peter. Wie sie bei Razzien der Polizei davongekommen waren, oder wie sie einmal einem Engländer ein gefundenes Foto verkauften. Der Mann auf dem Bild hatte Ähnlichkeit mit Göring. »Göring mit Frau und Kindern«, hatten sie frech behauptet und eine ganze Stange Zigaretten ergattert.

Auch Kragenspiegel und Schulterklappen der SS waren

bei den Engländern gefragt, und einer der Displaced Persons, ein Ukrainer, der als Zwangsarbeiter nach Hamburg gekommen war, fertigte Kopien an, die Hanno und Peter als Originale verkauften.

Wenn er davon erzählte, schüttelte Agnes jedes Mal den Kopf und flüsterte: »Wenn ich das gewusst hätte«, und alle lachten. Schöne Abende waren das gewesen.

Und jetzt hatte er eine ganz andere Seite von Hanno kennengelernt. Eine Seite, die er immer erahnt, aber nie zu sehen bekommen hatte. Vier Stunden saßen sie auf der Terrasse des Lokals. »Die Bilder wohnen hier drin«, hatte Hanno gesagt und sich dabei mit den Knöcheln an die Schläfe geklopft. »Manchmal schlafen sie jahrelang, aber wirklich vergessen kann man das nicht.«

Joost hatte sich geschämt, war sich geradezu kleinlich vorgekommen in seinem Beharren, etwas über seine Herkunft zu erfahren. Trotzdem hatte Hanno ihn bestärkt. »Es muss Polizeiakten geben, und jetzt, nach fünfundvierzig Jahren, kann man da vielleicht reinschauen. Ich erinnere mich, dass damals in der Stadt mit Plakaten nach Zeugen gesucht wurde. Es waren drei oder vier Tote, alle erdrosselt und nackt. Vielleicht gibt es auch was bei den Zeitungen. Es hat noch Jahre später immer mal wieder was darüber dringestanden.« Er hatte sogar angeboten, seine Abreise zu verschieben und ihm bei der Recherche zu helfen. Als sie sich voneinander verabschiedeten, sagte er: »Nicht mal Agnes weiß, wie ich die Frau damals aufgefunden habe, und auch Erika habe ich nie davon erzählt. Ich bin froh, dass du es jetzt weißt.«

Joost steht am Zeichenbrett, als das Telefon klingelt. Heute Morgen hat er endlich Henry Stange erreicht, ein

Freund aus Jugendtagen, der Staatsanwalt am Landgericht Hamburg ist. Die Freundschaft hat über all die Jahre gehalten, und Henry ist einer der wenigen, die wissen, dass er kein geborener Dietz ist. Henry hatte sofort gewusst, wovon Joost sprach.

»Du meinst die Trümmermorde. Das ist über fünfundvierzig Jahre her. Ich denke mal, dass da eine Akteneinsicht möglich ist.«

Joost nimmt den Hörer ab und meldet sich. Es ist Henry, der es wie immer eilig hat und sich nicht lange aufhält. »Ich habe die Akten angefordert. Sie sind morgen früh hier. Du musst mir einen Antrag auf Akteneinsicht unterschreiben, und dann kannst du sie hier einsehen.«

In der Nacht schläft Joost schlecht, kann den nächsten Tag kaum erwarten. Da ist diese feste Überzeugung, endlich eine Spur zu haben, die nicht ins Leere führt. Morgens ist er um neun Uhr am Gorch-Fock-Wall. Im Vorzimmer von Henry Stange weiß man bereits Bescheid.

»Herr Stange kommt erst am Nachmittag ins Büro«, sagt die junge Frau und legt ihm einen Antrag auf Akteneinsicht vor. »Wenn Sie hier bitte unterschreiben.« Dann führt sie ihn in einen Nebenraum, der offensichtlich als kleines Konferenzzimmer genutzt wird. Die Morgensonne fällt durch die beiden großen Fenster, und der polierte Tisch aus Nussbaumholz, an dem sechs Personen Platz finden können, spiegelt das frühe Licht. Auf dem Tisch liegen vier Pappordner in verblichenem Rosa und vergilbtem Grün. In der Mitte des Tisches steht eine silberne Isolierkanne mit Kaffee, Milchkännchen, Zuckerdose und eine Tasse.

Als er den ersten Ordner zur Hand nimmt, kommt ihm

ein Geruch nach altem Staub und längst vergangener Zeit entgegen.

Auf dem Aktendeckel steht: Raubmord / Hamburg, Baustraße 13 / Unbekannte Frau. In Handschrift ist vermerkt: Tatzeit 18.– 20.1.47

Seite für Seite geht er die Papiere durch. Die junge Frau wurde auf achtzehn bis zweiundzwanzig Jahre geschätzt und war auf dem Grundstück neben einem ausgebrannten Auto gefunden worden. Sie war unbekleidet, man hatte aber ein Stück eines lachsfarbenen BHs mit beiger Spitze und einen Perlmuttknopf gefunden. Ob der Fundort auch der Tatort war, konnte nicht eindeutig geklärt werden.

Die zweite Akte spricht von einem unbekannten Mann, fünfundsechzig bis siebzig Jahre alt, der fünf Tage später an der Ecke Lappenbergsallee und Kollaustraße gefunden wurde. Auch er war, unbekleidet. Man fand einen Spazierstock aus Bambus, den man ihm zuordnete.

Eine Woche danach, am 1. Februar, lag ein Mädchen von sechs bis acht Jahren in der Billstraße in der Nähe des zugefrorenen Billekanals. Man fand sie im Fahrstuhlschacht einer ausgebrannten Matratzenfabrik. Diesmal ging die Polizei davon aus, dass der Fundort nicht der Tatort war. Aufgrund der Witterung ließ sich der Todeszeitpunkt nicht bestimmen.

Und dann liegt die vierte Akte vor Joost, und er hält einen Moment inne. Raubmord / Hamburg Anckelmannstraße / unbekannte Frau etwa dreißig Jahre / 12.02.1947.

Er schluckt. Agnes, Hanno und Wiebke hatten vom 26. Januar gesprochen. Sie hatten ihn am 26. Januar 1947 an der Anckelmannstraße »aufgesammelt«, wie Hanno es genannt hatte. 12. Februar! War sie so lange unentdeckt geblieben? Es war ein kalter Winter gewesen. Die Temperaturen in den ersten Monaten des Jahres 1947 hatten beständig zwischen minus zehn und minus zwanzig Grad gelegen. Auch davon hatten Agnes und Hanno oft erzählt. Und Hanno hatte von Marmor gesprochen. »Wie eine umgefallene Statue aus Marmor«, hatte er gesagt.

Protokolle, Vermerke, Anschreiben, Skizzen, Briefwechsel mit anderen Behörden und Fotos. Stück für Stück geht Joost die Unterlagen durch. Bei den Bildern meint er für einen Augenblick, sie zu kennen. Nicht dieses tote Gesicht, nicht so, aber … Dann verwirft er den Gedanken. Das ist unmöglich. Sein dringender Wunsch, endlich einen Hinweis in Händen zu halten, spielt ihm einen Streich.

Weiter hinten findet er den Durchschlag des Obduktionsberichtes. Zwei Tage hatte es gedauert, bis der Leichnam aufgetaut war und man ihn obduzieren konnte. Und unter Punkt IV steht: »Trotz des herrschenden Frostes und der dadurch bedingten Kältekonservierung muss in Anbetracht der Fäulnis der inneren Organe der Tod vor längerer Zeit, wahrscheinlich vor 14 Tagen, eingetreten sein.« Aber da steht noch etwas anderes, und Joost schluckt. Mit Enttäuschung und Erleichterung zugleich liest er die Zeilen ein zweites Mal.

»… kann gesagt werden, dass die Frau nie geboren hat.«

Er lässt sich an die Stuhllehne zurückfallen und sieht zum Fenster hinaus. Alles umsonst! Die Frau kann nicht seine Mutter sein. Und gleichzeitig ist er froh. Froh, dass seine Mutter nicht auf diese Weise ums Leben gekommen ist.

In einem eingehefteten braunen Papierumschlag findet er ein Plakat. Der Notiz auf dem Umschlag ist zu entnehmen, dass 50.000 Exemplare in allen Besatzungszonen verschickt wurden. Darunter findet sich ein handschriftlicher Vermerk aus dem Jahr 1948: »Es ist nicht festzustellen, ob die Plakate in der Sowjetischen Zone aufgehängt wurden.«

Das DIN-A3-große Plakat mit dem breiten roten Rand ist mit »10.000,– RM Belohnung!« überschrieben. Darunter steht: »Ein Mörder geht um! 4 Opfer in 4 Wochen in Hamburg!«

Die abgebildeten Gesichter sind zurechtgemacht, aber der Tod lässt sich nicht fortschminken, er blickt einem in jedem der Fotos entgegen. Links daneben eine Beschreibung der Opfer und die Liste der Fundorte. Wieder meint er, die Frau schon einmal gesehen zu haben. Er geht mit dem Plakat ins Vorzimmer und bittet um eine Kopie. Die junge Frau ist unsicher, ob das erlaubt ist, und telefoniert. »Nein, kein Aktenauszug. Ein Plakat, das damals offensichtlich überall ausgehängt wurde. Ja … Nein, nichts mit dem Vermerk *Vertraulich*.«

Es ist nach drei, als er die Kopie zusammenfaltet, die Akten wieder aufeinanderlegt und den kleinen Konferenzraum verlässt. Henry Stange ist immer noch bei Gericht, und Joost hinterlässt ihm eine kurze Nachricht. »Herzlichen Dank für deine Hilfe. Leider bleibt auch diese Spur für mich ohne Ergebnis. Ich rufe dich heute Abend an. Joost«

Zurück im Büro, erreicht ihn ein Anruf von Frank Verhouven, der die Arbeiten an einer Potsdamer Stadtvilla leitet. Dort haben sie an einer Wand den Verputz abgeschlagen und darunter Teile eines Mosaiks entdeckt. »Im unteren Bereich sind große Teile zerstört. Wir haben es jetzt freigelegt, nur ... wenn wir das restaurieren sollen, können wir den Zeitplan nicht einhalten. Auf der anderen Seite wäre es eine Schande, es nicht zu tun. Am besten, du kommst her und siehst es dir an.« Joost sagt sein Kommen für den nächsten Tag zu, als sein Blick auf die Bilderserie von Gut Anquist an der gegenüberliegenden Wand fällt und bei einem der Fotos von Josef Sobitzek hängenbleibt.

Was der junge Architekt am anderen Ende der Leitung weiter sagt, hört er nicht mehr. Sein Herzschlag hämmert im Kopf, und er sagt nur kurz: »Frank, ich ruf dich später zurück.« Ohne ein weiteres Wort legt er auf, geht um den Schreibtisch herum und nimmt das Foto, das Familie Anquist vor dem Kamin zeigt, von der Magnetwand. Die Ähnlichkeit ist verblüffend. Sobitzek hatte gesagt, dass die Frau mit dem Mädchen auf dem Schoß Clara Anquist sei. Anna Meerbaum hatte behauptet, dass sie es nicht sei. Nein! Anna Meerbaum hatte gesagt, dass die Frau nicht ihre Mutter sei. Lange sitzt er vor der Kopie des Plakats, daneben das alte Foto. Er ist sich fast sicher, dass er in der Toten Clara Anquist gefunden hat. Und der fünfundsechzig- bis siebzigjährige Mann, den man drei Wochen vorher gefunden hatte, könnte der Mann im Hintergrund sein. Heinrich Anquist, hatte Sobitzek gesagt. Er ist stark verändert. Das Foto zeigt einen kräftigen, rundlichen Mann, auf dem Plakat ist sein Gesicht hohlwangig, das Kinn eingefallen. In den Akten hat gestanden, dass man ihm sogar die Zahnprothese geraubt hatte. Außerdem trägt der Tote einen Schnurrbart, der

Mann auf dem Foto nicht. Aber es gibt deutliche Ähnlichkeiten.

Später packt er die Unterlagen zum Projekt in Potsdam in seine Aktentasche und legt die Plakatkopie und Sobitzeks Fotos dazu. Von Potsdam bis Larow ist es nicht weit. Als er in seine Wohnung hinaufgeht, fühlt er sich erschöpft, wie nach schwerster körperlicher Anstrengung. Dieses Kapitel seiner Geschichte, von dem er gemeint hat, es längst abgeschlossen zu haben, zehrt an seiner Kraft. Und er kann es nicht abstellen.

KAPITEL 28

Hamburg, Winter 1946/47

Sie lagen in dem breiten Bett, die beiden Kinder schlafend zwischen sich, als Almuth flüsternd von ihrer Entdeckung erzählte. Dass Hans Grothe sie bedrängt hatte, sagte sie nicht. Clara nickte in die Dunkelheit. »Vater hat in der Scheune, unter einer Plane versteckt, ein Auto und einen Lastwagen gesehen. Die sind nicht so arm, wie sie tun.« Aufgeregt zählte Almuth auf, was sich in der guten Stube angesammelt hatte. Im Zimmer war es kalt, und ihre Sätze wurden von kleinen Atemwölkchen begleitet. Almuth hatte Konrad an sich gezogen und hielt ihn unter der einen Bettdecke warm, Clara lag mit Margareta unter dem anderen Federbett. Den Grothes war nicht zu trauen, meinte Almuth, und Clara dachte zum ersten Mal: Den Brandners vielleicht auch nicht.

Es war wohl dieser Abend, an dem sie beschloss, nicht weiter irgendwelchen Schiffspassagen hinterherzulaufen. Sie wollte fort von hier. Inzwischen hatte sie auch von den Schwarzmarkthändlern mehrfach gehört: »Warum nehmen Sie nicht den Zug. Das wird wegen der vereisten Gleise vielleicht einige Tage länger dauern, aber bestimmt nicht bis zum Frühjahr.« Und auch dort hatte man sie groß angesehen, wenn sie davon sprach, dass eine Reise durch Frankreich für Deutsche doch gefährlich sei. »Hab ich noch nie was von gehört«, hatte einer gesagt und dann angefügt: »Oder ist es wegen der Grenzen? Stimmt was mit Ihren Papieren nicht?«

Die Franzosen seien auf Deutsche nicht gut zu sprechen, hatte Brandner gesagt. Er habe von schlimmen Übergriffen gehört, sogar Tote hätte es gegeben. »Mit den Kindern können wir das nicht wagen«, hatte er gewarnt. Aber vielleicht hatte der Schwarzhändler mit seiner Bemerkung ja den eigentlichen Punkt getroffen. Vielleicht fürchtete Brandner die Grenzkontrollen.

Auch Claras Vater hatte in den letzten Tagen davon gesprochen, dass die Situation auf dem Hof ihn beunruhige.

Sie ließ die vergangenen Monate Revue passieren und kam zu dem Schluss, dass sie Alfred Brandner nichts mehr schuldig waren. Für seine Hilfe hatten sie ihm die Einreisepapiere für Spanien besorgt, und für die Unterbringung auf dem Grotehehof zahlten sie angemessen. Wenn Brandner Probleme mit seinen Papieren hatte, dann hatte er sie in Lübeck belogen.

Die Weihnachtstage vergingen auf dem Grotehehof wie unter einer Glocke. Das gegenseitige Misstrauen war allgegenwärtig. Niemand sprach es an, jeder schien den porösen Frieden unter dem Schweigen wahren zu wollen. Die Mahlzeiten nahmen sie gemeinsam in der Küche ein, und es war Frau Grothe anzusehen, wie widerwillig sie am ersten Weihnachtstag den duftenden Braten, den es wohl nur in den allerwenigsten Häusern in Hamburg gab, verteilte. Die Zeit zwischen den Mahlzeiten verbrachten Grothes und Brandners in der Küche und Familie Anquist und Almuth im Zimmer von Heinrich Anquist, weil es dort einen Ofen gab. Auf ihrer Suche nach Schiffspassagen auf dem Schwarzmarkt hatte Clara bescheidene Weihnachtsgeschenke besorgt. Ein kleines Blechauto für Konrad, eine Puppe mit beweglichen Armen und Beinen für Margareta, eine Nagelfeile und Nagellack für Almuth und einen Schal für den Vater. Außerdem hatte sie eine Tafel Schokolade aufgetrieben. Dichtgedrängt saßen sie in dem kleinen Zimmer, aßen davon, und Margareta fragte, ob sie nicht wieder zu Tante Ludwig zurückfahren könnten.

Am Nachmittag des zweiten Feiertages machten sie einen kurzen Spaziergang. Die Feldwege waren hart gefroren, den feinen Schnee, der in der Nacht gefallen war, hatte der Wind an den Wegrändern zusammengeschoben. Der Himmel hing grau und tief, und die laublosen Bäume schienen ihn wie Atlanten auf ihren Schultern zu tragen. Als sie auf den Hof zurückkehrten, sahen sie einen Jungen von vielleicht zehn Jahren auf den Stufen zur Haustür. Im Türrahmen stand Frau Grothe, die Hände in die Hüften gestemmt, und sie hörten sie schimpfen. »Immer diese Bettelei. Wir hungern auch.« Dann schlug sie die Tür zu.

Clara sah, wie ihr Vater um Haltung rang. Er stützte sich schwer auf seinen Stock und ging dann auf den Jungen zu. »Warte hier«, sagte er und verschwand im Haus. Der Blick des Jungen wanderte misstrauisch zwischen Haustür und Clara, Almuth und den Kindern, die stehen geblieben waren, hin und her. Dann kam Heinrich Anquist mit einem Brot und fünf Äpfeln zurück auf den Hof. Der Junge bedankte sich überschwenglich, verstaute die Äpfel in seinen Taschen und rannte mit dem Brot in der

Hand davon, als habe er Angst, der Fremde könne es sich noch einmal anders überlegen. Heinrich Anquist hatte das Brot und die Äpfel in der Küche zusammengesammelt, Frau Grothe nach dem Preis gefragt und mit vor Zorn zitternden Händen das geforderte Geld auf den Tisch gezählt. Am Abend sagte er: »Das Maß ist voll. Clara, du erkundigst dich nach Zügen. Wir bleiben keinen Tag länger als nötig.«

In den Tagen zwischen Weihnachten und Neujahr fuhr Clara täglich zum Hamburger Bahnhof, konnte aber keine konkrete Auskunft bekommen. Erst am 3. Januar erklärte der Schalterbeamte, dass sie Fahrkarten bis Paris kaufen könne, die Züge aber wegen der Witterung nur vereinzelt fuhren. »Sie müssen täglich morgens herkommen und nachfragen«, sagte der Schalterbeamte. »Kann ein paar Tage dauern, bis Sie wegkommen.« Die Weiterreise bis Toulouse und von dort bis Granada müsse sie dann in Paris buchen.

Zuversichtlich kaufte sie fünf Fahrkarten über Frankfurt und Straßburg bis Paris. Wenn die Brandners mitfahren wollten, wäre sie bereit, ihm das Geld für die Billets zu leihen. Aber eigentlich war sie sich inzwischen sicher, dass Brandner den Weg über Land ablehnen würde.

Sie hatten noch nicht mit Alfred Brandner gesprochen, als Konrad am Samstagmorgen hohes Fieber hatte und mit einer schweren Bronchitis zu Bett lag. Sie waren gezwungen, ihre Abreise noch einmal zu verschieben.

Almuth versuchte in jenen Tagen, möglichst nie alleine zu sein, und hatte auch bei den Putzarbeiten immer Margareta bei sich. Hans Grothe schien ständig ihre Nähe zu suchen, tauchte wie aus dem Nichts auf und zog sie mit

Blicken aus. Einmal wurde Clara Zeugin einer solchen Situation. Almuth stand leicht gebückt am Waschbrett, als Hans Grothe versuchte, sich von hinten an sie zu drücken. Almuth wirbelte herum und stieß ihn weg, als Clara die Waschküche betrat. Grothe blickte von einer zur anderen. Dann zog er den linken Mundwinkel verächtlich nach oben und verließ wortlos den Raum.

Die Stimmung sackte endgültig unter den Nullpunkt. Hans Grothe erklärte an diesem Abend: »Ich setze mich mit dem Gesindel nicht an einen Tisch«, und Clara erwiderte empört: »Das ist uns nur recht, und ich erwarte, dass Sie Ihre widerlichen Übergriffe auf Almuth zukünftig unterlassen.« Frau Grothe funkelte ihren Sohn an, und für einen Moment sah es so aus, als würde sie ihn zurechtweisen. Aber dann nannte sie Clara eine Lügnerin und Almuth ein liederliches Weibsbild.

Gemeinsame Mahlzeiten gab es von nun an nicht mehr. Zuerst aß Familie Anquist eine bescheidene Mahlzeit, und wenn sie die Küche verlassen hatten, setzten sich Grothes und Brandners zum Essen. Wurst, gute Butter oder Fleisch kamen erst dann auf den Tisch. Brandner wirkte wie ein geprügelter Hund, saß zwischen allen Stühlen. Dass Clara mehrmals alleine in die Stadt gefahren war, machte ihn sichtlich nervös. Luise schien von all den Auseinandersetzungen unberührt. Sie war höflich distanziert zu den Anquists, aber die Art, wie sie ihren Vater ansah, hatte sich verändert. Clara meinte unverhohlene Verachtung darin zu sehen.

Am Abend des 17. Januar, Konrad hatte sich gut erholt, baten Heinrich und Clara Anquist die Brandners um das längst fällige Gespräch. Sie saßen am Küchentisch, und weil Frau Grothe und ihr Sohn Hans keine Anstalten machten, sie alleine zu lassen, besprachen sie die Angelegenheit zu sechst.

Heinrich Anquist machte es kurz: »Wir haben uns entschlossen, über den Landweg nach Spanien zu reisen. Wenn Sie und Ihre Tochter sich anschließen möchten, können Sie das tun.«

Diese Stille. Diese zornig lauernde Stille.

Es war Luise, die als Erste sprach. Sie wandte sich an ihren Vater. »Ich hab es dir doch gesagt«, schimpfte sie, und dann blickte sie Clara an. »Und das nach allem, was wir für Sie getan haben.« Und ihre Stimme triefte vor Abscheu und Selbstmitleid. »Sie sollten sich schämen!«

Clara schluckte an einer harten Erwiderung, denn dass sie Luise etwas schuldig sein sollte, schien ihr reichlich verdreht. Alfred Brandner war anzusehen, dass die Nachricht ihn schockierte, und Clara rechnete damit, dass er wieder von den Gefahren einer Reise durch Frankreich sprechen würde, aber er schwieg lange und sagte schließlich in beleidigtem Ton: »Da Sie das ohne uns beschlossen haben, verstehen Sie sicher, dass wir darüber nachdenken müssen.« Dann stand er auf und verließ die Küche.

War es dieser Moment? Hatte Clara, als Brandner aufstand und die Küche verließ, geahnt, dass sie einen Fehler gemacht hatten? Dabei war es gar nicht Brandners oder Luises Reaktion gewesen, die sie beunruhigte. Es war Hans Grothes Blick. Grothe sah Heinrich Anquist an, als habe der ihn bestohlen.

Der nächste Tag verlief zunächst ruhig. Clara und Almuth packten morgens die Koffer und Rucksäcke, mit denen sie ab jetzt jeden Morgen am Bahnhof stehen würden. Nach dem Mittagessen gingen Heinrich und Clara mit Konrad zur Straßenbahn und fuhren nach Hamburg, um ein letztes Mal ein Schmuckstück zu verkaufen.

Es war bereits dunkel, als sie wieder zurück waren. Der zunehmende Mond stand an einem sternenklaren Himmel. Im Haus brannte in etlichen Fenstern Licht. Es war Abendbrotzeit. Eigentlich müssten Grothes und Brandners in der Küche sein, und Frau Grothe mochte es ganz und gar nicht, wenn irgendwo unnützerweise Licht brannte. Als sie hineingingen, fiel Clara eine unerklärliche Unruhe an. Sie ging mit Konrad nach oben, zog ihm Mantel, Schal und Mütze aus und hängte ihren Mantel an den Haken an der Tür.

Ihr Vater ging unten in sein Zimmer, wo ebenfalls Licht brannte. Er meinte, Almuth und Margareta dort anzutreffen, aber stattdessen stand Alfred Brandner im Zimmer. Der Koffer war durchwühlt, und Brandner hielt Fahrkarten, Ausweise und Papiere in Händen. Zwei, vielleicht drei Sekunden lang konnte Heinrich Anquist nicht einordnen, was er sah. Dann ging er auf Brandner zu. »Was erlauben Sie sich«, rief er empört. »Legen Sie das sofort zurück!«

Brandner schubste ihn von sich, und Anquist versuchte, mit seinem Stock nach ihm zu schlagen. Brandner fing den Stock ab, schlug nach seinem Gegner, und Anquist fiel rückwärts mit dem Kopf auf die Bettkante.

Die Stimme des Vaters. Das Poltern aus dem unteren Zimmer. Clara setzte Konrad aufs Bett und flüsterte eindringlich: »Du bleibst hier sitzen, hörst du!« Konrad hielt sich an ihrer Bluse fest, wollte sie nicht gehen lassen, und als sie sich wegdrehte, riss ein Knopf heraus. Dann lief

Clara die Treppe hinunter und rief: »Vater! Almuth! Margareta!«

Im Flur packte sie jemand von hinten, eine große Hand hielt ihr den Mund zu, und sie wurde hinaus, über den Hof und hinter die Scheune geschleppt. Das Letzte, was sie sah, war der zunehmende Mond am klaren Himmel. Die Kälte würde bleiben.

KAPITEL 29

Uckermark, Frühjahr 1993

In Potsdam steht Joost mit Vertretern des Bauamtes und seinem Mitarbeiter vor dem freigelegten Mosaik. Es ist stark beschädigt. An diversen Stellen fehlen kleine Steine, und am unteren Rand hat man vor langer Zeit begonnen, es großflächig abzuschlagen, sich dann aber wohl entschlossen, es zu verputzen. Die farbigen, gebrannten kleinen Tonscherben stellen in einem Durchmesser von über zwei Metern das letzte Abendmahl dar. Es muss im neunzehnten Jahrhundert entstanden sein.

Als einer der Vertreter des Bauamtes vorschlägt, es aus Kostengründen wieder unter Putz zu legen, spürt Joost Wut in sich aufsteigen, von der er im gleichen Augenblick weiß, dass sie unangemessen ist und nicht nur diesem Vorschlag gilt. Dass man die Vergangenheit nicht einfach unter Putz legen könne, sagt er heftiger als beabsichtigt. Sein Mitarbeiter Frank sieht ihn überrascht an, und Joost schluckt an seinem Zorn, fängt sich und versucht, sachlich zu argumentieren.

»Ein Kunstwerk sollte, selbst wenn man es nicht restauriert, auf keinen Fall wieder verschwinden«, sagt er. »Der größte Teil des Mosaiks ist doch erhalten. Wenn wir die unteren, großflächig abgeschlagenen Steine nicht ersetzen, aber die kleineren Stellen im Bild restaurieren, wäre der Kostenaufwand nicht hoch. Und Sie würden sich die Möglichkeit offenhalten, es zu einem späteren Zeitpunkt vielleicht doch noch zu vervollständigen.«

Die Kosten werden hin und her gerechnet und der Vorschlag angenommen. Als die Vertreter des Bauamtes fort sind, trinkt er mit Frank noch einen Kaffee, und sie besprechen die Arbeiten der nächsten Tage. Ob sein anfänglicher Zorn kalkuliert gewesen sei, fragt Frank, und Joost schüttelt den Kopf und lächelt müde.

»Ich habe schlecht geschlafen, und manchmal ... Es hat mich geärgert.« Dass ihm die Dinge durcheinandergeraten sind, sagt er nicht. Dass er in dem Augenblick an die Fotos in seiner Tasche gedacht hat, an die toten Gesichter auf dem Plakat.

Später macht Joost sich auf den Weg nach Larow. Es ist ein warmer Frühlingstag. Auf den schmalen Alleen fällt das Sonnenlicht durch das junge Lindgrün der Bäume. An Feldern, Hainen und Seen vorbei fährt er über holprige Straßen durch die Landschaft, kann sich nicht sattsehen an dem sanften Auf und Ab der Hügel und dem milden Licht, das Land und Himmel miteinander zu verbinden scheint. Als er Larow erreicht, ist er versucht weiterzufahren, sich diesem stillen, fast unbewohnten Landstrich weiter zu überlassen.

Sobitzek ist im Garten vor dem Haus. Er unterbricht seine Arbeit, stützt sich auf den Spaten und sieht zu dem fremden schweren Wagen hinüber. Als Joost aussteigt, nickt er zufrieden, schlägt das Spatenblatt mit Schwung in die Erde und humpelt ihm entgegen.

»Da sind Sie ja«, ruft er, als habe er ihn genau an diesem Tag erwartet. »Freitag war ich auf Gut Anquist. Da ist noch nichts passiert. Wann geht es denn da los?«

Joost reicht ihm die Hand. »Die Pläne sind noch beim Bauamt, aber so wie es aussieht, können wir mit den Umbauarbeiten im nächsten Monat beginnen.«

Sie gehen nebeneinanderher zum Haus, und Sobitzek fragt, ob die Tochter von Clara Anquist sich mit ihm in Verbindung gesetzt hat.

»Darum bin ich hier«, sagt Joost, »ich möchte Ihnen etwas zeigen.«

Sie gehen in die Küche, und Josef Sobitzek ruft nach seiner Schwiegertochter. »Wir haben Besuch, Hannelore.«

Als Hannelore die Küche betritt, wischt sie die nasse Hand an ihrem blaugeblümten Kittel ab und reicht sie Joost. Auch sie fragt sofort nach Anna Meerbaum und sagt mit Sorge in der Stimme: »Die junge Frau hat mir leidgetan. Was Vater ihr erzählt hat ... Die war ganz durcheinander.«

Joost setzt sich an den Tisch und weiß nicht recht, wo er anfangen soll. Josef Sobitzek rutscht auf seinen angestammten Platz auf der Küchenbank, holt Zigaretten aus der Brusttasche und legt sie neben den Aschenbecher.

»Anna Meerbaum hat mich in Hamburg besucht. Ich bin noch einmal wegen der Fotos hier«, beginnt Joost.

Hannelore blickt sich unruhig in der Küche um. »Auf Besuch bin ich gar nicht eingerichtet«, sagt sie entschuldigend. »Möchten Sie vielleicht einen Kaffee?«

Joost nimmt den Kaffee gerne an. Er beugt sich zu seiner Aktentasche hinunter und zieht die Fotos und die Plakatkopie heraus, zögert einen Moment und steckt die

Kopie zurück. Er legt die fünf Fotos nebeneinander. »Damals ging es mir um das Gebäude, aber jetzt ... Es wäre mir wichtig, genau zu wissen, wer auf diesen Fotos zu sehen ist.«

Sobitzek atmet schwer und zieht das Bild mit der Hochzeitsgesellschaft auf der Freitreppe zu sich heran. »Ob ich mich an die alle erinnern kann«, sagt er unsicher, »das ist schon so lange her.«

»Nein, nein.« Joost schiebt die beiden Bilder, die im Salon aufgenommen wurden, zu ihm hin. »Es geht nur um diese Personen.«

Sobitzek steckt sich eine Zigarette an, nimmt einen tiefen Zug und legt sie auf dem Aschenbecher ab.

»Aber das habe ich Ihnen doch schon gesagt.«

»Ich weiß, aber ich habe dem damals nicht so viel Bedeutung beigemessen und jetzt ... Ich muss es ganz genau wissen.« Sobitzek zeigt mit seinem nikotingelben rechten Zeigefinger auf die einzelnen Köpfe und zählt auf: »Das ist Heinrich Anquist und das sein Sohn Ferdinand. Das ist Ferdinands Frau Isabell mit ihrem Sohn Konrad auf dem Arm, und das ist Clara mit Margareta auf dem Schoß.«

Wenn Joost bis jetzt noch mit dem Gedanken gespielt hat, dass er sich irren könnte, Sobitzek irrt nicht. Er hört es an seiner Stimme und sieht, wie der Alte ohne das geringste Zögern auf die Personen zeigt und ihre Namen nennt. Trotzdem fragt er noch einmal nach. »Sie sind sich ganz sicher?«

Der Alte sieht auf, greift nach seiner Zigarette und sagt ein wenig beleidigt: »Natürlich bin ich sicher. Ich bin zwar alt, aber mein Kopf ist noch ganz in Ordnung.«

Joost entschuldigt sich. »So meine ich das nicht, es ist nur ... es gibt da Ungereimtheiten.«

»Ungereimtheiten? Die Clara lebt doch in Köln. Warum fragen Sie die nicht?« Er zeigt auf das Hochzeitsbild. »Die kann Ihnen auch ganz genau sagen, wer all die Leute auf diesem Bild sind.«

Hannelore hantiert neben dem Spülbecken, gießt Wasser auf Kaffeepulver, und der Duft vermischt sich mit dem Tabakgeruch. Joost atmet schwer. »Anna Meerbaum hat gesagt, dass das«, er zeigt auf Clara Anquist, »nicht ihre Mutter ist.«

Hannelore dreht sich zu ihnen um, und Vater und Schwiegertochter blicken Joost an. Sobitzek nimmt das Bild auf, hält es sich dicht vors Gesicht und zieht die Augen schmal. Als er es zurücklegt, schüttelt er den Kopf. »Unsinn! Natürlich ist sie das.« Er nimmt die qualmende Zigarette wieder auf, zieht ein letztes Mal daran und drückt sie dann entschieden im Aschenbecher aus. »Die Frau auf den Fotos ist Clara Anquist«, sagt er nachdrücklich, »das kann ich beschwören!«

Joost schluckt, zieht die gefaltete Plakatkopie aus seiner Aktentasche und legt sie auf den Tisch. »Ich bin da auf was gestoßen, was ich Ihnen gerne zeigen möchte. Es ist nur ... es ist kein schöner Anblick. Es ist ein Plakat der Polizei aus dem Jahr 1947, und es sind vier Tote darauf zu sehen, die nie identifiziert wurden.«

Sobitzek beugt sich vor. »1947? Aus Hamburg?«

Joost schiebt das Papier über den Tisch. »Die Toten hat man in Hamburg gefunden. Die Plakate sind damals an alle Besatzungszonen gegangen. Man vermutet allerdings, dass sie im sowjetischen Teil nicht ausgehängt wurden.«

Sobitzek faltet das Plakat auseinander. Er legt es auf die Fotos, die immer noch in einer Reihe vor ihm liegen, und streicht mit der flachen Hand das Knickkreuz glatt. Hannelore stellt sich neben ihn.

»Mein Gott, da ist ja ein Kind dabei«, sagt sie, atmet mit einem leisen Stöhnen aus und widmet sich wieder dem Kaffee.

Das Küchenfenster ist gekippt. Draußen trällert eine Amsel. Vom Nachbargrundstück hört man Kindergeschrei. Eine Frau schimpft. Dann endlich sieht Sobitzek auf. Verlegen zieht er ein großes kariertes Taschentuch aus seiner Hosentasche und schneuzt vernehmlich.

»Afrika, hat die Meerbaum gesagt. Dass sie damals nach Afrika sind. Von den Kindern hat sie nichts gewusst.« Er steckt das Taschentuch umständlich zurück und vermeidet es, Joost anzusehen. Den Blick fest in den Schoß gerichtet, sagt er: »Das ist mir damals schon komisch vorgekommen, dass die da nichts gewusst haben will.«

Joosts Magen zieht sich schmerzhaft zusammen. Den Kindern? Seine Stimme ist belegt, als er fragt: »Sie erkennen Clara auf dem Plakat?«

Sobitzek sieht auf. Tränen schwimmen in den alten Augen. Er schiebt das Plakat in die Mitte des Tisches, räuspert sich und zeigt auf das obere Bild. »Almuth Griese. Sie war die Nichte von der Köchin Wilhelmine. Die Wilhelmine, die haben die Russen erschossen. Weil die Kleine keine Verwandten mehr hatte, ist die mit den Anquists mit.«

Er rutscht mit dem Finger zum Bild darunter. »Heinrich Anquist. Der Schnurrbart, den hat er damals nicht gehabt, aber ich bin mir sicher.« Dann tippt er auf das Kind. »Margareta«, sagt er leise, »die kleine Margareta. Ferdinands Tochter.« Joost sitzt stocksteif da. Er wartet. Wartet darauf, dass Sobitzek es sagt. Dass er sagt, dass Konrad damals dabei war.

Sobitzek kommt zum letzten Bild. »Und das ist Clara.« Er lässt sich gegen die Lehne der Bank zurückfallen und schüttelt den Kopf. »Immer habe ich gedacht, dass sie in Spanien ein gutes Leben führen. Dann kam diese Meerbaum. Clara ist in Köln, hat die gesagt. Und jetzt ... Mein Gott!«

Wieder zieht er sein großes Taschentuch hervor, und Hannelore verlässt das Zimmer. Sie kommt mit drei Schnapsgläsern und einer Flasche Wodka zurück und schenkt ein. »Den brauchen wir jetzt«, sagt sie und legt eine Hand auf die Schulter ihres Schwiegervaters.

Auch Joost kippt den Wodka mit einer Bewegung runter. Sein Magen entspannt sich etwas, und als Hannelore ihm und ihrem Vater nachschenkt, trinkt er auch den zweiten. Er zeigt auf das Plakat und fragt schließlich: »Wenn das Margareta ist, dann ... dann war vielleicht auch Konrad dabei?«

»Der Konrad. Ja, sicher.« Sobitzeks Blick schweift suchend über die Bilder der Toten. »Hat man den Mörder gefasst?«

Joost schüttelt den Kopf. »Wie alt?« Seine Stimme ist belegt, klingt ihm selbst fremd. »Wie alt war Konrad?« Und er weiß, was Sobitzek antworten wird.

»Drei«, wirft der Alte hin. »Aber diese Frau aus Köln. Die Mutter von dieser Meerbaum? Wer ist die? Haben Sie die getroffen?«

Joost schüttelt den Kopf, kann jetzt über die Rolle der Frau Meerbaum nicht nachdenken. Die merkwürdige Vertrautheit auf dem Gut und dass er wusste, wo der See liegt. Die Tote, in deren Nähe man ihn gefunden hat, war Clara Anquist. Sie hatte keine Kinder geboren, sondern die Kinder ihres Bruders bei sich. Margareta und … Konrad. Alle waren sie auf diesem Plakat, nur Konrad nicht. Es kann doch gar nicht anders sein. Es ist die logische Schlussfolgerung.

Er hat sich immer vorgestellt, dass es wie eine Befreiung sein würde, wenn das Geheimnis um seine Herkunft sich löst. Aber jetzt ist da nur der schmerzende Magen, ein leerer Kopf und eine Hilflosigkeit, die ihn lähmt.

Er bleibt noch gut eine Stunde, und er lässt sich von Josef Sobitzek alles erzählen, was der über die Anquists weiß. Dass er das alles auch schon dieser Anna Meerbaum erzählt hat, »aber wer weiß, wer diese Frau wirklich war«, fügt er immer wieder schnaubend an. »Zusammen mit den Brandners sind die fort. Ich war ja nicht da, aber so ist es erzählt worden. Die Frau Brandner ist 1945 gestorben. Liegt hier auf dem Friedhof. Ihr Mann und die Tochter Luise sind damals mit.«

Joost hat Zettel und Stift aus seiner Tasche genommen, schreibt Namen und Daten auf, die Sobitzek erwähnt. Er fragt nach dem Vornamen von Brandner, aber Sobitzek schüttelt den Kopf. »Waren so viele damals«, sagt er leise.

»Als ich das erste Mal hier war, haben Sie von einer Schwester von Isabell gesprochen. Annabell. Sie sagten, sie sei in den siebziger Jahren verstorben.«

Sobitzek nickt. »Ja, die Annabell war damals oft zu

Besuch. Die Familie kam aus Leipzig. Die waren wohlhabend und ...« Er schiebt das zusammengelegte Plakat beiseite und nimmt das Hochzeitsfoto zur Hand, zeigt auf eine junge Frau am äußeren Rand. »Annabell Gütner. Ja, der Mädchenname von Isabell war Gütner.«

Joost schreibt »Annabell Gütner« auf den Zettel und fragt: »Wissen Sie vielleicht, ob sie Kinder hatte?«

Sobitzek schüttelt den Kopf und starrt wie blind auf den Tisch. »Nein. Weiß ich nicht. Aber ... was werden Sie jetzt tun? Ich meine, diese Frau da in Köln, die behauptet, Clara Anquist zu sein. Da muss man doch was tun.«

Darüber hat Joost sich noch keine Gedanken gemacht. Zu sehr ist er mit seinen eigenen Überlegungen beschäftigt. Konrad Anquist. Ist er dieser Konrad Anquist? Hier und jetzt scheint ihm das die naheliegende Erklärung. Oder ist der Junge ebenfalls tot? Vielleicht hat man ihn damals, in all den Trümmern, einfach nicht gefunden. Schließlich sagt er: »Ich habe einen Freund bei der Staatsanwaltschaft in Hamburg. Jetzt, da Sie die Toten identifizieren können, gehe ich davon aus, dass man dem nachgeht. Wahrscheinlich wird man Ihre Aussage noch einmal ganz offiziell brauchen.« Dann zuckt er hilflos mit den Schultern. »Ich kenne mich nicht aus, aber ich denke, dass die Ermittlungen wieder aufgenommen werden. Mord verjährt nicht.«

Für einen Augenblick denkt er an Anna Meerbaum. An deren Mutter, die nicht die ist, für die sie sich ausgibt. Eigentlich hat Anna mit der Bemerkung, dass die Frau auf dem Foto nicht ihre Mutter ist, alles ins Rollen gebracht. Ein einziger Satz, hingeworfen wie einen Stein ins Wasser. Er ist sich sicher, dass sie nicht ahnt, wie weit die Wellen reichen, die sie damit ausgelöst hat. Und er ist sich auch sicher, dass sie das nicht gewollt hat.

Auf der Fahrt von Larow nach Hamburg beschließt er, Anna Meerbaum anzurufen und ihr von seinen Erkenntnissen zu erzählen. Es ist spät, als er ankommt. Zu spät für einen Anruf in Köln.

Am nächsten Morgen meldet er sich zuerst bei Henry Stange. Der ist wie immer in Eile, und Joost berichtet in knappen Sätzen von seinem Besuch bei Sobitzek. Henry schweigt eine kleine Ewigkeit.

»Nach all den Jahren«, sagt er schließlich. »Du musst herkommen. Wir brauchen eine protokollierte Aussage von dir und diesem Mann, der die Toten identifiziert hat. Warte.« Joost hört, wie er blättert und nach seiner Sekretärin ruft. »Termin verschieben«, hört er ihn sagen, und dann spricht er wieder ins Telefon. »Hast du heute Nachmittag Zeit?«

Um drei Uhr sitzt Joost wieder in dem kleinen Konferenzraum in der Gorch-Fock-Straße, wo er wenige Tage zuvor die Akten durchgesehen hat. Die gleichen vergilbten Akten, die jetzt wieder auf dem Tisch liegen. Henry begrüßt ihn und stellt eine Kollegin und eine Protokollantin vor, die bereits am Tisch Platz genommen haben. Joost macht seine Aussage, berichtet, was er von Sobitzek gehört hat, legt Abzüge der fünf Fotos vor, nimmt das Plakat, gibt den Toten Namen, so wie Sobitzek es getan hat. Dann spricht er von Anna Meerbaum und deren Mutter, die vorgibt, die geborene Clara Anquist zu sein.

»Das weißt du aber nur von der Tochter?«, fragt Henry kritisch nach.

»Das stimmt.«

»Und woher kennst du diese Anna Meerbaum?«

»Ich ... Sie hat sich bei mir gemeldet. Sie wollte die Fotos, die Sobitzek mir mitgegeben hatte.«

Für einen Moment ist er verunsichert. Was weiß er tatsächlich über diese Anna Meerbaum?

»Hmm. Meerbaum aus Köln, ja? Und die Mutter lebt auch in Köln?«

Joost nickt vorsichtig.

»Ja.«

»Nun gut. Das lässt sich überprüfen.«

Henry geht ins Vorzimmer und bittet Joost mitzukommen. Er spricht mit seiner Sekretärin, dann zieht Henry Joost zur Seite.

»Wenn das alles stimmt, was Sobitzek gesagt hat, dann fehlt auf dem Plakat der kleine Konrad, nicht wahr?«

Joost nickt.

»Und damit ist es nicht unwahrscheinlich, dass du dieser Konrad bist. Das denkst du doch, oder?«

Wieder nickt Joost und wagt sich dann vor.

»Ja. Und du könntest mir da einen Gefallen tun. Isabell Anquist war eine geborene Gütner. Sie kam aus Leipzig und hatte eine Schwester. Annabell Gütner.«

»Gütner mit H oder ohne?«

»Weiß ich nicht«, gibt Joost zu. »Aber sie ist inzwischen verstorben. Mich interessiert, ob sie Kinder hatte.«

Henry wendet sich wieder an seine Sekretärin. »Gütner, Annabell, aus Leipzig. Wir müssen wissen, ob sie Kinder hatte.«

Eine Viertelstunde später haben sie das Ergebnis zu Clara Meerbaum, die tatsächlich mit dem Mädchennamen

Clara Anquist im Melderegister steht. Henry nickt Joost anerkennend zu.

»Da bringst du jetzt aber ein großes Rad in Bewegung.«
Joost fragt, wie es weitergehen wird.

»Ich bin für den Fall nicht zuständig.« Er weist auf seine Kollegin.

»Darum wird sich Frau Rose kümmern, sie wird alles Weitere in die Wege leiten.«

Sigrid Rose, die Joost aufmerksam zugehört, sein Gespräch mit Henry aber nicht unterbrochen hat, nickt Henry Stange kurz zu und übernimmt. Sie ist noch jung, vielleicht Anfang dreißig. Ihr dunkles Haar ist zu einem Pagenkopf mit akkuratem Pony geschnitten, der auf den Augenbrauen endet. Das gibt ihrem Blick etwas Strenges.

»Wir müssen das alles natürlich erst einmal prüfen. Ich werde mich mit den Kollegen in Templin in Verbindung setzen. Dann kann Herr Sobitzek seine Aussage dort machen. Seine Glaubwürdigkeit lässt sich vor Ort sicher besser beurteilen.« Sie blättert in den Notizen, die sie sich während des Gespräches gemacht hat. »Die Einvernahme der Clara Anquist kann die Polizei in Köln übernehmen. Im Grunde hängt alles von der Aussage dieser Frau ab. Neue Anhaltspunkte in der Mordsache ergeben sich durch die neue Lage erst einmal nicht.«

Sie drückt mit dem Daumen die Mine ihres Kugelschreibers heraus und lässt sie immer wieder vernehmlich zurückschnellen. »Vielleicht hat die Frau die Papiere gestohlen oder – und das war damals schließlich nicht selten – auf dem Schwarzmarkt gekauft. Wir wissen noch zu wenig. Alles geht seinen Gang und wird einige Zeit in Anspruch nehmen. Letztendlich kommt es auf die Beweislage an, ob in dem Fall noch einmal ermittelt wird.«

Die Sekretärin kommt ins Zimmer und legt Henry einen Zettel hin. Er betrachtet die Notiz, schnalzt mit der Zunge und schüttelt den Kopf. »Annabell Gütner ist 1972 verstorben und hat keine Nachkommen.«

KAPITEL 30

Köln, Mai 1993

Alle drei Tage fährt Anna zur Wohnung der Mutter. Sie putzt und räumt auf und findet an diversen Stellen versteckte Schnapsflaschen. Die Mutter muss schon sehr viel länger wieder Hochprozentiges getrunken haben, und Anna hat es nicht bemerkt.

Hat sie es wirklich nicht bemerkt? Sie steht in der Wohnung der Mutter am Küchenfenster, sieht hinaus und gesteht sich ein, dass sie es nicht hat sehen wollen. Weil sie dem Streit mit der Mutter aus dem Weg gehen wollte. Weil sie das Gefühl der Hilflosigkeit, das sie aus Kindertagen so gut kennt, nicht erträgt. Es ist eine Befreiung, die Mutter nüchtern und versorgt zu wissen. Die Erleichterung darüber, sich nicht um sie kümmern zu müssen, ist allerdings nur die halbe Wahrheit, das ist ihr bewusst. Es kommt ihr entgegen, dass damit auch ihre Fragen zur Vergangenheit hinausgeschoben werden.

Später geht sie hinüber ins Schlafzimmer und bezieht das Bett mit der frisch gewaschenen Wäsche. Wie automatisch, immer auf der Suche nach Schnapsflaschen, öffnet sie die Schublade und die Tür des Nachtschränkchens und findet das Fotoalbum. Hatte die Mutter versucht, es vor ihr zu verstecken? Nein. Wahrscheinlich hatte sie es abends im Bett durchgesehen und es anschließend dort abgelegt.

Früher hatten sie oft mit diesem Album am Küchentisch gesessen. Die Mutter hatte von Afrika erzählt, von dem Fest in dem Hotel, auf dem sie mit Annas Vater gewesen war.

Als Anna es durchgeblättert hat, nimmt sie das Bild heraus, das den Großvater zusammen mit der Mutter auf der Veranda zeigt.

Später weiß sie nicht, warum sie das getan hat, weiß nicht, ob sie schon in diesem Augenblick mit dem Gedanken gespielt hat, es Sobitzek vorzulegen.

Am vierzehnten Mai, einen Tag bevor Anna ihre Mutter zum ersten Mal in der Klinik besuchen darf, sieht sie in der Wohnung noch einmal nach dem Rechten. Unten im Flur nimmt sie die Post aus dem Briefkasten. In der Küche, wo die Anschreiben der vergangenen drei Wochen sortiert auf dem Tisch liegen, wirft sie die Werbung in den Müll. Zwei Briefe bleiben übrig. Einer ist von der Krankenversicherung, der andere trägt als Absender das Polizeipräsidium Köln. Sie nimmt nicht das Küchenmesser aus der Schublade, wie sie es sonst tut, um Briefe zu öffnen. Sie findet am verklebten Kuvert eine Lücke, schiebt den Finger hinein und reißt ihn auf.

»Vorladung«, steht da. »Im Rahmen der Ermittlungen der Hamburger Staatsanwaltschaft ...«, liest sie. »Zur Identität der Clara Anquist, geb. 04.07.1920 ...«, liest sie. »... bitten wir Sie, am Mittwoch, den 19.05.1993, um 11.00 Uhr im Polizeipräsidium, Walter-Pauli-Ring 2–6 ...«, liest sie.

Das Blatt zittert in ihrer Hand. Langsam lässt sie sich

auf einem Küchenstuhl nieder. In ihrem Kopf rast es: Staatsanwaltschaft Hamburg. Identität der Clara Anquist. Hamburg! Joost Dietz! Meine Schuld. Das habe ich nicht gewollt. Was hab ich getan?

Sie sitzt lange stocksteif, wartet auf den großen grauen Hund, aber er springt sie nicht an. Morgen muss sie mit diesem Brief der Mutter gegenübertreten. Dieser Brief, der ihren Verrat dokumentiert. Als sie sich endlich erhebt, spürt sie es wie eine Gegenbewegung. Etwas in ihr fällt herab. Es liegt nicht mehr in ihrer Hand. Ihre Fragen werden jetzt andere stellen. Es gibt kein Zurück.

In der Nacht tut sie kein Auge zu, und am nächsten Morgen fährt sie schon um neun Uhr in die Klinik. Es wird ein warmer Tag. Sie trägt ein beiges, durchgeknöpftes Leinenkleid. In der Handtasche, so scheint es ihr, brennt der Brief.

Eine Frau um die dreißig, die sich als Christa Scholz vorstellt, nimmt sie in Empfang. Während sie einen langen Gang entlanggehen, sagt sie: »Ihre Mutter ist auf einem guten Weg, und wir möchten diese positive Entwicklung nicht gefährden. Sie hat ...«, sie macht eine abwägende Handbewegung, »nun, sagen wir, sie sieht der ersten Begegnung mit Ihnen mit Sorge entgegen und hat mich gebeten, dabei zu sein.«

Anna bleibt stehen, schluckt an dem Satz, denkt an den Brief und ist dann fast erleichtert. Vielleicht ist es gut, jemanden dabeizuhaben. Christa Scholz führt sie in einen Aufenthaltsraum, wo einige Patienten bereits mit ihren Besuchern in Sitzecken Platz genommen haben und sich angeregt unterhalten. Stimmengewirr, Lachen, Kinder, die hin und her laufen.

Anna hat gehofft, etwas Ruhe zu haben. Frau Scholz bittet sie, einen Moment zu warten, aber Anna hält sie zurück und fragt, ob sie irgendwo unter sich sein können. »Wenn Ihre Mutter das ebenfalls wünscht, können wir in der Anlage spazieren gehen«, sagt sie freundlich, »aber das entscheidet die Patientin.«

Clara Meerbaum sieht gut aus. Sie hat in den vier Wochen zugenommen. Nur ihre Augen sind leicht geschminkt, ihr Teint hat alle Fahlheit verloren und ist leicht gebräunt. Sie bleibt einen Meter vor Anna stehen, nickt ihr zu und sagt kühl: »Du bist früh dran. Hast du keinen Unterricht?«

Sofort spürt Anna wieder diese Steifheit. Aber was hat sie erwartet? Eine überschwengliche Begrüßung?

»Es ist Samstag«, sagt sie und versucht ein Lächeln.

Christa Scholz' Augen wandern besorgt zwischen Clara und Anna hin und her. »Ihre Tochter hat vorgeschlagen, ein wenig durch die Anlage zu gehen«, wendet sie sich an Clara Meerbaum. Die sieht ihre Tochter an, und Anna entdeckt in diesem Blick, was sie vor einigen Wochen im Krankenhaus zum ersten Mal gesehen hat. Angst! Sie hat Angst vor ihr. Es ist nur ein kurzer Augenblick, dann ist da wieder dieser abwehrende Ton.

»Falls du wieder mit den alten Geschichten anfangen willst, brauchen wir erst gar nicht loszugehen. Ich habe hier gelernt, dass man nach vorne schauen muss, jeden Tag aufs Neue.« Dabei sieht sie Christa Scholz um Zustimmung heischend an, und Anna muss an ihre kleinen Schülerinnen denken, wenn sie auf ein Sternchen unter den Hausaufgaben hoffen.

»Wenn du das nicht kannst, solltest du wieder gehen.« Ganz freundlich sagt sie das, fast therapeutisch. Und dann ist er da. Sie spürt ihn in den Schultern und im Nacken. Diesen unbändigen Zorn.

Sie greift in ihre Handtasche und zieht den Brief hervor, der ihr jetzt fast wie ein Trumpf vorkommt, und hält ihn der Mutter hin. »Post für dich.«

Clara Meerbaum nimmt den Brief entgegen, betrachtet den Absender und zieht die Stirn in Falten. Sie zieht das Schreiben heraus und liest. Anna meint zu sehen, wie die Mutter unter der Bräune blass wird. Langsam lässt sie die Hand mit dem Brief sinken und starrt wie blind auf den Terrakottaboden. Frau Scholz greift nach ihrem Arm.

»Kommen Sie, setzen Sie sich« sagt sie, nimmt Clara Meerbaum den Brief aus der Hand und führt sie zu einer der Sitzgruppen.

Anna rührt sich nicht, sieht zu, wie die Mutter sich auf einen Sessel setzt, und hört sie sagen: »Meine eigene Tochter.«

Wenn Anna noch irgendeinen Zweifel gehegt hat, wenn sie immer noch gehofft hat, dass es eine Erklärung für das alles gibt, die Reaktion der Mutter wischt jede Hoffnung fort.

Da ist ein kurzer Ruck in ihrem Innern, ein Band reißt.

»Ich muss es wissen.« Ganz ohne ihr Zutun kommen die Worte über ihre Lippen. »Die Wahrheit, verstehst du. Ich habe ein Recht darauf!«

Im Raum ist es still, alle anderen haben die Gespräche unterbrochen und sehen zu ihr hinüber. Sie hat die Sätze geschrien. Nie zuvor hat sie gewagt, ihre Mutter anzuschreien.

Clara Meerbaum sitzt wie leblos im Sessel. Frau Scholz blickt Anna strafend an und sagt: »Sie sollten jetzt gehen.«

Anna bleibt stehen, wartet auf eine Reaktion der Mutter.

»Bitte gehen Sie jetzt!«, sagt Christa Scholz mit Nachdruck.

Auf dem Flur wird ihr übel, und sie beginnt zu laufen, rennt die fünfhundert Meter bis zum Parkplatz. Als sie ihr Auto erreicht, lehnt sie sich an die Fahrertür und weint hemmungslos. Lange steht sie so, hört ihr Schluchzen, als käme es von einer anderen, einer Fremden. Nach und nach beruhigt sie sich, und dann ist es, als habe sie an Lungenvolumen gewonnen. Da gibt es eine Leichtigkeit beim Atmen und eine unbekannte, neue Ruhe.

Eine Woche nach dem Besuch in der Klinik erhält sie einen Brief von ihrer Mutter. Mit neu gewonnenem Abstand liest sie die Anklage der Mutter, findet eine Mischung aus selbstgerechtem Zorn und Selbstmitleid.

Dass sie den Brief mit »Liebe Anna« überschrieben hat, ist wohl nur der Form geschuldet.

Ich habe alles für dich getan, und du kannst mir glauben, dass ich nicht als Wirtin in einer Eckkneipe gelandet wäre, wenn es dich nicht gegeben hätte. ... nie für möglich gehalten, dass du so weit gehst und mich anzeigst ... Immer nur von deinem Recht zu reden ... Dass du deinem Vater nicht nur äußerlich so ähnlich bist, sondern auch seinen Egoismus geerbt hast ... Ich werde wie eine Verbrecherin behandelt ... Ich bin dreiundsiebzig Jahre alt, habe all die Jahre hinter diesem Tresen gestanden, nur damit du studieren konntest. Ich hatte mir noch ein paar ruhige Jahre erhofft ... Du wirst sicher verstehen, dass ich dich vorerst nicht wiedersehen will. Deine Mutter

Anna liest ihn mehrere Male. Seit der Begegnung in der Klinik verfängt der anklagende Ton nicht mehr. Wenn die Mutter sich – wie sie schreibt – nichts hat zuschulden kommen lassen, wird es eine vernünftige Erklärung geben, warum sie diesen anderen Namen benutzt hat.

Aber Anna spürt auch Trauer. Trauer, weil die Mutter wieder nur Vorwürfe hat. Weil sie immer noch glaubt, dass sie Anna nur mit deren schlechtem Gewissen an sich binden kann.

Lange liegt der Brief auf dem Esstisch. Lange weiß sie nicht, wo sie ihn ablegen soll. Schließlich faltet sie ihn zusammen, nimmt die Schachtel hervor, in der sie den letzten Brief ihres Vaters aufbewahrt, den sie damals aus den Schnipseln wieder zusammengesetzt hat, und legt ihn dazu.

KAPITEL 31

Hamburg, Juli 1993

Henry Stange hält Joost über die neuen Erkenntnisse der Staatsanwaltschaft auf dem Laufenden. Josef Sobitzek hat eine Aussage bei der Polizei in Templin gemacht, aber Frau Meerbaum ist der Vorladung in Köln nicht nachgekommen, und die Ermittlungen in diese Richtung ziehen sich hin. Von der Entzugsklinik kommen immer wieder neue Atteste, die eine Befragung hinauszögern.

Die Staatsanwaltschaft Hamburg folgt derweil noch einem anderen Hinweis. Laut Sobitzek hat Familie Anquist im Winter 1945/46 zusammen mit einem Brandner und dessen Tochter die sowjetische Besatzungszone verlassen. Sobitzek hat angegeben, dass die Brandners aus Leitmeritz gekommen waren, und er wusste noch, dass Brandner dort Angestellter bei einer Behörde gewesen war.

Joost hatte mit Anna Meerbaum telefoniert. Dass ihre Mutter nicht Clara Anquist war, hatte sie mit erstaunlicher Ruhe hingenommen und gesagt, dass ihre Mutter den Kontakt zu ihr abgebrochen habe. Auch den Namen Brandner hatte er erwähnt, aber Anna schien an einer Aufklärung nicht mehr interessiert. »Ich will damit abschließen«, hatte sie gesagt. Als er aufgelegt hatte, war er verunsichert und hatte daran gedacht, es ihr gleichzutun. Er hatte sich gefragt, was es für sein Leben bedeuten würde, wenn sich herausstellte, dass er Konrad Anquist war. Nach einem ausgedehnten Nachtspaziergang durch die stillen Straßen war er zu dem Ergebnis gekommen, dass es seinen Alltag nicht verändern würde. Nicht mal seinen Namen würde er ändern wollen. Aber die Ungewissheit, die Frage nach dem Schicksal seiner wahren Familie, die manchmal über Jahre ruhte, aber immer da war, hätte endlich ein Ende.

Erst Mitte Juli geraten die Dinge, auch ohne Clara Meerbaums Einlassungen, in Bewegung.

Joost ist jetzt intensiv mit den Umbauarbeiten von Gut Anquist beschäftigt und häufig vor Ort. Auch Sobitzek lässt es sich nicht nehmen, regelmäßig vorbeizuschauen. An diesem Tag erwartet er Joost bereits, als der morgens auf den Hof fährt.

»Diese Anna Meerbaum, sie hat mir geschrieben und ein Foto geschickt. Sie schreibt, auf dem Bild ... ihre Mutter und ihr Großvater sind da drauf.« Er hält Joost das Foto hin. »Das sind die Brandners. Die Luise, bei der bin ich mir ganz sicher.«

Joost betrachtet das Foto und denkt an Anna Meerbaum. »Ich will damit abschließen«, hatte sie am Telefon gesagt. Gelungen war es ihr wohl nicht.

Mittags ruft Joost Henry Stange an, und auch der kündigt neue Ermittlungsergebnisse an. »Ich hab jetzt nicht viel Zeit. Am besten, wir treffen uns.« Sie verabreden sich für den Abend in einem italienischen Restaurant am Gänsemarkt, und Joost fährt am späten Nachmittag nach Hamburg zurück. Die letzten Tage waren heiß. Die Menschen schlendern bis in die Nacht in leichten Kleidern, kurzen Hosen und T-Shirts durch die Stadt, sitzen vor den Cafés, Kneipen und Restaurants, fliehen aus ihren aufgeheizten Wohnungen.

Vor dem italienischen Restaurant stehen nur wenige kleine Tische, aber Henry hat einen davon ergattert und winkt Joost zu. Henry trägt trotz der Hitze einen Anzug. Ein Zeichen, dass er direkt aus dem Büro kommt. Er erlaubt sich lediglich, das Jackett über die Stuhllehne zu hängen.

Joost, der es noch geschafft hat, zu Hause vorbeizufahren und zu duschen, trägt Jeans und ein Poloshirt. Seit ihrem Treffen in Henrys Büro haben sie sich nicht gesehen, aber häufig miteinander telefoniert.

Joost kann sich kaum auf die Speisekarte konzentrieren, berichtet ausführlich, was er schon am Telefon angedeutet hat. »Das würde heißen, Clara Meerbaum ist Luise Brandner. Und wenn die zusammen … ich meine, dann weiß sie doch, was damals passiert ist.«

Henry nickt nachdenklich. »Wir haben auch neue Ergebnisse. Frau Rose ist in der Sache sehr engagiert, und mit Hilfe der DDR-Archive …« Eine Kellnerin tritt an ihren Tisch und unterbricht ihn. Sie bestellen Wasser und Weißwein. Henry hat die Speisekarte bereits studiert, wählt Rindercarpaccio und als Hauptgericht Saltimbocca. Joost schließt sich an, hat nicht die Ruhe, sich mit der Karte zu beschäftigen.

Als Henry schweigt, lehnt er sich über den Tisch. »Also. Was habt ihr?«

»Es hat tatsächlich eine Familie Brandner in Leitmeritz gegeben, die 1945 nach Templin kam. Der Vater, Alfred Brandner, war Angestellter. Er war Mitglied in der NSDAP, aber er ist nirgends in Erscheinung getreten. Wohl eher ein kleines Rädchen im Getriebe. Die Familienangehörigen wurden in Templin als Flüchtlinge registriert. Die Ehefrau Maria Brandner ist kurze Zeit später gestorben. Sie liegt in Larow beerdigt. Uns allerdings interessiert die Tochter Luise. Sie war verheiratet, hieß Küfer, und war von 1943 bis Frühjahr 1945 Aufseherin in Ravensbrück. Ihr Mann, Anton Küfer, ist 1944 gefallen. Ende März 1945 ist Luise Küfer von einem dreitägigen Urlaub nicht nach Ravensbrück zurückgekehrt. Zu dem Zeitpunkt standen die Russen kurz vor Prag, und sie war bei ihren Eltern in Leitmeritz. Dort hat sie wohl begriffen, dass der Krieg verloren war. Und von da an taucht eine Luise Küfer nie wieder auf.«

Die Kellnerin bringt den Weißwein und das Wasser, und während sie einschenkt, versucht Joost, die neuen Informationen zu verdauen. Henry trinkt das Glas Wasser in einem Zug aus, nippt an dem Wein und nimmt den Faden wieder auf.

»Im Mai tauchen Maria und Alfred Brandner dann mit ihrer angeblich unverheirateten Tochter Luise auf, jedenfalls werden sie so in Templin registriert. So weit die Fakten. Den Unterlagen ist zu entnehmen, dass Luise keinen Ausweis vorlegen konnte, aber als Luise Brandner registriert wurde, weil die Eltern sich ausweisen konnten.« Henry nimmt einen kräftigen Schluck Wein. »Von diesem Zeitpunkt an ist alles Spekulation. Was danach passiert ist, kann uns nur Clara Meerbaum – oder besser, Luise

Meerbaum – sagen. Gesichert ist erst wieder, dass die Frau unter dem Namen Clara Anquist 1950 in Afrika einen Norbert Meerbaum geheiratet hat.«

Die Kellnerin bringt das Carpaccio, und Joost fragt, ob man etwas über Luises Zeit in Ravensbrück weiß, aber Henry zuckt mit den Schultern.

»Die Rose ist dran, und wenn sich Hinweise auf Verbrechen ergeben, die heute noch justitiabel sind, dann wird sie dem nachgehen. Ich bin da aber wenig optimistisch. Nach fast fünfzig Jahren ist das schwierig. Es gibt da andere Fälle, die sich seit Jahren hinziehen, und je mehr Zeit vergeht, desto aussichtsloser wird es.« Er nimmt von seinem Carpaccio, kaut genüsslich und macht schließlich eine wegwerfende Handbewegung. »Selbst wenn sich was findet, was eine Anklage möglich macht, wird es Jahre dauern. Zumal die Dame ja jetzt schon mit Attesten nach uns wirft.«

»Aber sie muss doch etwas mit den Morden an den Anquists zu tun haben. Sie ist laut Sobitzek mit denen fortgegangen, und sie sind hier in Hamburg angekommen. Die Anquists wollten nach Spanien …«

Henry legt Messer und Gabel beiseite und schüttelt den Kopf. »Das sind Spekulationen, Joost. Wie sie letztendlich an die Papiere gekommen ist, wissen wir nicht. Und ich will dich nicht enttäuschen, aber wir müssen nachweisen, dass sie etwas mit den Morden zu tun hat, und wenn sie schweigt, dann sehe ich ehrlich gesagt schwarz.«

»Vielleicht sollte ich sie besuchen und …«

Henry unterbricht ihn sofort. »Denk nicht mal dran. Nicht bevor die eine Aussage bei der Polizei gemacht hat. Danach kannst du machen, was du willst.«

Es ist nach elf Uhr, als sie sich voneinander verabschieden.

Eine Woche später erscheint Luise Meerbaum, alias Clara Meerbaum, bei der Polizei in Köln und macht eine Aussage.

KAPITEL 32

Köln, Juli 1993

Luise Meerbaum wurde am 15. Juli 1993 aus der Therapieeinrichtung im Westerwald entlassen und folgte am 21. des Monats der Vorladung. Sie trug eine schwarze Hose, eine Bluse mit kleinen, roten Blümchen und eine beige Steppweste. Das graue Haar war in weiche Wellen onduliert, die Augen dezent geschminkt. Eine alte Dame, die zaghaft den Raum betrat und einen verunsicherten, fast ängstlichen Eindruck machte.

Ihre Aussage wurde im Büro von Hauptkommissar Bernd Sommer aufgenommen, ein erfahrener Beamter, der kurz vor seiner Pensionierung stand. Anwesend waren außerdem Staatsanwältin Sigrid Rose, die eigens aus Hamburg gekommen war, und eine Schreibkraft.

Frau Meerbaum saß Bernd Sommer an seinem Schreibtisch gegenüber. Auf der linken Seite des Tisches stapelten sich Unterlagen, in seinem Rücken, über einem Sideboard hing ein großer, alter Stadtplan, der Köln im Jahre 1890 zeigte. Die Protokollantin saß an einem weißen Beistelltisch rechts von Sommer, und Sigrid Rose lehnte rauchend an der Fensterbank.

Frau Meerbaum wies sich aus, die schwarze Handtasche lag auf ihrem Schoß, die Griffe hielt sie fest umklammert. Sommer reichte ihren Ausweis an die Protokollantin weiter, und das Klackern und Surren der elektrischen Schreibmaschine begann. Ein Geräusch, mit dem jedes Wort für immer festgehalten wurde, das Luise Meerbaum – die sich hier noch als Clara Meerbaum auswies – in diesem Raum sagte.

Sommer erklärte, dass sie im Rahmen einer Ermittlung der Staatsanwaltschaft Hamburg vorgeladen sei und es um die Überprüfung ihrer Identität gehe.

»Frau Meerbaum, aufgrund von Zeugenaussagen und anderen Erkenntnissen, die uns vorliegen, müssen wir davon ausgehen, dass Ihr Mädchenname nicht Anquist ist. Wie möchten Sie sich dazu verhalten?«

Wider Erwarten nickte Luise Meerbaum beschämt.

»Das stimmt«, sagte sie leise. »Ich habe die Papiere gekauft. Das war 1947 auf dem Schwarzmarkt in Hamburg.«

»Sie haben die Papiere also gekauft!«

»Ja. Ich hatte auf der Flucht alles verloren, und ohne Papiere ... Wir wollten Deutschland verlassen, hier war alles so hoffnungslos, aber ohne einen gültigen Ausweis konnte man keine Ausreiseerlaubnis bekommen. Da haben wir uns welche auf dem Schwarzmarkt besorgt.«

Während sie sprach, hielt sie den Blick gesenkt, knetete die Griffe ihrer Handtasche und wagte es nicht, Sommer anzusehen.

»Nun gut, fangen wir von vorne an. Wie ist Ihr richtiger Mädchenname?«

Eine Pause entstand, und Sommer war sich nicht sicher, ob sie mit ihren Erinnerungen an die damalige Zeit kämpfte oder sich überlegte, wie sie am besten vorgehen sollte.

»Brandner«, sagte sie schließlich. »Mein Mädchenname ist Luise Brandner.«

Sommer sah zu Sigrid Rose hinüber und nickte ihr unmerklich zu. Sie hatten zuvor darüber gesprochen, wie sie vorgehen sollten, wenn Luise Meerbaum schweigen sollte, aber nun war der erste Schritt getan.

»Sie sind also Luise Meerbaum, geborene Brandner. Ist das richtig?«

»Ja.«

»Nun gut. Waren Sie vor Ihrer Ehe mit Norbert Meerbaum schon einmal verheiratet?«

Da sah Sommer ihn zum ersten Mal. Diesen kurzen Blick, lauernd und ängstlich zugleich. Sie brauchte fast eine halbe Minute, ehe sie antwortete.

»Nein.« Zögerlich legte sie dieses Nein auf den Tisch, so wie man eine Spielkarte beim Poker langsam umdreht und dann darauf wartet, dass der Gegenspieler sein Blatt zeigt. Sommer tat ihr den Gefallen. Er blätterte in seinen Unterlagen.

»Luise Brandner, geboren in Leitmeritz, heiratete 1939 Anton Küfer, der 1944 an der Ostfront fiel.« Während er sprach, ließ er Luise Meerbaum nicht aus den Augen. Er sah sie schlucken. Dann blickte sie auf.

»Mein erster Mann ist gefallen. Ich war mit vierundzwanzig Jahren bereits Witwe.« Ihre Augen wurden feucht, in ihrer Stimme lag Trotz. Eine Träne rollte ihr über die Wange. Sie öffnete die Handtasche, kramte lange darin herum und tupfte sich schließlich mit einem weißen Taschentuch die Augen.

Ruhig und unbeeindruckt von den Tränen, sagte Sommer: »Luise Küfer war von 1943 bis März 1945 Aufseherin in Ravensbrück.«

Nur das leise Klappern der elektrischen Schreibmaschine, das den Satz Buchstaben für Buchstaben aufs Papier schlug, war noch ein paar Sekunden zu hören, dann trat Stille ein. Luise Meerbaum schien den Atem anzuhalten.

»Frau Meerbaum, würden Sie sich bitte dazu äußern.«

Sie hob den Kopf und sagte mit weinerlicher Stimme: »Ich habe da nicht gerne gearbeitet. Das können Sie mir glauben. Aber das Arbeitsamt hat mich da hingeschickt, als ich meine Stelle als Verkäuferin verloren habe. Ich musste die Arbeit annehmen.«

Frau Rose mischte sich ein. »Sie hätten ablehnen können. Sie wussten doch, dass es sich um ein Konzentrationslager handelte.«

Luise Meerbaum hob den Kopf. Mit fester Stimme wies sie die Staatsanwältin zurecht: »Was wissen Sie denn? Sie waren doch nicht dabei. Glauben Sie vielleicht, man hätte einfach sagen können, das mache ich nicht? Ich lehne das ab, ich kündige? Sie haben doch keine Ahnung.«

Sigrid Rose trat an den Tisch. »Es hat Frauen gegeben, die diese Arbeit abgelehnt haben, und andere, die gekündigt haben. Das hatte keine Konsequenzen für die Betroffenen. War es nicht eher so, dass Sie sich beworben haben?«

Luise Meerbaum beantwortete die Frage nicht. Ihre Augen wanderten unruhig über den Schreibtisch. Sigrid Rose schnaubte. Sie hatte sich in den vergangenen Wochen mit Luise Küfers Rolle in Ravensbrück beschäftigt. Es gab nichts Konkretes gegen die Frau, aber Aussagen von ehemaligen Gefangenen zu einer Luise. Diese Luise hatte auf dem Appellplatz, wo die Frauen stundenlang bei jedem Wetter stehen mussten, auf die Gefangenen eingeschlagen, wenn sie zusammengebrochen waren. Die Inhaftierten kannten die Nachnamen der Aufseherinnen nicht, und es war nicht festzustellen, ob es sich um Luise Küfer gehandelt hatte. Außerdem waren die Taten nicht mehr justitiabel. Trotzdem wollte Sigrid Rose es wissen. Sie warf die Mappe mit den Unterlagen auf den Tisch und machte einen Versuch.

»Es gibt Aussagen, dass Sie die Frauen auf dem Appellplatz geschlagen haben, wenn sie zusammengebrochen sind.«

Luise Meerbaum presste kurz die Lippen aufeinander und sagte leise: »Sie wissen nicht, wie das war. Als die Lager im Osten geräumt wurden, kamen Tausende an. Wir mussten in diesem ganzen Durcheinander für Ordnung sorgen.« Dann setzte sie sich aufrecht hin und blickte Sigrid Rose an.

»Wenn wir das hätten durchgehen lassen, wenn wir solchen Frauen erlaubt hätten, in die Baracken zu gehen, was glauben Sie, wie viele es denen nachgemacht hätten? Wir mussten dafür sorgen, dass die Appelle geordnet verliefen. So waren die Vorschriften.« Herausfordernd fügte sie an: »Sie halten sich doch auch an Ihre Vorschriften.«

Stilles Staunen lag im Raum. Sigrid Roses Staunen über den Vergleich. Bernd Sommers Staunen über die Selbstverständlichkeit, mit der sie ihre Taten verteidigte, und Luise Meerbaums Staunen, dass die beiden nicht verstehen wollten, dass sie nur ihre Pflicht getan hatte.

Nur die junge Frau an der Schreibmaschine schien unbeeindruckt und bat zum zweiten Mal um eine kleine Unterbrechung, weil sie ein neues Blatt einziehen müsse.

Luise Meerbaum wandte sich wieder an Sigrid Rose und fragte: »Weiß meine Tochter davon? Haben Sie mit meiner Tochter darüber gesprochen?«

Sigrid Rose ließ die Frage unbeantwortet, nahm die Mappe vom Tisch und nickte Bernd Sommer zum Zeichen, dass er weitermachen könne, zu.

»Kommen wir zurück zu Clara Anquist.« Er blätterte in Papieren und referierte wie beiläufig: »Wir wissen, dass Sie mit Ihren Eltern 1945 auf Gut Anquist Zuflucht gefunden haben, Ihre Mutter ist dort verstorben. Wir wissen weiterhin, dass Sie im Dezember mit Ihrem Vater und der Familie Anquist die Sowjetische Besatzungszone verlassen haben. Somit erscheint es unwahrscheinlich, dass Sie die Ausweispapiere irgendwo auf dem Schwarzmarkt in Hamburg gekauft haben.« Er sah sie zusammenzucken und hielt inne. Wieder dieser kurze lauernde, ängstliche Blick. Die Knöchel an ihren Händen, die die Griffe der Handtasche immer noch fest umklammerten, färbten sich weiß.

Sommer legte die Unterlagen beiseite und sprach weiter. »Inzwischen wissen wir auch, dass Clara Anquist, Heinrich Anquist, Margareta Anquist und Almuth Griese ermordet wurden.«

Alle Farbe wich aus ihrem Gesicht. Sie schnappte nach Luft, und Sommer meinte zu erkennen, dass das, was er sagte, sie völlig überraschte. Die Handtasche rutschte zu Boden. Sigrid Rose trat an das Sideboard hinter Sommer, schenkte ein Glas Wasser ein und brachte es ihr. Mit zitternden Händen nahm Luise Meerbaum es entgegen, trank und stellte es auf dem Schreibtisch ab. Dann sagte sie: »Aber ich habe die doch nicht getötet.«

Die Vernehmung dauerte weitere drei Stunden. Sigrid Rose hatte sich einen Stuhl herangezogen und saß nun links neben dem Schreibtisch. Damit hatte sie das Fenster freigegeben, das einen Ausschnitt des blauen Himmels zeigte. Während Luise Meerbaum berichtete, drehte sie den Kopf immer wieder in Richtung Fenster, als könne sie in dem makellosen Blau passende Erklärungen finden.

Den Aufzeichnungen ist zu entnehmen, dass Luise Meerbaum mehrmals eine Pause angeboten wurde. Sie lehnte jedes Mal ab. Sommer hatte den Eindruck, sie wollte jetzt, wo sie einmal damit begonnen hatte, ihre Sicht auf die Ereignisse ohne Unterbrechung erzählen.

Sie gab zu Protokoll, dass ihr Vater und sie gemeinsam mit den Anquists nach Spanien wollten.

»Wir hatten eine Einreiseerlaubnis für Spanien, aber die war ausdrücklich an die der Anquists gebunden. Wir und auch Almuth Griese waren als Angestellte der Anquists auf deren Einreisepapieren eingetragen. Wir waren vollkommen abhängig von denen. Ich habe dem Vater immer wieder gesagt, dass das nicht gutgehen würde.«

Weil Heinrich Anquist krank war, sei die Familie zunächst in Lübeck geblieben, während Luise mit ihrem Vater bei der Schwester der Mutter, Else Grothe, und deren Sohn Hans in Hamburg untergekommen seien. Es sei verabredet gewesen, so bald wie möglich mit einem Schiff nach Bilbao zu fahren.

»Ich hatte nur die Registrierung als Flüchtling aus Templin. Damit konnte ich keine Ausreisepapiere bekommen.

Und einen ordentlichen Ausweis beantragen, das ging nicht. Vater hatte Angst, dass die alle Angaben überprüfen würden, und weil ich in Ravensbrück gearbeitet hatte ... Er dachte, dass die mich verhaften würden.«

Beim Kauf der Schiffspassage an einer offiziellen Verkaufsstelle musste man die Ausreisegenehmigung vorlegen, aber beim Besteigen des Schiffes wurde man nicht weiter kontrolliert. »Darum wollte Vater die Schiffspassagen auf dem Schwarzmarkt kaufen. Aber die waren teuer. Die Tante wollte uns das Geld nicht leihen, und Vater hat gehofft, dass die Anquists unsere Passagen bezahlen – schließlich hatten wir viel für Clara und die Kinder getan«, fügte sie an.

»Monatelang haben wir geduldig auf die Anquists gewartet. Immer wieder kamen sie mit neuen Entschuldigungen. Mal ging es Heinrich Anquist besser, dann wieder schlechter. Hingehalten haben die uns. Und als sie im Dezember endlich kamen, da hatte dieser schreckliche Winter schon begonnen, und an eine Überfahrt war vor dem Frühjahr nicht mehr zu denken.«

Sie sprach lange davon, dass die Situation auf dem Grothehof mit den Anquists nicht einfach gewesen sei. Sie berichtete von Streit und Unstimmigkeiten und dass Heinrich Anquist eines Tages erklärte, er habe beschlossen, über Land nach Spanien zu reisen.

»Das war wie ein Schlag ins Gesicht. Nach allem, was wir für die getan hatten. Wir konnten doch nicht über Land reisen. Wir hätten über mehrere Grenzen gemusst, und überall waren Ausweise und Ausreisepapiere vorzulegen.«

Dann ging sie in ihren Erzählungen wieder zurück, berichtete aufs Neue mit weinerlicher Stimme, in welch auswegloser Situation sie sich befunden hatte und wie gewissenlos Clara und Heinrich Anquist sie im Stich gelassen hatten.

Dem Protokoll war zu entnehmen, dass Bernd Sommer immer wieder Fragen zum Januar 1947 stellte, die sie zu überhören schien. Erst als er mit der flachen Hand auf den Tisch schlug und mit erhobener Stimme sagte: »Frau Meerbaum! Die Umstände Ihres Zusammenlebens auf dem Grothehof sind uns jetzt geläufig. Wir wollen wissen, was im Januar 1947 passiert ist!«, schwieg sie lange und verlangte dann eine Pause.

Die Vernehmung wurde dreißig Minuten später wieder aufgenommen.

Luise Meerbaum erklärte, dass sie über die Ereignisse vom Januar nicht viel wisse. Es habe aber lange vorher damit begonnen, dass Hans Grothe der Almuth Griese immer wieder nachgestellt habe.

»Die hat sich, ohne nicht wenigstens eines der Kinder bei sich zu haben, kaum noch aus ihrem Zimmer getraut. An diesem 18. Januar sind Heinrich und Clara Anquist in die Stadt gegangen, um Schmuck zu verkaufen. Den Kleinen haben sie mitgenommen. Ich bin mit dem Vater über die Felder spaziert. Wir wussten nicht, wie es weitergehen sollte. Die Zeitungen waren voll von Berichten über die Prozesse im Curiohaus, die gegen die Aufseherinnen aus Ravensbrück geführt wurden. Und wir saßen ausgerechnet in Hamburg fest. Ich durfte den Hof schon seit Wochen nicht mehr verlassen, weil der Vater Angst hatte, dass mich irgendjemand erkennen könnte.«

»Als wir zum Haus zurückkamen, empfing uns Tante Else. Sie war völlig hysterisch, schrie meinen Vater an, dass er helfen müsse, dass Hans eine Dummheit gemacht hätte. Vater schickte mich in die Küche, und als die beiden die Treppe hinaufgingen, hatte ich so eine Ahnung. Ich dachte, dass Hans die Almuth vergewaltigt hat. Aber dann ... Er muss völlig durchgedreht sein. Vater erzählte später, dass er heulend auf dem Bett gesessen hätte. Almuth lag neben ihm und Margareta auf dem Fußboden. Die beiden waren im Zimmer von Heinrich Anquist gewesen. Almuth muss irgendwann hinaufgegangen sein, vielleicht, um etwas zu holen. Der Hans ist ihr nach. Was genau passiert ist, weiß ich nicht, aber wahrscheinlich hat sie sich gewehrt, und er hat sie, rasend vor Wut, mit einer dieser Hanfschnüre von den Strohballen, die er immer in seiner Jackentasche mit sich herumtrug, erdrosselt. Margareta ist wohl, als Almuth nicht zurückkam, ebenfalls nach oben gegangen. Ich habe vom Küchenfenster aus gesehen, wie Hans und Vater ... wie sie die beiden Mädchen hinüber zur Scheune getragen haben.«

»Als Heinrich und Clara Anquist mit dem Jungen zurückkamen ... der Hans, der war wie von Sinnen. Clara ist nach oben gegangen, und der alte Anquist in sein Zimmer. Es hat Gepolter und Geschrei gegeben. Zuerst im Zimmer von Heinrich Anquist und dann auf dem Flur. Der Hans, der hat die alle mit seinen Hanfschnüren erdrosselt. Nur den Jungen, da war mein Vater vor. Er hat Hans beruhigt und gesagt, dass der Junge, so klein, wie der war, nichts verraten könne. Dass er den in Ruhe lassen soll.«

Laut Protokoll hakten sowohl Bernd Sommer als auch Sigrid Rose immer wieder nach und machten auf Widersprüche aufmerksam. Mal konnte Luise Meerbaum sehr detailliert von den Ereignissen berichten, dann wieder zog sie sich darauf zurück, dass sie alles nur von der Küche aus gehört habe. Einmal sagte sie, dass der Vater nie über jenen Abend gesprochen habe, dann wieder erklärte sie, er habe ihr den genauen Hergang geschildert. Auf genauere Nachfragen reagierte sie verhalten aggressiv und dann wieder jammernd weinerlich.

Bernd Sommer: »Aber Moment, dann war doch zumindest Ihr Vater dabei. Und Sie waren ebenfalls mit im Haus.«

Luise Meerbaum: »Aber ich war doch in der Küche. Ich hab mich da gar nicht rausgetraut. Als die Anquists ankamen, gab es sofort diesen Streit und dann ... Ich weiß nicht, wie es passiert ist. Das müssen Sie mir glauben. Der Vater war danach tagelang nicht ansprechbar.«

Bernd Sommer: »Sie hatten kurz zuvor beobachtet, wie Hans Grothe und Ihr Vater die toten Mädchen zur Scheune getragen haben. Und dann sind Sie seelenruhig in der Küche geblieben?«

Luise Meerbaum: »Nicht seelenruhig. Ich hatte furchtbare Angst. Aber was hätte ich schon tun können?«

Zum Ablegen der Leichen sagte sie aus: »Der Hans wollte sie hinter der Scheune vergraben, aber der Boden war gefroren. Tante Else hat dann vorgeschlagen, dass Vater und Hans die Toten in den abgesperrten Trümmergebieten ablegen. In der Scheune stand ein Lastwagen, und sie hat dem Vater viel Geld für seine Hilfe angeboten. Die waren ja schon tot, und das Geld brauchten wir dringend. In der Nacht darauf haben Hans und Vater zuerst Almuth weggebracht. Dann haben sie immer einige Tage abgewartet und nach und nach die anderen weggebracht.«

Bernd Sommer: »Ich dachte, Ihr Vater sei tagelang nicht ansprechbar gewesen?«

Luise Meerbaum: »Ja. Aber er hat getan, was getan werden musste.«

Sommer fragte an dieser Stelle nach, warum die Leichen entkleidet wurden und was mit dem kleinen Konrad geschehen sei.

»Tante Else wollte das so. Die hatten teure Kleidung und waren viel in der Stadt unterwegs gewesen. Da hätte sich jemand vielleicht an die auffällige Kleidung erinnert. Den Konrad haben sie an einem dieser Abende mitgenommen. Vater hat gesagt, dass sie den irgendwo abgesetzt haben. Was aus ihm geworden ist, kann ich nicht sagen.«

Ihre weiteren Einlassungen betreffen die Überfahrt mit den Papieren der Anquists.

»Die waren ja da. Die Ausweise mitsamt den Ausreisepapieren. Heinrich Anquist und Vater, und Clara Anquist und ich, wir waren vom Alter nicht weit auseinander. Da ist uns die Idee gekommen. Wir mussten nur die Passbilder austauschen, Vater kannte jemanden auf dem Schwarzmarkt, der das machte. Damit hatten wir gültige Ausweise und Ausreisepapiere.«

Als sie sich verabschiedete, fragte sie, ob ihre Tochter davon erfahren müsse.

Sommer hatte mit den Schultern gezuckt und gesagt, dass es mit Sicherheit eine Pressemitteilung darüber geben werde, dass die Opfer der Trümmermorde endlich identifiziert seien. »Glauben Sie wirklich, dass Ihre Tochter nicht bemerkt, dass eine der Toten Ihren angeblichen Mädchennamen trägt?«

Da waren ihr noch einmal Tränen in die Augen gestiegen. Tränen, die, als sie von den Toten gesprochen hatte, ausgeblieben waren. Tränen, die sie wohl nur für ihr eigenes Leid übrig hatte.

Bernd Sommer war während der Befragung hin- und hergerissen gewesen zwischen Faszination und Abscheu. Fasziniert hatte ihn, wie detailgetreu sie sich über die Jahre hinweg ihre Version der Geschichte zurechtgelegt hatte. Unverrückbare Wahrheiten, von denen sie trotz der deutlichen Widersprüche fest überzeugt schien. Die Art aber, wie sie sich stets als Opfer der Umstände darstellte, war ihm zutiefst zuwider gewesen.

Als das Verhör beendet war, war er mit ihr gemeinsam auf den Flur gegangen. Dort blieb sie noch einmal stehen und sagte: »Wissen Sie, als ich 1952 zurückkam, habe ich sofort verstanden, dass ich das Land überhaupt nicht hätte verlassen müssen. Die ständige Angst, die elende Zeit auf dem Grothehof und das bescheidene Leben in Afrika. Das wäre alles nicht nötig gewesen. Es haben doch nur eine Handvoll der Aufseherinnen aus Ravensbrück vor Gericht gestanden.«

Die Anquists kamen in dieser kleinen Ansprache nicht vor. Sie war in den Fahrstuhl gestiegen, und Sommer hatte zugesehen, wie sich die Tür schloss, und er hatte gedacht, dass das Bedauern, das er während der Befragung manchmal wahrgenommen hatte, nur ihr selbst gegolten hatte. Ihrem verpfuschten Leben.

Dem Protokoll war eine Notiz angehängt: Überprüfung Grothe. Else Grothe 1951 verstorben. Hans Grothe 1955 nach einem Autounfall schwerbehindert, lebte bis zu seinem Tod 1971 von Sozialhilfe.

KAPITEL 33

Köln, Juli 1993

In den vergangenen Wochen hat sie mit Joost und Sobitzek telefoniert. Der Mädchenname ihrer Mutter ist Brandner. Dass sie Aufseherin in Ravensbrück gewesen war, hatte Joost gesagt, und dann von den Anquists gesprochen, die 1947 in Hamburg ermordet worden waren. Da hatte sie aufgelegt, war in den Garten gegangen, hatte sich auf die Stufe zur Terrasse gesetzt, und dort war sie sitzen geblieben, ohne ihre Umgebung wahrzunehmen. Wie viel Zeit vergangen war, bis sie endlich wieder klar denken konnte, wusste sie nicht mehr. Eine Mörderin, da war sie sich sicher gewesen, war ihre Mutter nicht. Sie mochte einer Toten die Papiere abgenommen haben, das war denkbar. Dass sie Aufseherin in Ravensbrück gewesen war, bezweifelte Anna nicht. Im Gegenteil. Sie hatte einen dunklen Punkt im Leben der Mutter erahnt. Es war eine plausible Erklärung für die Entschiedenheit, mit der die Mutter all ihre Fragen abgeschmettert hatte. Und sosehr die Einsicht geschmerzt hatte, Anna hatte auch Erleichterung gespürt. Seit sie bei Sobitzek zu Besuch gewesen war, hatte sie sich in all dem Vergangenen wie durch einen dunklen Raum vorzutasten versucht. Jetzt fiel durch einen kleinen Türspalt etwas Licht auf diese Zeit.

Anna weiß, dass die Mutter seit Tagen wieder zu Hause ist, und manchmal denkt sie darüber nach, sie anzurufen oder zu ihr zu fahren. Nur kurz nach ihr schauen. Nachsehen, ob sie zurechtkommt. Aber da ist dieser Brief. »Du wirst sicher verstehen, dass ich dich vorerst nicht sehen will.«

Die Sommerferien stehen vor der Tür, die Zeugniskonferenzen sind vorüber, und diese letzten beiden Schultage fordern ihr und den Schülern nicht mehr viel ab. Nach der dritten Stunde hat sie frei und geht zum Lehrerzimmer. Auch hier geht es entspannt zu. Alte Stundenpläne liegen auf dem Tisch, Unterlagen von abgeschlossenen Projekten und dazwischen eine Zeitung. Annas Blick wandert darüber hinweg, und sie hört bereits einer Kollegin zu, als die Schlagzeile in ihr Bewusstsein dringt. Sie sieht erneut hin. »Hamburger Trümmermorde nach 46 Jahren aufgeklärt«.

Trümmermorde. Das Wort hatte Joost am Telefon benutzt. Die Kollegin redet weiter, Anna hört sie, ohne zu verstehen. Sie greift nach der Zeitung. Liest. Der Name Anquist taucht immer wieder auf und dann »eine Zeugin aus Köln, die ihr jahrelanges Schweigen gebrochen hat«.

Zeugin! Anna flüstert das Wort. Es ist leicht. Es schwebt. Sie packt ihre Sachen zusammen, entschuldigt sich bei der Kollegin und läuft hinaus. Ihre Mutter ist Zeugin. Sie hat endlich angefangen, über die Vergangenheit zu sprechen. Sicher denkt sie inzwischen auch anders über den Brief, vielleicht hofft sie, dass Anna den ersten Schritt tut.

Vor der Wohnungstür angekommen, atmet sie mehrere Male tief durch, ehe sie den Klingelknopf drückt. Alles bleibt still. Noch einmal klingelt sie. Nichts rührt sich. Dass sie vormittags das Haus verlässt, ist untypisch für die Mutter, aber was weiß Anna schon über deren neues, nüchternes Leben.

Enttäuscht geht sie die Treppe hinunter und zu ihrem Wagen. Für einen Moment hadert sie, aber dann greift sie ins Handschuhfach, wo der Wohnungsschlüssel liegt, den sie seit Wochen nicht mehr benutzt hat, und geht zurück. Noch einmal schellt sie. Nichts. Dann benutzt sie den Schlüssel.

Alle Türen stehen offen, nur die zum Wohnzimmer ist geschlossen. Da ist dieses Gefühl, das sie auf Anhieb wiedererkennt; es lässt sie zu dem achtjährigen Mädchen werden, das ängstlich erwartet, die Mutter irgendwo aufzufinden. »Mama. Mama, bist du da?« Sie weiß es in dem Augenblick, in dem sie die Klinke der Wohnzimmertür hinunterdrückt. Der süßliche Geruch, der ihr entgegenschlägt, ist unerträglich. Die Mutter liegt auf dem Fußboden des Wohnzimmers, auf dem Tisch stehen eine leere und eine halbvolle Cognacflasche.

Anna taumelt aus der Wohnung, schellt bei der Nachbarin. »Meine Mama braucht Hilfe«, sagt sie, als die Tür geöffnet wird. Genauso, wie sie es früher zum Wirt des Dönekes gesagt hat.

Der Notarzt kann nur noch etwas für Anna tun. Er spritzt ihr ein Beruhigungsmittel, fragt, ob er jemanden benachrichtigen soll, und sie gibt ihm Thomas' Nummer.

Thomas ist auch bei ihr, als am nächsten Tag die Polizei vor der Tür steht.

Sie sprechen von einer »tödlichen Alkoholvergiftung«. Anna sitzt mit am Esstisch, aber die Beamten halten sich an Thomas. »Es ist davon auszugehen, dass Clara Meerbaum nach drei Monaten Nüchternheit das Risiko unterschätzt hat.«

»Luise«, sagt Anna leise. Der Beamte sieht zu ihr hinüber.

»Bitte?«

»Luise«, wiederholt Anna, »sie hieß Luise Meerbaum.«

Thomas stellt die Frage, deren Antwort Anna fürchtet.

»Gibt es Hinweise, dass es kein Versehen, sondern Absicht war?«

Der Beamte zögert. »Auszuschließen ist das natürlich nicht, aber es deutet nichts darauf hin.«

EPILOG

Sigrid Rose nahm die protokollierte Aussage der Luise Meerbaum noch am gleichen Abend mit nach Hamburg. Sie war sich sicher, dass die Frau bezüglich ihrer und Alfred Brandners Rolle nicht die Wahrheit gesagt hatte. Sie war sich aber auch sicher, dass Luise Meerbaum von ihrer Darstellung der Ereignisse niemals abrücken würde.

Die Aussage der Luise Meerbaum brachte Joost Dietz in der Frage, ob er als Konrad Anquist geboren war, nicht weiter. Zwei weitere Jahre beschäftigte ihn das Thema noch, dann ließ er es ruhen. Die Wahrscheinlichkeit, dass er Konrad war, war groß. Einen eindeutigen Beweis fand er nicht. Mit Josef Sobitzek blieb er bis zu dessen Tod 2002 in regem Kontakt.

Zu erwähnen sei noch, dass Christel Welsh (ehemals Ludwig) 1950 auf einem Empfang in Salisbury den Gardners vorgestellt wurde. Frau Gardner trug ein blaues Taftkleid mit einem Zierknopf am Kragen. Christel Welsh hatte solche ausgefallenen Knöpfe schon einmal gesehen. Clara Anquist hatte ab und an eine Bluse mit derartigen Schmuckknöpfen getragen und erzählt, dass ihr Vater sie aus Spanien mitgebracht hatte. Christel Welsh sprach

Frau Gardner darauf an. Eine Schneiderin in Hamburg habe den auf den Kragen gesetzt.

Da hatte sie noch einmal an die Anquists gedacht und darüber, dass es schon erstaunlich war, dass die Familie, obwohl sie doch um ihre Adresse in England gebeten hatten, nie geschrieben hatte.

Anna lebt heute wieder mit Thomas zusammen. Ein zweites Mal geheiratet haben sie nicht. Sie quälte sich lange mit dem Gedanken, am Tod der Mutter schuld zu sein, und brauchte Jahre, bis sie die Verantwortung für das Handeln der Mutter auch bei der lassen konnte. Erst danach brachte sie den Mut auf, sowohl den Brief des Vaters als auch den der Mutter aus der Schachtel zu nehmen und zu verbrennen.

Der Grothehof blieb nach dem Tod von Hans Grothe 1971 ohne Erben und fiel an die Stadt Hamburg. Dass Hans Grothe über fünfzehn Jahre als Sozialhilfeempfänger lebte, ist wohl seinem Geiz zuzuschreiben, denn die erste Ortsbegehung der Behörde hielt eine Überraschung bereit. Es fand sich ein Zimmer, in dem sich wertvolles Porzellan, Silber und hochwertige Teppiche stapelten, und eine ganze Schublade voller Schmuck. Ein besonders kostbarer Fund lag zusammengerollt auf einem Schrank. Zwei Bilder. Eines von Franz Marc, das andere von Otto Dix.

DANKSAGUNG

Mein Dank gilt Jürgen und Karen Tank, die mir von ihrem Leben erzählt haben und Kontakte zu anderen Zeitzeugen herstellten.

Ich bedanke mich bei den Mitarbeitern des Staatsarchivs Hamburg für die freundliche Unterstützung bei der Recherche, bei Annette Weihrauch für das gemeinsame Sichten und Einordnen, und bei Gabriele Claassen-Kohlrausch, Doris Friese und Barbara Günther, die das Buch mit Diskussion und Gegenlesen begleitet haben.

Ein ganz besonderer Dank geht an Andrea Hartmann, die das Buch so großartig unterstützt hat, und an Maria Hochsieder für ein feinsinniges Lektorat.

Mechtild Borrmann erzählt auf drei verschiedenen Zeitebenen die dramatische Geschichte der Geschwister Schöning

MECHTILD BORRMANN

GRENZGÄNGER

Roman

Bei einer gefährlichen Kaffee-Schmuggeltour über das Hohe Venn an der Grenze zwischen Deutschland und Belgien stirbt eines der Kinder der Familie Schöning.

Der Vater überstellt daraufhin die anderen drei Geschwister in verschiedene von Nonnen und Diakonissinnen mit harter Hand geführte Kindererziehungsheime, wo der kleine Matthias 1951 unter dramatischen Umständen stirbt. Es wird Jahre dauern, bis seine ältere Schwester die wahren Hintergründe für Matthias' Tod herausfindet.

Dann geschieht nach einer Anhörung vor Gericht Dramatisches …